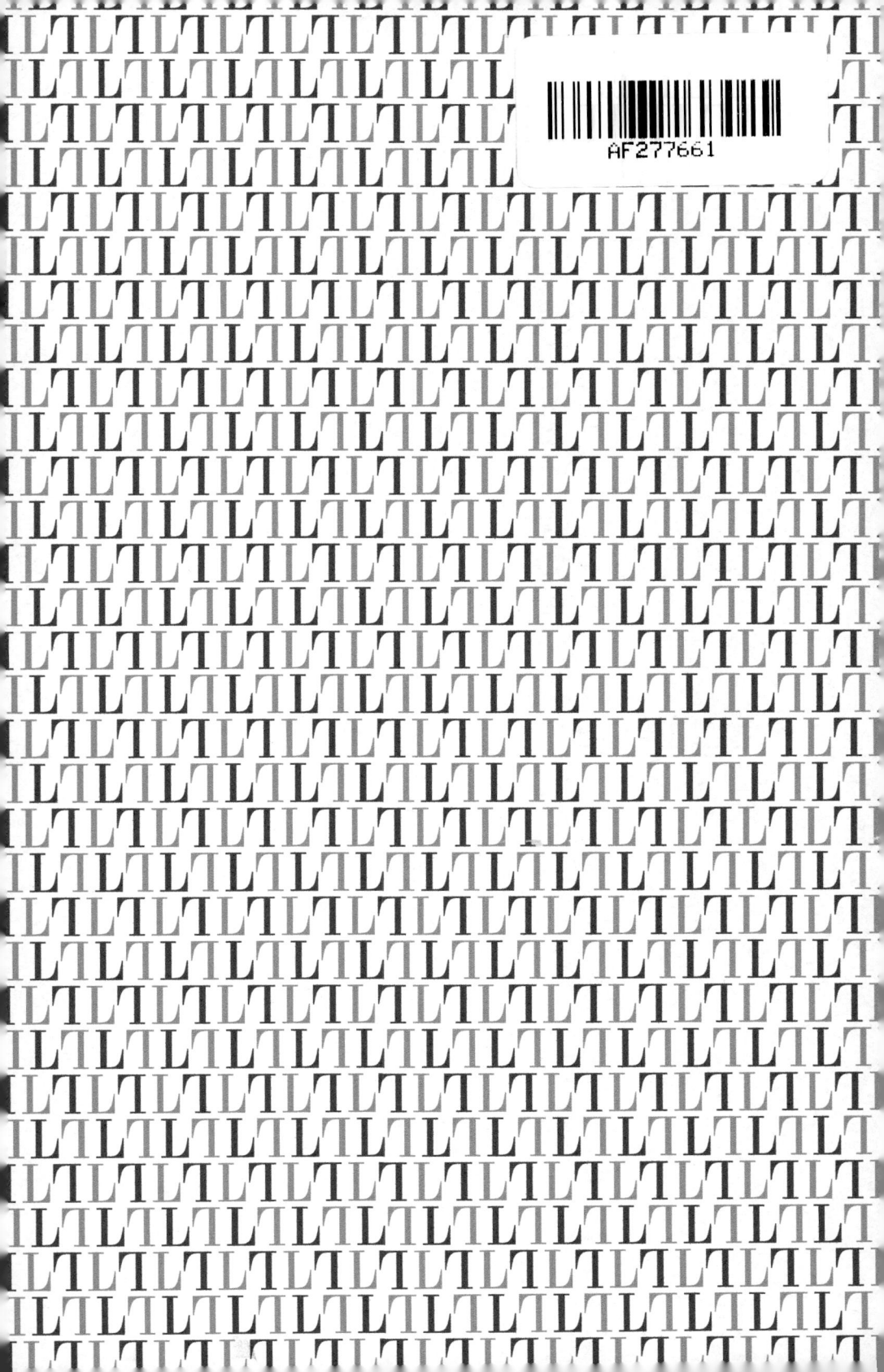

AF277661

# Cuando cae la noche

# Cuando cae la noche

## Michael Cunningham

Traducción del inglés de
Miguel Temprano García

Lumen

*narrativa*

Papel certificado por el Forest Stewardship Council®

MIXTO
Papel | Apoyando la
silvicultura responsable
FSC® C117695

Penguin
Random House
Grupo Editorial

Título original: *By Nightfall*

Primera edición con esta encuadernación: septiembre de 2024

© 2010, Mare Vaporum Corp. Publicado por acuerdo con el autor.
Reservados todos los derechos.
© 2011, 2024, Penguin Random House Grupo Editorial, S. A. U.
Travessera de Gràcia, 47-49. 08021 Barcelona
© 2011, Miguel Temprano García, por la traducción

*Printed in Spain* – Impreso en España

ISBN: 978-84-264-3069-4
Depósito legal: B-10406-2024

Compuesto en M. I. Maquetación, S. L.
Impreso en Liber Digital, S. L., Casarrubuelos (Madrid)

H 4 3 0 6 9 4

*Este libro es para Gail Hochman y Jonathan Galassi*

La belleza no es sino el inicio del terror.

RAINER MARIA RILKE

# Una fiesta

El Desliz va a venir a pasar una temporada.

—¿Estás enfadado con el Desliz? —pregunta Rebecca.

—Pues claro que no —responde Peter.

A uno de los pencos viejos e inescrutables que tiran de las calesas de los turistas lo ha atropellado un coche al final de Broadway, que está atascada hasta Port Authority, y Peter y Rebecca llegan tarde.

—Quizá vaya siendo hora de que empecemos a llamarle Ethan —observa Rebecca—. Apuesto a que, aparte de nosotros, ya nadie le llama Dizzy.

Dizzy es el diminutivo cariñoso del Desliz.

Fuera del taxi, las palomas aletean ante el azul parpadeante de un cartel de Sony. Un anciano barbudo de andares majestuosos que lleva un abrigo largo lleno de manchas (¿el elegante y grueso Buck Mulligan?) empuja un carrito de la compra lleno de objetos diversos metidos en bolsas y avanza más deprisa que cualquiera de los coches.

Dentro del taxi, el aire está cargado de un potente ambientador vagamente floral, que tan solo sugiere un compuesto químico que podríamos calificar de «dulzón».

—¿Te ha dicho cuánto tiempo va a quedarse? —pregunta Peter.

—No estoy segura.

Pone ojos de cordero. Preocuparse demasiado por Dizzy (Ethan) es una costumbre de la que no consigue librarse.

Peter no insiste. ¿Quién quiere ir a una fiesta en plena discusión?

Tiene el estómago revuelto y una canción le ronda por la cabeza. *I'm sailing away, set an open course for the virgin sea…* ¿Dónde la habrá oído? No ha escuchado a Styx desde que estaba en la facultad.

—Deberíamos poner un límite —dice.

Ella suspira, apoya levemente la mano en su rodilla y contempla por la ventanilla la Octava Avenida, donde el tráfico está totalmente atascado. Rebecca es una mujer de rasgos marcados de quien la gente dice a menudo que es guapa pero nunca que es atractiva. Es imposible saber si esos pequeños gestos suyos con los que lo consuela de su tacañería son conscientes o no.

*A gathering of angels appeared above my head.*

Peter se vuelve para mirar por su ventanilla. Los coches del carril de al lado avanzan centímetro a centímetro. Un Toyota azul un poco desvencijado se arrastra hasta llegar a su altura, en él viajan varios jóvenes, chicos chillones de veintipocos años con la música lo bastante alta para que Peter note el golpeteo que se cuela en la estructura del taxi a medida que se van acercando. Hay seis, no, siete de ellos apiñados en el coche, todos gritan o cantan de forma confusa; chicos musculosos acicalados para la noche del sábado, con el pelo de punta por el fijador, y centelleos de gemelos y cadenas plateadas aquí y allá mientras forcejean y dan palmas. El tráfico en su carril coge velocidad y, cuando les adelantan, Peter ve, o cree ver, que uno de ellos, uno de los cuatro que gritan en el asiento trasero, es en realidad un viejo que lleva una especie de peluca con los pelos de punta, grita y empuja como los demás, pero tiene las mejillas hundidas y los labios finos. Canturrea junto a la cabeza del chico que se sienta a su lado, le grita al oído (¿mostrando lo que está oculto?), y luego desaparecen engullidos por el tráfico. Un momento después, el nimbo de sonido que producen se ha alejado con ellos. Ahora es el bulto marrón de un camión de reparto el que muestra, en oro bruñido, al dios de pies alados de FTD. Flores. Alguien va a recibir unas flores.

Peter se vuelve hacia Rebecca. Un viejo disfrazado de joven es algo que tienen que ver juntos; no es de esas cosas que pueden contarse. Además, ¿acaso no están en medio de una especie de delicada prediscusión? Cuando uno lleva casado mucho tiempo, aprende a identificar un sinfín de ambientes y humores.

Rebecca ha notado que su atención vuelve a estar en el interior del taxi. Lo mira con aire inexpresivo, como si en realidad no esperara verlo allí.

Si muere antes que ella, ¿será capaz de sentir su presencia incorpórea en la habitación?

—No te preocupes —dice él—. No le echaremos a la calle.

Ella frunce los labios con un gesto remilgado.

—No, hablo en serio; tienes razón y deberíamos ponerle algunos límites —responde—. No es buena idea darle siempre lo que quiere.

¿A qué viene esto? ¿Es que de repente le está regañando por su propio hermano pequeño descarriado?

—¿Cuánto tiempo te parece razonable? —pregunta él, sorprendido de que no haya reparado en el tono exasperado de su voz. ¿Cómo es posible que se conozcan tan poco después de tanto tiempo?

Ella se para a pensar y luego, como si hubiese olvidado algo, se inclina hacia el taxista.

—¿Cómo sabe que ha sido un accidente con un caballo?

A pesar de su irritación, Peter es capaz de maravillarse ante la habilidad que tienen las mujeres para plantear preguntas directas a los hombres sin dar la impresión de que quieran iniciar una discusión.

—Me han llamado de la empresa —responde el taxista señalando con el dedo el auricular que lleva en la oreja. Su cabeza calva se asienta solemnemente sobre la oscura peana de su cuello. Él, por supuesto, tiene su propia vida, que nada tiene que ver con la pareja bien vestida de mediana edad que lleva en la parte de atrás del taxi. Según la placa que hay detrás del asiento delantero, se llama Rana Saleem. ¿De la India? ¿De Irán? En su país podría haber sido médico. U obrero. O ladrón. Es imposible saberlo.

Rebecca asiente, vuelve a arrellanarse en el asiento.

—Estaba pensando en otro tipo de límites —dice.

—¿De qué tipo?

—No puede seguir dependiendo de los demás eternamente. Ya sabes. Todos seguimos preocupados por lo otro.

—¿Crees que es algo en lo que pueda ayudarle su hermana mayor? —Ella cierra los ojos ofendida, justo ahora que pretendía mostrarse compasivo—. A lo que me refiero —añade Peter— es a que, bueno, no es muy probable que puedas ayudarle a cambiar de vida si él no quiere. Quiero decir que un drogadicto es una especie de pozo sin fondo.

Ella sigue con los ojos cerrados.

—Lleva limpio un año entero. ¿Cuándo vamos a dejar de llamarle drogadicto?

—No estoy muy seguro de que lleguemos a hacerlo nunca.

¿Se está poniendo mojigato? ¿Está soltando tópicos del manual de Alcohólicos Anónimos que ha oído Dios sabe dónde?

Lo malo de la verdad es que con frecuencia es manida y aburrida.

—Puede que esté preparado para tener un poco de estabilidad —dice ella.

Sí, puede ser. Dizzy les ha informado por correo electrónico de que ha decidido hacer algo en el campo del arte. Quiere abrirse un hueco en el mundo del arte, una ocupación por la que no parece estar muy inclinado. Da igual. A la gente (a alguna gente) le gusta que Dizzy demuestre tener inclinaciones productivas.

—Pues haremos lo que podamos por proporcionarle esa estabilidad.

Rebecca le aprieta la rodilla con afecto. Ha sido bueno.

Detrás de ellos, alguien hace sonar la bocina. ¿Qué pensará que va a conseguir así?

—Tal vez deberíamos bajarnos y coger el metro —propone ella.

—Es la excusa perfecta para llegar tarde.

—¿Significa eso que tendremos que quedarnos más tiempo?

—Ni muchísimo menos. Prometo sacarte de allí antes de que Mike esté lo bastante borracho para empezar a tirarte los tejos.

—No sabes cuánto te lo agradezco.

Por fin llegan a la esquina de la Octava Avenida con Central Park South, donde todavía no han retirado los restos del accidente. Allí, detrás de las luces y de las barreras, detrás de los dos policías que redirigen el tráfico hacia Columbus Circle, está el coche abollado, un Mercedes blanco aparcado en un rincón de la calle Cincuenta y nueve, teñido de rosa chillón por las luces intermitentes. También está lo que probablemente sea el cadáver del caballo, cubierto por una lona alquitranada. La lona, muy pesada, muestra la forma de la grupa del caballo. El resto podría ser cualquier cosa.

—Dios mío —susurra Rebecca.

Peter comprende: cualquier accidente, cualquier recordatorio de la capacidad del mundo para hacer daño, hace que los dos se preocupen por Bea. ¿No habrá vuelto a Nueva York sin avisarles? ¿No iría a bordo de esa calesa?, aunque no se le ocurre nada menos propio de ella.

La paternidad, al parecer, te intranquiliza para el resto de tus días. Aun cuando tu hija tenga veinte años, esté llena de ira alegre e inescrutable y la vida no le vaya demasiado bien en Boston a trescientos sesenta kilómetros de distancia. Sobre todo en ese caso.

—A uno no se le ocurre pensar que esos caballos puedan chocar con un coche. Apenas te das cuenta de que son animales.

—Hay toda una… polémica, sobre el trato que reciben esos caballos.

Pues claro. Rana Saleem conduce un taxi de noche. Hombres y mujeres indigentes pululan por las calles con los pies envueltos en harapos. Los caballos deben de tener vidas deprimentes, probablemente tengan los cascos agrietados por el asfalto. Qué monstruoso es seguir haciendo como si tal cosa.

—Pues esto le vendrá muy bien a los defensores de los caballos —dice.

¿Por qué ha sonado tan insensible? Quiere parecer riguroso, no cruel, él mismo está horrorizado por cómo ha sonado. A veces tiene la impresión de no dominar el dialecto de su propio idioma…, de no dominar con fluidez el «peteres», a los cuarenta y cuatro años.

No, todavía tiene cuarenta y tres. ¿Por qué sigue poniéndose un año más?

No, espera, cumplió cuarenta y cuatro el mes pasado.

—En ese caso, el pobre animal no habrá muerto en vano —dice Rebecca.

Roza con la punta del dedo la barbilla de Peter para consolarlo.

¿Qué matrimonio no implica incontables añadidos, un lenguaje de gestos, un reconocimiento tan agudo como un dolor de muelas? Desde luego, los infelices. ¿Y qué pareja no es infeliz, al menos parte del tiempo? Pero ¿cómo es posible que la tasa de divorcios esté, como suele decirse, disparada? ¿Cuán desdichado debe sentirse uno para poder soportar la separación, para marcharse y vivir su vida desapercibido?

—Menudo desastre —dice el taxista.

—Sí.

Y aun así, claro, Peter parece fascinado por el coche abollado y el cadáver del caballo. ¿No es ese el amargo placer de Nueva York? Es un desastre, como lo era el París de Courbet. Es mísero y maloliente; es peligroso. Hiede a mortalidad.

Si acaso, lamenta que hayan tapado al caballo. Quiere verlo: los dientes amarillos al descubierto, la lengua colgando, la sangre ennegrecida en la acera. Por las razones morbosas tradicionales, pero también como... prueba. Para tener la sensación de que a él y a Rebecca no solo les ha molestado la muerte de un animal, sino que en cierta medida han tenido que ver con ella, de que el fallecimiento del caballo los incluye a ellos y su deseo de verlo. ¿Acaso no queremos ver siempre el cadáver? Cuando él y Dan lavaron el cadáver de Matthew (Dios mío, hace casi veinticinco años), ¿acaso no sintió cierto regocijo que no le confesó jamás a Dan ni a nadie?

El taxi se arrastra hasta Columbus Circle y acelera. En lo alto de la columna de granito, la figura de Cristóbal Colón (que, al parecer, era una especie de genocida, ¿no?) está levemente teñida de rosa por las luces intermitentes que velan el cadáver del caballo.

*I thought that they were angels, but to my surprise, we* no sé qué, no sé qué, no sé qué, *and headed for the skies...*

La gracia de la fiesta consiste en haber asistido. La recompensa es ir después a cenar juntos y luego volver a casa.

Los detalles varían. Esta noche es Elena Petrova, su anfitriona (su marido se pasa la vida fuera, probablemente sea mejor no preguntar a qué se dedica), inteligente, ruidosa e insolentemente vulgar (uno de los temas de discusión de Peter y Rebecca: ¿sabe lo de las joyas, la barra de labios y las gafas?, ¿está proclamando algo?, ¿cómo podría ser tan rica e inteligente y no saberlo?); ahí están el diminuto y magnífico Artschwager, el enorme y talentoso Marden y el fregadero de Grober en el que un invitado —nunca identificado— vació una vez un cenicero; Jack Johnson sentado con pálida majestuosidad en el sofá junto a Linda Neilson, que habla animadamente a la ártica topografía del rostro de Jack; la primera copa (vodka con hielo: Elena sirve una famosa marca que manda traer de Moscú...; ¿de verdad nota Peter o algún otro la diferencia?), seguida por la segunda copa, sin llegar a una tercera; el insistente y rutilante murmullo de la fiesta, enormemente ostentosa, siempre un poco embriagadora por mucho que uno se acostumbre; la rápida mirada a Rebecca (está bien, charlando con Mona y Amy, gracias a Dios tiene una mujer que sabe arreglárselas sola en estas ocasiones); la inevitable conversación con Bette Rice (sintió perderse la inauguración, ha oído decir que los Inksys son fantásticos, se pasará esta semana) y con la otra Linda Neilson (sí, claro, iré a darles una charla a tus alumnos, llámame a la galería y quedamos un día); lo de tener que mear debajo de un dibujo de Kelly recién colgado en el aseo (es imposible que Elena sepa lo que ha hecho, si ha colgado algo así en el baño debe ser que necesita las gafas); la decisión de tomar un tercer vodka, después de todo; el coqueteo con Elena: «¡Eh!, me encanta el vodka». «Cariño, sabes que puedes conseguirlo aquí siempre que quieras.» (Él sabe que lo conocen, y probablemente lo desprecian por esa gaita de ¡Eh!, te pasaría por la piedra si tuviese ocasión); el escuálido e histérico Mike Forth, de pie con Emmett cerca del Terence Koh, lo bastante borracho para empezar a asediar a Rebecca (Mike le resulta simpático a Peter, no puede evitarlo, lleva allí..., y treinta años después sigue sorprendido de que Joanna Hurst *no le quisiera, ni siquiera un poco*); la fugaz imagen del camarero increíblemente guapo hablando por el móvil en la cocina (novio, novia, sexo de pago..., al menos los chicos que sirven en estas fiestas tienen un aura de misterio); luego de vuelta al salón donde, ¡eh!, Mike se las ha arreglado para arrinconar a Rebecca, le está hablando sin parar y ella asiente con la cabeza mientras busca el rescate que Peter le prometió; una comprobación rápida para asegurarse de que no se ha olvidado de saludar a nadie; la conversación de despedida con Elena, que lamenta no haber podido ver los Vincent («Llámame, tengo otras cosas que me encantaría enseñarte»); la extraña y calurosa despedida de Bette Rice (algo le pasa); el rescate de Rebecca («Lo siento, tengo que llevármela, nos veremos pronto, espero»); la sonrisa de despedida de Mike, y adiós, adiós, gracias, nos vemos la semana que viene, sí, claro, llámame, de acuerdo, adiós.

Otro taxi de vuelta al centro. Peter a veces piensa que, al final, cuando quiera que llegue, recordará los viajes en taxi de manera tan real como cualquier otra cosa de su vida terrena. Por horribles que sean los olores (esta vez no hay ambientador, solo un leve aroma de bilis y aceite de la caja de cambios) o lo agresiva e inepta que sea la conducción (en esta ocasión, uno de esos tipos que aceleran y frenan constantemente), está esa sensación de flotar en un recinto cerrado, de moverse seguro por las calles de esta ciudad improbable.

Están atravesando Central Park por la calle Setenta y nueve, uno de los mejores recorridos nocturnos en taxi, el parque está sumido en ese sueño verdinegro tan peculiar, con sus farolas verdes y doradas dibujando círculos de hierba y acera en la base. Por supuesto, está lleno de gente desesperada, unos refugiados, otros criminales; cada cual se las arregla lo mejor que puede con estas contradicciones imposibles, esa confusión de encanto y asesinato.

—No me salvaste de Huracán Mike —se queja Rebecca.

—¡Eh! Te rescaté en cuanto te vi con él.

Está acurrucada, con los hombros encogidos, aunque no hace nada de frío.

—Lo sé.

Pero aun así ha fracasado, ¿no?

—Creo que a Bette le pasa algo —dice él.

—¿Rice?

¿Cuántas más Bettes había en la fiesta? ¿Cuánto más tiempo de su vida estará dedicado a responder esas preguntas evidentes, cuánto le falta para sufrir un ataque porque Rebecca no estaba prestando atención ni ateniéndose al dichoso programa?

—¡Ajá!

—¿Qué te parece?

—No tengo ni idea. Noté algo cuando se despidió. Mañana la llamaré.

—Bette ya va teniendo una edad.

—¿Te refieres a la menopausia?

—Entre otras cosas.

Le excitan esas pequeñas demostraciones de seguridad femenina. Parecen sacadas de James y de Eliot. En realidad estamos hechos del mismo material que Isabel Archer y Dorothea Brooke.

El taxi llega a la Quinta Avenida, tuerce a la derecha. Desde la Quinta Avenida el parque recobra su aspecto de amenaza nocturna durmiente, de árboles negros y algo que espera. ¿Lo notarán los multimillonarios que viven en esos edificios? Cuando sus chóferes los llevan a casa de noche, ¿mirarán alguna vez al otro lado de la avenida y se creerán a salvo, de momento, de una jungla que espera con larga y hambrienta paciencia debajo de los árboles?

—¿Cuándo llega Dizzy? —pregunta.

—Dijo algo de la semana que viene. Ya sabes cómo es.

—¡Ajá!

De hecho, Peter sabe cómo es. Es uno de esos jóvenes inteligentes y dispersos que, después de ciertas deliberaciones, decide que quiere hacer algo en el campo del arte, pero no quiere, y posiblemente no puede, concebirlo como un verdadero trabajo; que parece imaginar que la juventud, la inteligencia y la voluntad acabarán por proporcionarle un empleo, cuya exacta y precisa naturaleza acabará revelándose a su debido tiempo.

Esa familia de mujeres echó a perder al pobre chico. ¿Cómo sobrevivir después de que te quieran de forma tan desesperada?

Rebecca se vuelve hacia él con los brazos todavía cruzados sobre el pecho.

—¿A ti a veces no te parece ridículo?

—¿Qué?

—Estas fiestas y cenas, toda esa gente tan horrible.

—No todos lo son.

—Lo sé. Es que me cansa responder a todas esas preguntas. La mitad de esa gente ni siquiera sabe a qué me dedico.

—No es cierto.

Bueno tal vez lo sea un poco. *Blue Light*, la revista de arte y cultura de Rebecca, no es una lectura habitual entre esa clase de gente, quiero decir que no es *Artforum* o *Art in America*. Habla de arte, desde luego, pero también de poesía y narrativa y —horror de los horrores— de vez en cuando también de moda.

—Si prefieres que Dizzy no se quede con nosotros, puedo buscarle otro sitio donde estar.

¡Ah!, de modo que sigue hablando de Dizzy, ¿eh? Su hermanito, el amor de su vida.

—No, no pasa nada. ¿Cuánto hace que no lo veo? ¿Cinco años? ¿Seis?

—Exacto. No viniste a lo de California.

De pronto un doloroso e inesperado silencio. ¿Se enfadó porque no fuese a California? ¿Se enfadó él porque ella se enfadara? No lo recordaba. Pero aun así tenía un mal recuerdo de lo de California. ¿Cuál?

Ella se inclina hacia delante y le besa, con dulzura, en los labios.

—¡Eh! —susurra Peter.

Rebecca apoya la cara en el cuello de él, que le pasa un brazo por encima.

—A veces el mundo es fatigoso, ¿no crees? —dice ella.

Hechas las paces. Aunque Rebecca es capaz de recordar cualquier desliz y de remontarse a meses atrás en una discusión cuando se acalora. ¿Habrá cometido alguna infracción esa noche, algo de lo que se enterará en junio o julio?

—Mmm —dice él—. ¿Sabes? Creo que podemos concluir que lo de las gafas y el pelo de Elena va en serio.

—Te lo dije.

—No es verdad.

—Lo que pasa es que no te acuerdas.

El taxi se detiene en el semáforo de la calle Sesenta y cinco.

Helos ahí: una pareja de mediana edad en un taxi (esta vez el taxista se llama Abel Hibbert, es joven y nervioso, callado, resentido). He ahí a Peter y a su mujer, casados desde hace veintiún años (casi veintidós), sociables, dados a las bromas, no demasiado sexo, aunque algo sí, no como otras parejas casadas desde hace mucho tiempo a las que podría nombrar, y sí, a cierta edad se pueden concebir logros mayores, placeres más fuertes e inextinguibles, pero lo que uno ha hecho por sí mismo no es malo, ni mucho menos. Peter Harris, niño hostil, horrible adolescente, ganador de varios segundos premios, ha llegado a ese momento, relacionado, comprometido, amado, con el cálido aliento de su mujer en el cuello, de regreso a casa.

*Come sail away, come sail away, come sail away with me*, tararí, tarará…

Otra vez esa canción.

El semáforo cambia. El taxista acelera.

La clave del sexo es…

Con el sexo no hay claves.

Lo que ocurre es que puede volverse complicado, después de tantos años. Hay noches en que uno se siente un poco… Bueno. No es exactamente que quiera sexo, pero lo que no quiere es formar parte de una pareja con una hija crecida, una serie de preocupaciones privadas, y una amistad sincera, aunque un poco quisquillosa, que ya no parece necesitar el sexo un sábado por la noche, después de una fiesta, un poco achispados por el cacareado vodka de la reserva privada de Elena Petrova y una botella de vino en la cena.

Tiene cuarenta y cuatro años. Solo cuarenta y cuatro. Ella aún no ha cumplido los cuarenta y uno.

El estómago revuelto no le ayuda a uno a sentirse sexy. ¿Qué le pasará? ¿Cuáles son los primeros síntomas de una úlcera?

En la cama ella lleva bragas, una camiseta de cuello de pico Hanes y calcetines de algodón (tiene los pies fríos hasta en pleno verano). Él lleva unos calzoncillos blancos. Pasan diez minutos viendo la CNN (coche bomba en Pakistán, treinta y siete muertos; iglesia incendiada en Kenia con un número indeterminado de personas dentro; un hombre que acaba de arrojar a sus cuatro hijos por un puente de veinticinco metros de altura en Alabama; no dicen nada de lo del caballo, aunque en todo caso saldrá en las noticias locales), luego zapean un poco y ven un rato *Vertigo*, la escena en que James Stewart lleva a Kim Novak (versión Madeleine) a la misión para convencerla de que no es una cortesana muerta reencarnada.

—Es mejor que no nos enganchemos a verla —dice Rebecca.

—¿Qué hora es?

—Más de las doce.

—Hace años que no la he visto.

—El caballo sigue allí.

—¿Qué?

—El caballo.

Momentos después, James Stewart y Kim Novak están sentados en un carruaje de época detrás de un caballo de plástico, o algo parecido, de tamaño real.

—Pensé que te referías al caballo de antes —dice Peter.

—¡Ah! No. Es curioso cómo coinciden estas cosas, ¿verdad? ¿Cómo se llama eso?

—Sincronicidad. ¿Cómo sabes que el caballo sigue allí?

—Porque he ido a esa misión. Cuando estaba en la facultad. Es exactamente igual que en la película.

—Aunque, claro, es posible que después hayan quitado el caballo.

—Es mejor que no nos enganchemos a verla.

—¿Por qué?

—Estoy demasiado cansada.

—Mañana es domingo.

—Ya sabes cómo acaba.

—¿Cómo acaba?

—La película.

—Claro que sé cómo acaba. También sé que a Anna Karenina la atropella un tren.

—Sigue viéndola tú, si quieres.

—No, si a ti no te apetece.

—Estoy demasiado cansada. Mañana estaré tensa. Sigue tú.

—No puedes dormir con la televisión encendida.

—Lo intentaré.

—No, da igual.

Siguen viendo la película hasta que James Stewart ve —o cree ver— a Kim Novak cayendo desde la torre. Luego apagan la tele y las luces.

—Deberíamos alquilarla algún día —dice Rebecca.

—Sí. Es buenísima. Casi había olvidado lo buena que es.

—Incluso mejor que *La ventana indiscreta*.

—¿Tú crees?

—No sé, hace mucho que no veo ninguna de las dos.

Los dos dudan. ¿Preferiría ella ponerse a dormir sin más? Tal vez. Siempre hay uno que besa y otro que es besado. Gracias, Proust. Peter nota que ella preferiría saltarse el sexo. ¿Por qué está cada vez más fría con él? Es cierto que ha engordado unos kilos, y, sí, su culo no es tan firme como antes. ¿Y si se estuviera desenamorando? ¿Sería eso trágico o liberador? ¿Cómo se sentiría si ella lo dejase libre?

Sería inconcebible. ¿Con quién hablaría, cómo compraría la verdura o vería la televisión?

Esta noche será Peter quien la bese. Una vez que empiecen, ella se alegrará. ¿O no?

La besa. Ella le devuelve el beso con agrado. O al menos eso parece.

A estas alturas, no sabría describir la sensación de besarla, el sabor de su boca, es demasiado cercano al sabor de la suya. Le acaricia el pelo, coge un buen puñado y tira suavemente de él. Los primeros años era un poco más brusco con ella, hasta que comprendió que ya no le gustaba y que probablemente no le había gustado nunca. Quedan todavía algunos gestos, leves imitaciones de los primeros, cuando no se conocían tanto, cuando se pasaban el tiempo follando, aunque Peter sabía incluso entonces que el deseo que sentía por ella era parte de algo mayor; que obtenía un placer más intenso (aunque menos maravilloso) con otras tres mujeres: una que estaba colada por su compañero de habitación, otra que estaba chiflada por los fauvistas y una que era sencillamente ridícula. El sexo con Rebecca fue extraordinario desde el principio porque era sexo con Rebecca: con su ávida inteligencia, su ternura cómplice y las insinuaciones, a medida que se iban conociendo, de lo que solo acertaba a llamar su «existencia».

Ella recorre suavemente su columna con la mano y la deja en el culo. Él le suelta el pelo, y le rodea los hombros con el brazo tal como sabe que le gusta…, esa sensación de que la sujetan con fuerza (una de sus fantasías sobre las fantasías de ella: la está sujetando en el aire, la cama ha desaparecido). Con la mano que le queda libre, y con su ayuda, le sube la camiseta. Sus pechos son redondos y pequeños (¿cuándo le puso aquella copa de champán encima de uno de ellos para comprobar que encajaba…, fue en la cabaña de verano en Truro, o en aquella pensión de Marin?). Puede que sus pezones se hayan endurecido y oscurecido un poco —ahora son exactamente del mismo tamaño que la punta de su dedo meñique, y del color de una goma de borrar—. ¿No eran antes un poco más pequeños y sonrosados? Probablemente. Peter es uno de los pocos hombres que no se obsesionan con las mujeres más jóvenes, aunque ella se niega a creerlo.

Siempre nos preocupamos por las cosas equivocadas.

Posa los labios sobre su pezón izquierdo y lo lame. Ella murmura. Se ha vuelto peculiar, su boca sobre su pecho y la respuesta de ella, el murmullo exhalado, el estremecimiento en miniatura que percibe en todo su cuerpo como si ella no pudiese creer que esto, *esto*, estuviera pasando otra vez. Ahora tiene una erección. No siempre distingue, aunque en realidad no le importa, cuándo está excitado por sí mismo y cuándo porque lo está ella. Ella se aferra a su espalda, ya no alcanza al culo, a él le encanta que le guste su culo. Rodea el pezón con la punta de la lengua, roza el otro con el dedo. Esta noche, la clave será que se corra ella. Pasa a menudo. Lleva años pasando, revela la manera en que lo hacen en sus noches (¿cuánto hace que no follan en otro sitio que no sea en la cama, de noche?) normalmente dependiendo de quién besa a quién. O sea que este es para ella. Ahí radica su voluptuosidad.

Tiene un michelín en la barriga y cierta pesadez en las caderas. De acuerdo, Peter, tú tampoco eres exactamente un actor porno.

Posa la boca sobre su estómago, sin dejar de acariciarle, ahora con más fuerza, el pezón con el dedo. Ella suelta un gemido de sorpresa. Lo ha comprendido, ambos comprenden, ambos lo saben, he ahí el milagro. Él deja de acariciarla con el dedo y empieza a hacer círculos. Le muerde el elástico de las bragas, luego desliza la lengua por debajo del elástico y lame sin brusquedad ni suavidad su vello púbico. Las caderas de ella se curvan hacia delante. Sus dedos le acarician el pelo.

Ha llegado la hora de romper filas y quitarse la ropa. Un placer del matrimonio…, ya no tiene que ser como al descuido. Ya no es necesario quitársela despacio. Puedes detenerte, quitarte lo que haya que quitar y proseguir. Se quita los calzoncillos que cubren la erección y los tira al suelo. Como es la noche de Rebecca, vuelve a echarse sobre ella antes de que tenga tiempo de quitarse los calcetines y a ella le da risa. Sigue donde estaba, lamiendo su vello púbico y acariciándole en círculos el pezón derecho. Es como el fotograma de una película: de pronto, ambos están desnudos (excepto por los calcetines, unos viejos de algodón blanco, un poco amarillentos en las suelas, debería comprar unos nuevos). Ella le oprime la cabeza por ambos lados con los muslos mientras él pasea la boca por su vello en forma de uve, y ahí está, él sabe que es un experto en clítoris, y esa exactitud de halcón y el modo extático en que ella se deja llevar resultan muy sensuales, por un momento aprieta más de la cuenta, y luego lo suelta, no ha sido para tanto. Sus muslos se relajan, descansan más sólidamente sobre sus hombros, y ella susurra «¡oh, oh, oh, oh, oh!». Reconoce su olor, ese leve aroma de gambas frescas, en ese momento es cuando él se siente más enamorado del cuerpo de ella y más fascinado por él, quizá un poco asustado también; probablemente ella sienta lo mismo por su polla, aunque nunca lo han hablado, a lo mejor deberían hablarlo, pero ya es un poco tarde para empezar. Él sigue insistiendo, le retuerce el pezón con el pulgar y el índice, lamiendo su clítoris, una y otra vez, una y otra vez, sabe (lo sabe) que esa insistencia es crucial, la lengua, los labios y los dedos que no se detendrán pase lo que pase, que la encontrarán donde quiera que vaya; eso (¿y quién sabe qué cosas más?) es lo que la excita: tener que admitir que no hay escapatoria, que es demasiado tarde, que no vale la pena discutir, porque no se detendrá. Dice «¡oh, oh, oh, oh, oh!» en voz alta, ya no susurra, está a punto, siempre funciona (¿fingirá alguna vez? Mejor no saberlo), esta noche hará que se corra así, están demasiado cansados para follar, y luego Rebecca se ocupará de él, en eso también ella es una experta: los dos están a punto, están a punto, y luego podrán dormir, y mañana será domingo.

Tienen dos gatos, se llaman Lucy y Berlin.

¿Qué?

Estaba soñando. ¿Qué sitio es este? El dormitorio. Su propio dormitorio. Rebecca está a su lado, respirando con regularidad.

Son las tres y diez. Peter sabe lo que eso significa.

Se levanta con cuidado de no despertarla. Es la hora fatídica. Estará despierto al menos hasta las cinco.

Cierra con cuidado la puerta de la habitación, se sirve un vodka en la cocina (no, no aprecia la diferencia entre el que guarda en el congelador y el que Elena ha pasado de contrabando a un precio altísimo, procedente de algún claro de un bosque de los Urales). Es un hombre desnudo que vive allí y bebe vodka de un vaso de zumo. Entra en el baño a por una de las píldoras azules, luego deambula por el salón, la parte del *loft* que ellos llaman el salón, aunque en realidad el piso sea solo una gran sala, con dos dormitorios y un baño separados de él.

Es un gran espacio, como dice la gente. Tienen suerte de haberse mudado a él antes de que el mercado enloqueciera. Como dice la gente.

Tiene una erección nocturna y no se le pasa. Dígame, señor Harris, ¿cuánto tiempo hace que sus propiedades inmobiliarias le afectan de este modo?

La cama Chris Lehrecke, la mesita Eames, la sobria y perfecta mecedora del siglo XIX, el candelabro de los cincuenta inspirado en el Sputnik que hace (o eso esperan ellos) que lo demás no parezca demasiado solemne o pomposo. Los libros, los candelabros y la alfombra. El arte.

Ahora mismo, dos cuadros y una fotografía. Un precioso Bock Vincent (la exposición solo se vendió a medias, ¿qué le pasa a la gente?) envuelto en papel y atado con un cordel. Un Lahkti, una escena exquisitamente pintada de la miseria de Calcuta (esos sí se vendieron, ¿quién lo habría dicho?). Una pintura de humo de Glen Howard para la galería de atrás el próximo otoño, siempre ayuda tener algo que cueste un poco menos, sobre todo estos días. *El dinero ha volado, Dios, ¿dónde habrá ido a parar?* ¿Qué canción de los Beatles era esa?

Va hacia la ventana y sube la persiana. No hay nadie en Mercer Street a las tres y pico de la mañana, solo esa pálida luz anaranjada y callejera sobre los adoquines, parece que haya llovido un poco. Esa ventana, como tantas otras ventanas neoyorquinas, no tiene muy buena vista: una parte de una manzana de Mercer Street entre Spring y Broome, la taciturna fachada de ladrillo marrón del edificio de enfrente (algunas noches hay una luz encendida en el cuarto piso, imagina que en él vive otro insomne y le preocupa que se acerque a la ventana y pueda verle); una pila de bolsas de basura negras tiradas en la acera, y dos vestidos relucientes, uno verde y otro color sangre de toro, en el escaparate de una tienda cuyos precios están por las nubes y que probablemente no tarde mucho en cerrar; Mercer sigue estando un poco apartada para esa clase de tiendas. Como casi todas las ventanas de Nueva York, la de Peter es un retrato viviente. De día, se ve a los peatones recorrer unos diez metros de su día de trabajo. De noche, la calle podría ser una foto de alta definición. Si uno la observa el tiempo suficiente, empieza a parecer un Nauman, como *Mapping the Studio*, la extraña fascinación que surge de manera gradual al observar a un gato, una polilla o un ratón que atraviesan a toda prisa esas habitaciones supuestamente vacías de noche, la creciente sensación de que en realidad nunca lo están, y no solo por esa furtiva vida animal, sino por sus propios seres inanimados, sus pilas de papel y sus tazas de café medio vacías, que seguirían allí, no conscientes, pero tampoco exactamente inconscientes —hechizadas, podría decirse— si las personas desapareciesen de pronto y dichas habitaciones siguieran igual que estaban en el momento en que todo el mundo se levantó para marcharse. Si el propio Peter muriese, o si se vistiera y se marchase para no volver jamás, aquella habitación retendría algo suyo, una mezcla de retrato y esencia.

¿O no? ¿Ni siquiera por un tiempo?

No es de extrañar que los victorianos hicieran guirnaldas con el cabello de sus amantes muertos.

¿Qué diría un desconocido al entrar en esta habitación después de que se hubiese ido Peter? Un marchante pensaría que había hecho algunas buenas inversiones. Un artista, la mayoría de los artistas, pensarían que había comprado obras equivocadas. La mayoría de la gente pensaría: ¿Qué es esto, un cuadro envuelto y atado? ¿Por qué no lo destapa?

Los insomnes saben mejor que nadie lo que significa encantar una casa.

Ayúdame, oscuridad. ¿Qué es eso? La letra de una canción de rock, o un sentimiento. Lo malo es...

No hay nada malo. ¿Cómo iba a haberlo, cómo iba cualquier miembro del 0,00001 por ciento de la población próspera a atreverse a decir que hay algo malo? ¿Quién le dijo a Joseph McCarthy: «¿Es que no tiene usted vergüenza, señor?». No hay que ser un fanático de derechas para que te planteen esa pregunta.

Y no obstante...

Es tu vida, probablemente la única. Y pese a todo estás tomándote un vodka a las tres de la madrugada, esperando que la píldora haga efecto, con el tictac del tiempo en torno a ti y a tu propio fantasma que deambula por tus habitaciones.

Lo malo es...

Nota algo que se agita en los confines del mundo. Una atención asustadiza, un nimbo de color dorado oscuro, tachonado de luces vivas, como los peces en el negro océano; un híbrido entre una galaxia, el tesoro del sultán y una deidad caótica e inescrutable. Aunque no es religioso, adora esos iconos del pre-Renacimiento, esos santos dorados y esos relicarios enjoyados, por no hablar de las lechosas *madonnas* de Bellini y de los atractivos ángeles de Miguel Ángel. En otra época podría haber sido un acólito del arte, un monje cuya obra de toda una vida hubiera consistido en producir una sola página de un manuscrito miniado, *La huida a Egipto*, pongamos por caso, en la que dos figuras diminutas y un niño quedaran congeladas en un eterno paso en falso bajo una bóveda azul ultramar tachonada de brillantes estrellas doradas. A veces, por ejemplo esta noche, siente ese mundo medieval de pecadores con algún santo ocasional que los guía bajo una infinitud celestial pintada. Es historiador del arte, tal vez debería haber sido, ¿qué?, digamos conservador de museo, uno de esos tipos que viven en los sótanos de dichas instituciones y se pasan la vida quitando el barniz y la pintura y recordándose a sí mismos (y de paso al mundo) que el pasado era chillón y colorido, que el Partenón era dorado y que Seurat empleaba colores muy vivos, pero las pinturas baratas se han apagado hasta adquirir ese clásico tono crepuscular.

No obstante, Peter no quiso vivir en un sótano. Quiso ser marchante, un traficante (como lo llamarían algunos), un habitante del presente, aunque sea incapaz de vivir del todo en el presente y no pueda dejar de lamentarse por un mundo perdido, que no sabría describir con exactitud, aunque sepa con seguridad que no es este, que no tiene bolsas de basura negras apiladas en la acera, ni llamativas tiendecitas de ropa que aparecen y desaparecen. Es sensiblero y sentimental, no habla con nadie de eso, pero en ocasiones —por ejemplo, ahora— le parece su aspecto más esencial: su convicción, pese a que todas las pruebas indiquen lo contrario, de que una belleza terrible y cegadora está a punto de descender y, como la ira de Dios, absorberlo todo, dejarnos huérfanos, transportarnos y dejarnos preguntándonos cómo vamos a empezar de nuevo.

# La edad del bronce

El dormitorio está inundado de esa media luz grisácea tan peculiar de Nueva York, una efusión que no parece surgir de ninguna parte, una iluminación sin sombras que tanto podría emanar de las calles como caer del cielo. Peter y Rebecca están en la cama con un café y el *Times*.

No yacen uno junto al otro. Rebecca está absorbida por las reseñas literarias. Ahí está, ha pasado de ser una chica lista y dura a convertirse en una mujer inteligente y más bien fría, cansada de apoyar a Peter en, bueno, en casi todo; convertida en una crítica severa y afectuosa. Hete ahí que su sensata juventud se ha transformado en una capacidad femenina de emitir juicios fríos y calmosos.

La BlackBerry de Peter emite su tono suave y aflautado. Él y Rebecca intercambian una mirada: ¿quién puede llamar un domingo por la mañana?

—Hola.

—¿Peter? Soy Bette. Espero que no sea muy temprano.

—No, estamos levantados. —Mira a Rebecca y articula la palabra «Bette»—. ¿Estás bien? —pregunta.

—Sí. ¿Por una remota casualidad no estarás libre para comer hoy?

Una segunda mirada a Rebecca. Se supone que el domingo es el día que tienen para estar juntos.

—¡Sí! —dice—. Creo que sí.

—Puedo acercarme al centro.

—Muy bien. Sí. ¿Qué tal a eso de la una?

—A eso de la una me va bien.

—¿Dónde te apetece ir?

—Nunca se me ocurre ningún sitio.

—A mí tampoco.

—¿No te pasa que siempre tienes la sensación de que hay un restaurante perfecto y no caes en él? —pregunta.

—Además, en domingo habrá muchos en los que no encontraremos sitio. Como Prune. O el Little Owl. Aunque, si quieres, podemos intentarlo.

—Es culpa mía. ¿A quién se le ocurre llamar en el último minuto para quedar a comer un domingo?

—¿Quieres decirme lo que te pasa?

—Prefiero decírtelo en persona.

—¿Y si voy yo a tu barrio?

—No me atrevería a pedírtelo.

—Llevo tiempo queriendo ver la exposición de Hirst en el Met.

—Yo también. Pero ¿cómo voy a perdonarme si encima de que te llamo en tu día libre te hago venir aquí?

—He hecho más por gente a quien aprecio menos que a ti.

—Payard's estará lleno. Es probable que pueda conseguir una

mesa en JoJo. Ya sabes que aquí la gente no es tan aficionada al *brunch*.

—Muy bien.

—¿Te da igual ir a JoJo? La comida es buena, y no hay ningún restaurante que esté cerca del Met...

—JoJo está bien.

—Peter, eres un hombre como los de antes.

—Ya puedes decirlo.

—Ahora llamo. Si no tienen mesa para la una, te vuelvo a telefonear.

—Muy bien. De acuerdo. —Cuelga, limpia una mancha de la pantalla de la BlackBerry con el borde de la sábana—. Era Bette —explica.

¿Es una traición quedar a comer un domingo? Le ayudaría conocer la gravedad de la situación de Bette...

—¿Ha dicho lo que quería? —pregunta Rebecca.

—Quiere quedar a comer.

—Pero no te ha dicho nada.

—No.

Ambos dudan. Está claro que no puede ser nada bueno. Bette es una sesentona. Su madre murió de cáncer de pecho, hará ahora unos diez años.

—¿Sabes?, por mucho que digamos «espero que no sea un cáncer», eso no va a cambiar las cosas.

—Tienes razón.

En ese momento la adora. La ambivalencia grisácea desaparece. Mírala: los rasgos marcados, sensatos y levemente arcaicos de su rostro (tiene un perfil que podría aparecer en una moneda, ¿cuántas generaciones de pálidas bellezas irlandesas casadas con hombres impasibles habrá detrás?), la masa de cabello oscuro y entrecano…

—Quisiera saber por qué me ha llamado a mí.

—Eres su amigo.

—Pero no somos tan amigos.

—Puede que quiera practicar. Tratar de decírselo a alguien que no sea tan próximo.

—No sabemos si es eso. Quizá quiera confesarme su amor.

—¿Crees que llamaría a casa para eso?

—Me parece que los teléfonos móviles han convertido esa pregunta en irrelevante.

—¿Eso crees?

—Pues claro que no.

—Elena sí está enamorada de ti.

—Pues a ver si compra algo de una puta vez.

—¿Has quedado con Bette en su barrio?

—Sí. En JoJo.

—¡Ah!

—Luego tal vez vayamos al Met a ver la exposición de Hirst. No dejo de preguntarme qué aspecto tendrá allí.

—¿Qué edad tiene Bette, sesenta y cinco?

—Por ahí. ¿Cuándo te hiciste la última revisión?

—No tengo cáncer de mama.

—No digas eso.

—Da exactamente igual decirlo o no.

—Lo sé. Pero no obstante…

—Si muero, tienes mi permiso para volver a casarte. Después de un apropiado período de duelo.

—Ídem.

—*¿Ídem?*

Los dos se echan a reír.

—Matthew dejó unas instrucciones tan precisas… La música, las flores. Incluso el traje que teníamos que ponerle.

—No se fió de tus padres y su hermano de diecinueve años. ¿Le culpas?

—Ni siquiera se fió de Dan.

—¡Oh!, apuesto lo que quieras a que sí se fiaba de Dan. Tan solo quiso tomar él la decisión. ¿Es que no te parece bien?

Peter asiente. Dan Weissman. Un chico de veintiún años de Yonkers, que trabajaba de camarero y estaba ahorrando para ir a Europa unos meses, convencido de que cuando regresara acabaría en la Universidad de Nueva York. Creyó, debió creer, al menos por un tiempo, que el mundo estaba siendo generoso con él. Estaba ganando bastante dinero en el nuevo café del momento. Él y Matthew Harris, su improbable y fabuloso nuevo novio, se pasearían juntos por Berlín y Amsterdam. Madonna le había dejado cincuenta y siete dólares de propina en una cuenta de cuarenta y tres.

—Creo que quiero a Schubert —dice Rebecca.

—¿Cómo?

—En el funeral. La cremación. Schubert. Y por favor, que todos se emborrachen después. Un poco de Schubert, un leve pesar, y luego tomaos unas copas y contad cosas divertidas de mí.

—¿Qué pieza de Schubert?

—No lo sé.

—Creo que yo prefiero a Coltrane. ¿Crees que parecerá pretencioso?

—No más que Schubert. ¿Te parece que Schubert lo es?

—Es un funeral. Todo está permitido.

—Puede que Bette esté bien —dice.

—Quizá. ¿Quién sabe?

—¿No deberías darte una ducha?

¿Está deseando que se marche?

—¿Seguro que no te importa?

—No, no pasa nada. Bette no llamaría en el último minuto si no fuese algo importante.

De acuerdo. Claro. Aunque el domingo es el día que tienen para estar juntos, su único día, ¿no debería afectarle más que se fuese, por muy nobles que sean sus motivos?

Mira el reloj de la mesilla y sus preciosos números azul verdosos.

—Me ducharé dentro de veinte minutos.

Eso es. Veinte minutos en la cama con tu mujer leyendo el periódico dominical: esa tacita de tiempo. Los agujeros negros se están expandiendo; una sección del Ártico mayor que Connecticut acaba de fundirse; a alguien de Darfur que quiere vivir a toda costa y que se había engañado pensando que sería uno de los supervivientes, acaban de abrirle en canal con un machete y, por un instante, ve sus propias vísceras, de un color rojo más oscuro de lo que había imaginado. Puede que en mitad de todo eso pueda disfrutar de veinte minutos de comodidad doméstica.

No obstante, Bette Rice ha derramado algo en la habitación. Llamémoslo apremio mortal.

¿Quién habría esperado tanto heroísmo del pequeño Dan Weissman, con su belleza de antílope de ojos ávidos y rostro estrecho? Nada de pasiones extravagantes, Dan, que estaba claramente destinado a ser uno de los chicos con los que *solía* salir Matthew… ¿Quién habría imaginado que acabaría sabiendo más que algunos médicos, que se enfrentaría a las enfermeras más terroríficas, que se quedaría con Matthew cuando estaba en casa y seguiría con él aquel protocolo que llamaban cerrado, y que estaría en el hospital esos últimos días y…? Sí, la lista sigue…, y no, Dan no dijo nada de sus propios síntomas hasta que murió Matthew. ¿Quién iba a decir que Matthew y aquel chico más o menos desconocido se convertirían en Tristán y la puta Isolda?

Da pánico pensarlo: tu propio hermano muerto a los veintidós años (ahora tendría cuarenta y siete), junto con su primer novio duradero y todos sus amigos; matanzas en otros países que nada tenían que envidiar a las de Atila el rey de los hunos; chicos matando a sus profesores con armas que sus padres habían dejado olvidadas por ahí; y, a propósito, ¿crees que volverán a escoger un edificio, o será el metro o un puente?

—¿Tienes el Metro? —pregunta a Rebecca.

Ella le alcanza el suplemento y vuelve a las reseñas de libros.

—La exposición de Martin Puryear cierra dentro de tres semanas —dice—. Por favor, recuérdamelo si se me olvida.

—¡Ajá!

Dispone de veinte minutos. Ahora diecinueve. Es muy afortunado. Tanto que casi da miedo. ¿Crees que tienes problemas, desgraciado? Tómatelos como un aperitivo que no ha salido bueno. Deberías cantar y alegrarte, deberías hacer ofrendas al primer dios que se te ocurra, porque nadie te ha echado encima un neumático y le ha pegado fuego, al menos hoy.

—¿No deberíamos llamar a Bea antes de que te vayas?

¿Qué clase de padre no querría llamar a su hija?

Nadie te ha acuchillado con un machete. Pero…

—Ya la llamaremos cuando vuelva —responde.

—Muy bien.

Es difícil negarlo: Rebecca se alegra de estar unas horas sin él. Es lo que tienen los matrimonios largos, ¿eh? A veces a uno le apetece estar solo.

Hace una cálida tarde de abril bañada en un luminoso resplandor grisáceo. Peter recorre las pocas manzanas que lo separan de la parada del metro de Spring Street. Lleva unas botas de ante gastadas, unos vaqueros azul oscuro, una camisa azul claro sin planchar y una chaqueta de cuero de color peltre. Tratas de que no parezca demasiado calculado, pero de hecho vas a encontrarte con alguien en un restaurante de moda del norte de la ciudad y no quieres —pobre desgraciado— que se te note demasiado que vives en el centro (patético, en un hombre de tu edad) ni que parezca que te has arreglado para las señoronas. Con los años Peter ha mejorado su forma de vestir como quien trata de imitar a quien es en realidad. No obstante, hay días en que no puede sino pensar que se ha equivocado por completo. Y, por supuesto, es grotesco preocuparse tanto por la propia apariencia, aunque sea casi imposible no hacerlo.

Sin embargo, el mundo conspira para recordártelo: a nadie le importan tus botas, muchacho. Ahí está Spring Street un día de primavera (aunque lo mismo es una falsa primavera: Nueva York tiene la costumbre de exprimir una última nevada incluso después de que broten las flores de azafrán), el cielo está tan despejado que uno imagina a Dios amasándolo con las manos como bolas de nieve y lanzándolas diciendo: «Tiempo, Luz, Materia». Ahí tienes Nueva York, una de las más condenadas perturbaciones que jamás alterarán la cambiante superficie de la tierra. En realidad, es medieval, con todas sus murallas, zigurats, agujas y campanarios, es perfectamente posible ver a un jorobado vestido con una bolsa de basura cojeando junto a una mujer que lleva un monedero valorado en veinte mil dólares. Y, al mismo tiempo, superpuesta, hay una enorme ciudad del siglo XIX en plena expansión, llena de vida, ansiosa por el futuro pero sin nada recauchutado, ni amortiguado, ni suavizado; los trenes hacen retumbar la acera, mujeres y hombres tallados en arenisca —no dioses— se asoman imponentes a las cornisas desde un cielo de trabajo y prosperidad ganada con esfuerzo, las bocinas de los coches le pitan a un ciudadano vestido con Dockers que pasa diciéndole a su teléfono móvil que «así es como debe ser».

Peter baja las escaleras hacia el rugido del tren que se acerca.

Bette está ya sentada cuando llega él. Peter sigue a la camarera a través del falso rojo oscuro de los adornos victorianos de JoJo. Cuando Bette lo ve llegar le saluda con la cabeza y esboza una sonrisa irónica (Bette es una persona seria y solo movería los brazos si se estuviese ahogando). Peter sospecha que la sonrisa es irónica porque, bueno, ahí están, a petición de ella, y, sí, la comida es buena, pero también están los flecos y las mesas de patas combadas. Es un escenario, es *kitsch*, por el amor de Dios; pero Bette y su marido, Jack, han tenido desde siempre su piso en el cruce de

York Avenue con la calle Ochenta y cinco, él tiene su salario de profesor y ella gana algo como marchante de arte de mediana categoría y que le den morcilla a quien los desprecie por no vivir en el centro en un *loft* de Mercer Street en un barrio donde los restaurantes son más elegantes.

Cuando Peter llega a la mesa, ella le dice:

—Aún no puedo creer que te haya arrastrado hasta aquí.

Sí, está irritada con él, por... ¿haber aceptado?, ¿porque le van bien las cosas (en comparación)?

—No tiene importancia —responde Peter, a quien no se le ocurre nada más inteligente que decir.

—Eres muy amable, no agradable; la gente tiende a confundir ambas cosas.

Se sienta enfrente de ella. Bette Rice: una fuerza de la naturaleza. Cabello plateado muy corto, sobrias gafas de montura negra, perfil a lo Nefertiti. Lo lleva en la sangre. Hija judía de izquierdistas de Brooklyn, es posible o no que saliera con Brian Eno, tiene una buena anécdota sobre cómo Rauschenberg la invitó a su primera Cola Diet. Cuando está con Bette, Peter siempre se siente como el deportista no muy listo del instituto que trata de ligar con una chica lista y dura. ¿Qué culpa tiene él de haber nacido en Milwaukee?

Bette taladra a una camarera con la mirada y dice: «Café», le trae sin cuidado que su voz sea más alta de lo necesario y que una rubia impecable de unos sesenta años la mire desde la mesa de al lado.

—Espero que me hayas llamado para hablar de las gafas de Elena Petrova —dice Peter.

Ella levanta una mano muy fina. Uno de los tres anillos de plata que lleva tiene forma de garra, como un oscuro instrumento de tortura.

—Cariño, te lo agradezco mucho, pero te ahorraré toda la cháchara preliminar. Tengo cáncer de mama.

¿Acaso pensaba que anticipándolo la había protegido?

—Bette...

—No, no, lo han cogido a tiempo.

—Gracias a Dios.

—Lo que quiero decirte es que voy a cerrar la galería. Cuanto antes.

—¡Oh!

Bette le ofrece una leve sonrisa, consoladora, incluso maternal y él recuerda que tiene dos hijos crecidos, ninguno de los dos demasiado malcriado.

—Esta vez lo han cogido a tiempo, y, si se reproduce, es probable que vuelvan a hacerlo. No me estoy muriendo ni nada parecido. Aunque hubo un momento en que... Cuando me dijeron lo que era, ya sabes, mi madre...

—Claro.

Ella le echa una mirada muy sobria. No te alegres todavía, ¿de acuerdo?

—Al principio me enfadé más que asustarme. La galería ha sido mi vida estos cuarenta años y, francamente, hace diez años que estoy harta. Y ahora que todo se está yendo al infierno y que todo el mundo está arruinado... En fin. Una de las primeras cosas que pensé fue: si esto no me mata, Jack y yo cambiaremos de vida.

—Y por eso…

—Iremos a vivir a España. Los chicos están bien; buscaremos una casita encalada en alguna parte y cultivaremos tomates.

—Estás de broma.

Ella suelta una risa densa y gutural. Es una de las últimas fumadoras norteamericanas vivas.

—Ya lo sé —responde—. Ya lo sé. Puede que nos muramos de aburrimiento. En ese caso venderemos la dichosa casita y nos iremos a otra parte. Pero no quiero seguir haciendo esto. Y Jack también está harto de la universidad.

—Pues os deseo mucha suerte.

La camarera lleva el café de Peter, pregunta si han tenido tiempo de ver el menú, aunque no lo han tenido. Dice que volverá más tarde. Es una chica rolliza de rostro agradable y acento de Georgia, la hija querida de alguien, probablemente recién llegada a Nueva York, decidida a cantar, actuar o lo que sea, amabilísima y ansiosa por parecer una verdadera camarera, dejando aparte que cualquiera que pueda permitirse ir a un sitio como JoJo en este momento de la historia es una especie de celebridad por definición.

—Quiero volver a amar el arte.

—Me parece que sé a lo que te refieres.

—¿Y quién no? El dinero…

—Lo sé. Y ahora, de pronto, no queda nada. De dinero, quiero decir.

—Todavía queda un poco.

—Bueno, sí. En fin, espero que tengas razón…

—Es como si todos hubiéramos pasado de luchar por sobrevivir a estar semiinstalados y nos hubiésemos vuelto irrelevantes.

Muy brevemente, un carenado interior. ¿Todos? Atrás, condenado ángel de la muerte. Yo no estoy contaminado por el fracaso.

—No me refiero a ti, Peter.

¿Se lo habrá notado en la cara?

—¿Ah, no?

—Estoy siendo un poco torpe, ¿no? Soy yo quien me he vuelto irrelevante. Tú eres una de las pocas personas serias y decentes que quedan en el negocio. Los demás, ya sabes. O bien son chavales de diecinueve años que venden las cosas de sus amigos en su apartamento de Bedford Stuyvesant, o están vendidos al puto Mobil Oil.

—Ya, sí. Lo sé.

—¿No estás un poco harto?

—Algunos días.

—Todavía eres joven.

—A los cuarenta ya no se es tan joven.

Hum, te has quitado unos años, ¿eh?

—Todavía no se lo he dicho a nadie —prosigue ella—. Lo de que me marcho, quiero decir. Te he llamado porque quiero que te quedes con Groff. Y tal vez con uno o dos más. Te gusta Groff, ¿no?

Rupert Groff. No es exactamente el estilo de Peter, pero es joven y está en la cúspide. Bette tuvo la suerte de conocerlo hace dos años, cuando fue a dar aquella charla a Yale. En cuanto anuncie que cierra la galería, todos tratarán de conseguirlo.

—Sí —responde Peter.

Le gusta bastante Groff, y la verdad es que podría hacerle ganar mucho dinero.

—Creo que eres el que más le conviene —afirma Bette—. Temo que alguno de los grandes pueda echarlo a perder.

—Qué dramático suena eso.

—No te hagas el tonto.

—Mil perdones.

—Le presionarán para que haga sus obras en oro, lo promocionarán más de la cuenta y con toda probabilidad estará acabado cuando cumpla los treinta.

—O le habrán dedicado una retrospectiva en el Whitney.

—Algunos de estos chicos maduran pronto. Él no. Todavía está desarrollándose. Necesita a alguien que le guíe, pero en la dirección correcta.

—Y crees que yo soy ese alguien.

—Lo único que digo es que no creo que seas gilipollas.

No sé, Bette. No soy tan grande como alguno de ellos. No soy tan rico, y si eso significa que no soy un gilipollas, pues vale.

—Me gusta pensar que no lo soy —responde—. ¿Qué te hace pensar que Groff querrá venirse conmigo?

—Hablaré con él. Luego puedes llamarle tú.

—¿Cómo es?

—Un amor. Un poco zafio. No es el peor que tengo.

La camarera vuelve a preguntar si han tenido tiempo de mirar el menú. Se disculpan, prometen echarle un vistazo, decidir en un par de minutos y eso es lo que hacen. ¿Quién no querría ayudar a esta seria y encantadora joven, que está tan lejos de casa, a sentirse una camarera neoyorquina?

Una hora más tarde, Peter y Bette atraviesan el gran vestíbulo del Met, ese majestuoso y soñoliento portal al mundo civilizado. ¿Por qué negar sus satisfacciones, su porte elefantiásico, su capacidad de excitar las mismísimas moléculas del aire con una sensación de reverencia y glamour regio por siglos de saqueos de los cinco continentes? El vestíbulo los recibe con su inconmensurable paciencia. Es la madre que no morirá nunca, y justo enfrente están sus vestales, las mujeres del quiosco central, ancianas en su mayor parte, amables, esperando para ofrecer información debajo del enorme arreglo floral (capullos de cereza, en esta ocasión) que engalana el aire sobre sus cabezas con pétalos y hojas.

Peter paga las entradas (Bette ha pagado la comida). Se enganchan los diminutos círculos de metal (deben de tener un nombre, ¿cuál será?), él en la chaqueta y ella al cuello de su suéter negro de algodón, lo que por un momento atrae la atención de ambos sobre su clavícula pecosa y prominente y sobre la minúscula acumulación de arruguitas, como un frunce en la ropa, que se ha instalado en la piel entre sus pechos. Bette sabe que Peter está mirando, le echa una mirada que a él le parece coqueta y demacrada, de una sensualidad furibunda, no directamente sexual, pero cargada de cierta mezcla de sexo y arrogancia, la misma mirada que debió de dedicar Helena a los troyanos. Bette Rice, una reina secuestrada por los años y la enfermedad.

Compara su ascenso por la escalera con el de Bette, que sube a paso de fumador. Acaba de fumarse un Marlboro Light delante del museo y ante la mirada escéptica de Peter le ha contestado:

—Créeme, cuando te dicen que tienes cáncer no es el mejor momento para dejar de fumar.

En lo alto de las escaleras, el Marius de Tiepolo sigue triunfante. El muchacho sigue golpeando el tambor.

De camino hacia las galerías de arte contemporáneo, Peter se detiene ante el Rodin que hay a la entrada de la galería de arte europeo del siglo XIX. Bette se adelanta unos pasos, se da la vuelta y retrocede.

—Aún estás ahí —dice.

Han ido a ver la exposición de Hirst, ¿por qué se detiene Peter? ¿Es que no ha visto el Rodin cientos de veces?

—¿Sabes...? —dice Peter.

—Sí.

—¿Nunca has tenido esa sensación de que a veces las cosas te salen al encuentro?

—¿Es que hoy Rodin te ha salido al encuentro?

—Sí. No sé por qué.

Bette se pone al lado de Peter con esa calma de madre caimán que sabe adoptar. Es probable que fuese así con sus hijos cuando se quedaban fascinados con algo que a ella le aburría..., que adoptara la misma actitud de voluntariedad informada pero caritativa. Tal vez sea en parte por eso por lo que no se han echado a perder.

—Sus méritos son innegables —dice.

—Sí.

Ahí está, como siempre, Auguste Neyt, también conocido como *El vencido* o *La edad del bronce*: un hombre niño de bronce, perfecto, exactamente de tamaño natural, ágil y esbelto, sujetando su lanza invisible. Rodin era casi un desconocido cuando esculpió y modeló este hombre desnudo sin la musculatura de los antiguos griegos ni la devoción francesa por la alegoría; Rodin era entonces una figura menor a quien el tiempo acabó dando la razón: lo heroico estaba desapareciendo y lo real había llegado para quedarse. Ahora Rodin forma parte de la historia, claro, pero los jóvenes artistas no lo reverencian, nadie va a verlo, lo estudia uno en la facultad y pasa junto a sus esculturas y maquetas para ver la exposición de Damien Hirst.

Sin embargo, es puto bronce y podría durar eternamente (¿acaso no sobrevivió la esfera de Koenig al 11 de septiembre?). Unos arqueólogos alienígenas podrían desenterrarla un día y no sería un mal ejemplo de lo que fuimos. Auguste Neyt llevaría siglos muerto y aunque su nombre se hubiera olvidado, su forma se habría conservado, desnuda, sin idealizar, solo joven y saludable, llena de vida.

—¿Ya? —pregunta Bette.

—Sí.

Pasan despacio e intencionadamente junto a los Carrière y los Puvis de Chavannes, y junto al *Pigmalión besando a Galatea* de Gérôme. Al llegar al extremo de la galería giran, dejan a un lado la tienda de regalos y vuelven a girar.

Y ahí está: el tiburón, suspendido en ese formaldehído de color azul pálido extrañamente inquietante; ahí está la mortífera perfección de su forma y sus fauces dentadas, grandes como la tapa de un barril, ¿acaso hay algún otro animal diseñado para ser una boca propulsada por un cuerpo?

Sigue siendo impresionante, todavía produce ese cosquilleo de pánico animal en la piel de Peter. Claro que de eso precisamente se trata. ¿A quién no va a impresionarle un tiburón muerto de cuatro metros flotando en un tanque de formaldehído?

A Peter se le revuelve el estómago. Se siente peor después de comer. Probablemente debería ir al médico.

—Mmm —dice Bette.

—Mmm.

En parte se debe a ese envase inmaculado, piensa Peter: el imponente y prístino tanque de acero blanco (veintidós toneladas), la solución azulada en que flota el animal. El tiburón está tan contenido, tan muerto, sus ojos tan opacos, su piel vieja y arrugada. Y aun así...

—Impresiona verlo aquí —dice Bette.

—Sí.

*La imposibilidad física de la muerte en la imaginación de los vivos.* Sí. Impresiona.

Tres chicas y un chico de catorce o quince años dan vueltas nerviosamente en torno al tanque, horrorizados, decidiendo cómo burlarse de él. Un niño pequeño coge de la mano a su padre y le dice: «¿Esto da miedo?», en tono interrogante. Una pareja de mediana edad está de pie junto a la cola del tiburón, acurrucados, conversando muy serios en español, consultándose el uno al otro, como si los hubiesen enviado a hacer algo penoso pero necesario para conseguir un bien mayor.

—Este es una hembra —dice Bette.

—¿Crees que deberían haber conservado el primero?

—No me creo que Steve Cohen pagara ocho millones de dólares y luego se sentara a ver cómo se descomponía.

—No, desde luego.

—Es un poco difícil verlo en este momento —dice Bette—. Quiero decir que ahí está el objeto, y la carrera de Hirst, por no hablar del propio Hirst, y los ocho millones de Cohen y el Met, que piensa que es atrevido exponer algo que lleva rondando casi veinte años...

Los chicos del instituto se juntan al lado del tiburón, tiemblan de miedo, sexualidad y desdén, hablan en un lenguaje privado (Peter capta algunos fragmentos: «Eres un mandón» —mandón, no, debe de haber oído mal—, «nunca has», «Thomas, Esme y Prue»). Una de las chicas pone la mano en el cristal y la quita enseguida. Las otras dos gritan y salen corriendo de la galería como si su amiga hubiera disparado una alarma.

Bette va hacia la parte central del tanque, se agacha un poco para ver las fauces abiertas del tiburón. La chica que ha tocado el cristal se queda al lado del chico. Roza con los dedos la costura de los vaqueros del chico. O sea, que son jóvenes amantes. La expresión de la chica es decidida, tiene la boca pequeña y cierto aire de santurronería, podría ser amish, pese a la camiseta de Courtney Love y la chaqueta de cuero verde. Es una chica guapa y probablemente inteligente que contempla un tiburón con su novio (es homosexual, cualquiera puede verlo, ¿lo sabrá ya?, ¿lo sabrá ella?) y Peter se enamora brevemente de ella, o más bien de aquello en lo que se convertirá (le parece verla dentro de diez años riéndose con un rutilante vestido en una fiesta en alguna parte), luego el chico le susurra al oído y los dos se marchan, Peter no volverá a verla.

Bea está enfadada con él y parece que de forma permanente, pero ¡caramba!, solo tiene veinte años. Sin embargo, Boston no le sienta bien; cada vez está más pálida y delgada, y más encerrada en sí misma, no tiene novios, ni pasiones discernibles más allá de su determinación de hacer algo práctico con su vida y su convicción de que el arte es ridículo, lo que equivale a decir que Peter también lo es y que la ha engañado todos esos años para que lo quisiera a él más de la cuenta y a Rebecca menos de lo que debía y que hace poco ha comprendido que esa es la causa de su solitaria e intermitente depresión, su decepción con los hombres y sus dificultades para relacionarse con las mujeres.

—Es impresionante —dice Bette, refiriéndose al tiburón—. Una piensa, oh, no es más que una provocación, es solo un tiburón muerto, todos los museos de historia natural tienen uno, pero luego lo ve en una galería y, bueno…

Bette ha puesto culo con la edad. Lleva unas Reebook negras. Mientras se inclina sin temor hacia la boca del tiburón, resulta conmovedora pero no heroica…, no, tal vez lo sea a su manera, pero no es poderosa, ni siquiera posee la fanática y condenada grandeza de Ahab, aunque comparta su demencial convicción (no hay más que pensar en los artistas a quienes representa). Pero ahora, un domingo por la tarde en el Met, es solo una anciana que se asoma a la boca de un tiburón muerto.

Peter se detiene a su lado.

—Es una provocación impresionante —dice.

Detrás de los borrosos reflejos de Peter y Bette en el cristal, están las mandíbulas abiertas del tiburón: hileras de dientes aserrados y mortíferos, y, más allá, el orificio blanquecino que ha adoptado el tono azulado de la solución, grisáceo y profundo, a medida que se interna en la propia oscuridad del tiburón.

Bette no le ha dicho la verdad a Peter. No toda la verdad. El cirujano no extirpó todo el cáncer, no se va a curar. Peter lo percibe con una aguda intuición parecida a la vigilancia animal que le inspira el tiburón. Una fracción infinitesimal de cinta se borra en su cerebro y ya nunca sabrá si fue en JoJo o más tarde cuando comprendió que, de hecho, Bette se está muriendo y que morirá tarde o temprano. Por eso quiere cerrar la galería cuanto antes. Por eso Jack va a dejar la universidad.

Peter se acerca y la coge de la mano. Es un gesto más o menos involuntario, y solo después de tocarla se para a pensar si resulta ridículo o melodramático y si ella lo rechazará. Sus dedos son sorprendentemente suaves y arrugados, como los de una anciana. Le estrecha la mano con suavidad. Siguen así unos segundos y luego se separan. Si el gesto ha sido falso o excesivo, si Peter ha dramatizado, a Bette no parece importarle, al menos ahora, delante del tiburón.

Peter entra en el *loft*. Son las cuatro y cuarto. Se dirige a la cocina, deja la bolsa de la farmacia que contiene la Excedrina y el hilo dental que ha comprado por el camino (¿por qué será tan imposible salir en Nueva York sin comprar nada?), se quita la chaqueta y la cuelga. Mientras sus oídos se ajustan al peculiar y silencioso zumbido de su piso, oye la ducha. Rebecca está en casa. Bien. A menudo agradece tanto como Rebecca un poco de soledad al volver de la calle, pero ahora no, hoy no. Es difícil explicar lo que siente. Le gustaría que fuese tan sencillo como sentir lástima por Bette. Es un sentimiento más vacío que la lástima, una profunda soledad mezclada con una capa de terror inquietante, no sabe cómo llamarlo, pero quiere ver a su mujer, quiere acurrucarse a su lado, tal vez ver alguna tontería en la tele y que le den al mundo por una noche.

Peter atraviesa el dormitorio en dirección al baño. La forma borrosa y sonrosada de su mujer está detrás del vidrio esmerilado de la mampara de la ducha. Se respira su presencia en el aire y hay tiburones en el agua, pero también está Rebecca dándose una ducha, con el espejo empañado por el vapor, el baño que huele a jabón y a ese otro aroma que Peter solo acierta a llamar limpio.

Abre la mampara.

Rebecca vuelve a ser joven. Está de espaldas sobre el plato de la ducha, lleva el cabello corto, tiene la espalda fuerte y recta por la natación; está oculta por el vaho y por un instante todo parece encajar absurdamente: la mano de Bette en la de Peter, el adolescente de Rodin esperando a que lo entierre el peso de los siglos y Rebecca en la ducha desembarazándose de sus últimos veinte años, otra vez joven.

Se vuelve sorprendida.

No es Rebecca. Es Dizzy. El Desliz.

Sí. Las placas rígidas de sus pectorales, la uve de sus caderas, la pequeña mata oscura de vello púbico, la proyección marrón rosácea de su polla.

—¡Hola! —le dice cordialmente a Peter. Al Desliz no parece incomodarle lo más mínimo que Peter lo vea desnudo.

—¡Hola! —responde Peter—. Lo siento.

Da un paso atrás y cierra la mampara. Dizzy siempre ha sido muy descarado. No, simplemente es que no tiene vergüenza, igual que un sátiro, la desnudez y las funciones biológicas le cohíben tan poco que los demás parecen victorianos remilgados. Con la puerta de la mampara cerrada, Peter solo distingue la silueta carnal y rosada, y aunque sabe que es Dizzy (Ethan) se sorprende deteniéndose a pensar en la joven Rebecca (metiéndose entre las olas, quitándose un vestido blanco de algodón, de pie en el balcón de aquel hotel barato de Zurich), hasta que repara en que se ha entretenido un segundo o dos más de la cuenta —Dizzy, no vayas a pensar mal— y se da la vuelta para irse. Al hacerlo vislumbra su propia imagen, borrosa y fantasmal, deslizándose por el espejo empañado.

# Su hermano

La familia de Rebecca es, a su manera, un territorio propio. Al casarse con ella Peter entró en él, igual que si se hubiese casado con las costumbres, las leyendas y la historia peculiar de la hija de una nación remota y pequeña. La nación de la familia Taylor podría definirse como solvente pero no rica, consagrada a la artesanía y los platos regionales, poco estricta con los horarios y los itinerarios de los trenes, y oculta entre los pliegues de una cadena montañosa lo bastante abrupta para estar protegida de los invasores, inmigrantes y la mayoría de las ideas e inventos que no produzca ella misma. Dizzy sería su santo patrón herido, cuya pálida efigie de ojos vidriosos sacan en procesión cada año por las calles hasta la plaza.

Sin embargo, antes de Dizzy... Estaba —y todavía está— la enorme y vieja casa de las buhardillas, que empezaba a estar irremediablemente empapada después del calor y la humedad acumulados de los veranos de Richmond a más de treinta grados a la sombra. Está Cyrus (profesor de lingüística, un hombre bajito, callado y seguro de sí mismo, con una cabeza que recuerda a la de Cicerón) y Beverly (pediatra, vivaz, irónica y con una desafiante indiferencia hacia los quehaceres domésticos). Y también estaban

—y están— tres hijas encantadoras: Rosemary, Julianne y Rebecca, que se llevan la una a la otra cinco años. Rose era la bella, solemne, cordial, pero inaccesible, la chica a quien siempre esperaba otro chico con coche en la puerta. Julie no era tan guapa, pero sí más fácil de entretener, le gustaban los chicos, era ruidosa, divertida, campeona de gimnasia y abiertamente sensual. Y por último Rebecca, famosa gracias a sus dos hermanas mayores; Rebecca, que era bajita y pálida, con pinta de chico, la menos guapa pero la más inteligente, que tenía el mismo novio guitarrista desde que acabó la primaria, cuya feminidad se resume (al menos para Peter) en la foto del anuario escolar en la que, tocada con la corona de la fiesta de graduación y con unas flores en la mano, se ríe (quién sabe por qué, tal vez por el absurdo de estar allí) con un vestido reluciente, flanqueada por las dos damas de honor, que sonríen a la cámara y que parecen un poco bobaliconas, a pesar de toda su belleza, como si fuesen descendientes de esas chicas rollizas y «casaderas» en las que Jane Austen no estaba demasiado interesada.

Y luego, cuando Rebecca estaba a punto de terminar el instituto, cuando Julie llevaba dos años en Barnard y Rose estaba pensando en divorciarse, llegó el Desliz.

Hacía años que la madre de Rebecca se había ligado las trompas. En aquel momento tenía cuarenta y cinco y Cyrus pasaba de los cincuenta. Beverly dijo: «Debe de haber estado desesperado por nacer». Se tomaron la frase muy en serio. Era especialista en niños, pediatra, y no se andaba con tapujos.

Peter conoció a Dizzy cuando Rebecca lo llevó por primera vez a la casa de Richmond. Le intimidaba ir a ver a su familia y le avergonzaba que pudiera parecerles poco adecuado. ¿No era un poco raro que un estudiante de posgrado saliera con una alumna de uno de sus cursos, aunque hubiese esperado hasta el final del semestre? El padre de Rebecca era profesor, ¿de verdad no le importaba, como aseguraba ella?

—Calla —le dijo nada más aterrizar el avión—. Deja de preocuparte ahora mismo.

Tenía una seguridad juvenil muy embriagadora, y, con aquel acento de Virginia, parecía una enfermera en mitad de una guerra.

Prometió intentarlo.

Luego desembarcaron y vio a Julie, vital y amistosa al estilo vaquero, que les esperaba a la puerta del aeropuerto en el viejo Volvo de la familia.

Después vio la casa.

La foto que le había enseñado Rebecca lo había preparado para su decrépita grandeza —sus marañas de glicinias, y su porche profundo y sombrío— pero no para la casa en sí misma, ni para las destartaladas maravillas del vecindario: todas aquellas casas alineadas con un encantador aspecto de matrona, unas más cuidadas que otras, pero ninguna restaurada o reconstruida: al parecer eso no se estilaba en el barrio, ni probablemente en la ciudad.

—Dios mío —dijo Peter al entrar.

—¿Qué? —preguntó Julie.

—Me recuerda a *Qué bello es vivir*.

Julie miró rápidamente de reojo a Rebecca. Vaya, uno de esos chicos muy, muy inteligentes.

La verdad es que no había pretendido parecer cínico, ni siquiera inteligente. Ni muchísimo menos. Solo se estaba enamorando.

Al terminar el fin de semana, había perdido la cuenta de todas las cosas con las que se había encaprichado. En primer lugar el despacho de Cyrus —¡menudo despacho!—, con su comodísimo sillón donde uno tenía la impresión de poder sentarse a leer eternamente. Luego el aplaudido (aunque fracasado) intento de Beverly de impresionar a Peter preparando un pastel (que luego se convirtió en «el puñetero pastel incomible»). La habitación del piso de arriba de la que las chicas se habían escapado de noche, los tres gatos viejos, perezosos y señoriales, los estantes repletos de libros, viejos tableros de ajedrez, conchas de Florida, fotografías más bien descuidadas, el leve aroma de lavanda, moho y humo de la chimenea, el balancín de mimbre del porche en el que alguien había dejado un ejemplar mojado por la lluvia de *Daniel Deronda*.

Y por último Dizzy, que estaba a punto de cumplir cuatro años.

A nadie le gustaba la palabra «precoz», pues sonaba un poco siniestra, pero Dizzy, a los cuatro años, se las había arreglado para aprender a leer por su cuenta. Recordaba cualquier palabra que se pronunciara en su presencia y sabía utilizarla después en una frase, casi siempre de manera correcta.

Era un niño serio y escéptico, dado a ocasionales ataques de hilaridad, aunque era imposible predecir qué podría parecerle gracioso y qué no. Era guapo, bastante guapo, con la frente despejada y pálida, los ojos acuosos y una boca delicada y bien dibujada: en aquella época daba la impresión de que cuando creciera sería un bello príncipe o un Luis de Baviera, de frente abombada y cubierta de venillas y ojos desbordantes de sensibilidad.

Y (gracias a Dios), aparte de sus proclividades más inquietantes, tenía afectos e inclinaciones infantiles. Le encantaban los Peta Zetas y sentía una devoción inalterable por el color azul. Le fascinaba Abraham Lincoln y comprendía que había sido presidente, aunque insistía también en que tenía una fuerza sobrehumana y era capaz de hacer que crecieran árboles en la tierra yerma.

Esa noche, en la cama (la de los Taylor, supuso él), Peter le dijo a Rebecca:

—Esto tiene un encanto increíble.

—¿Qué?

—Todo. Cada persona y cada cosa.

—No es más que mi alocada familia y mi casa vieja y destartalada.

Lo decía de verdad. No era coquetería.

—No tienes idea… —dijo él.

—¿De qué?

—De lo normales que son casi todas las familias.

—¿Crees que mi familia es anormal?

—No. Normal, no es la palabra correcta. Prosaicas. Convencionales.

—No creo que nadie sea prosaico. Aunque unas personas son más excéntricas que otras.

Milwaukee, Rebecca. Orden, austeridad y una devoción por la limpieza que acaban anulando el alma. Gente decente que se esfuerza por vivir una vida decente…, en realidad no es que sean odiosos, van a trabajar, cuidan de sus propiedades y aman a sus hijos dentro de lo que cabe; pasan las vacaciones en familia, visitan a los parientes y decoran la casa en vacaciones, acumulan unas cosas y ahorran para comprar otras; son buenas personas, dentro de lo que cabe, pero si estuvieses en mi lugar y fueses el joven Pete Harris, sentirías cómo esa modestia te va erosionando, minando, y también todos esos pequeños placeres y ninguno grande ni arriesgado; nada de genio, ni de heroísmo, ningún terrible anhelo por algo que, al menos en teoría, no puedes tener. Si fueses el joven Pete Harris con su cabello lacio y sus granos te sentirías como si siempre estuvieras a punto de renunciar a la seguridad de tu vida, a su inflexible sensatez, a ese amor tan protestante por lo ordinario, a la eterna certeza de los fieles de que lo extravagante y lo macabro no solo son una amenaza, sino que —lo que es aún peor— carecen de interés.

¿Acaso es de extrañar que Matthew se fuese de allí apenas dos días después de acabar el instituto y se acostara con la mitad de los hombres de Nueva York?

No, no sigas por ahí, es pernicioso, no está bien. Milwaukee no mató a tu hermano.

—Si hubieses crecido aquí, probablemente no te parecería tan novelesco —le dijo Rebecca.

—Pues quiero que me lo parezca mientras pueda. Dizzy me ha contado la historia de Abraham Lincoln antes de cenar.

—Se la cuenta a todo el mundo.

—Y parece haberla mezclado con la de Superman y Johnny Appleseed.

—Lo sé. Tiene que esforzarse mucho. Nosotras ya no vivimos aquí, y mamá es un poco, no sé…, despistada. Lo quiere con locura. Pero nunca ha sido muy maternal. Cuando era pequeña, quienes me leían cuentos y me ayudaban a hacer los deberes y demás eran Rose y Julie.

—A Julie no le caigo bien, ¿no te parece?

—¿Por qué lo crees?

—No sé. Supongo que es una sensación.

—Es solo que es muy protectora. Y es raro, porque es la más alocada de las tres.

—¿Ah, sí?

—Bueno, probablemente ya no tanto. Pero en el instituto...

—Era muy alocada.

—Ajá.

—¿En qué sentido?

—No sé. Alocada. Se acostó con varios chicos y ya está.

—Cuéntame una historia o dos.

—¿Te estás excitando?

—Un poco.

—Es mi hermana.

—Pues cuéntame solo una.

—Lo hombres sois unos pervertidos.

—¿Y tú no?

—De acuerdo, Charlie. Solo una.

—¿*Charlie*?

—No sé por qué te he llamado así.

—Una historia, vamos.

Rebecca se tumbó con la cabeza apoyada entre las manos, delgada y masculina. Estaban en lo que los Taylor llamaban el cuarto trastero, la única habitación aparte de la de Cyrus y Beverly que tenía una cama doble. Antes había sido la habitación de los invitados, pero los Taylor tenían más trastos viejos que invitados y se habían dedicado a acumularlos, pensando que, con las debidas disculpas, siempre podrían instalar allí a algún invitado ocasional. En un extremo del cuarto, la lánguida luna de Virginia iluminaba en parte una desvencijada máquina de coser, tres pares de esquíes, una pila de cajas de cartón marcadas «Navidades», y la colección de objetos que los Taylor pensaban llevar a reparar cuando tuvieran tiempo: un increíble buró de color rosa al que le faltaban los tiradores, un montón de edredones viejos, un san Francisco de escayola desconchado que se suponía que estaba sobre un prado, un pez espada disecado (¿de dónde demonios lo habrían sacado y para qué demonios lo querrían?), y encima de uno de los estantes de arriba, como una luna extinguida, una bola del mundo que se iluminaría en cuanto alguien recordara comprar la bombilla especial que necesitaba. Había muchas más cosas, esperando como un tropel de almas en el purgatorio, en la profunda oscuridad más allá del vacilante rayo de luz que entraba por la ventana.

Algunos —muchos— habrían encontrado aquella habitación un poco desazonadora; en realidad les habría desazonado toda la casa y las vidas de los Taylor. Peter estaba hechizado. Se hallaba entre gente demasiado ocupada (con alumnos, pacientes y libros) para mantenerlo todo en orden; gente que prefería dar una fiesta en el jardín o jugar a algo por la noche que limpiar el borde de los azulejos con un cepillo de dientes (aunque los azulejos de los Taylor requerían, sin duda, un poco más de atención). Aquello era lo más opuesto a su propia infancia, a esas noches gélidas en las que acababan de cenar a las seis y media, cuando quedaban todavía cuatro horas antes de que pudieran irse a la cama.

Y a su lado estaba tumbada Rebecca, que habitaba aquella

casa con la misma desenvoltura con que habitan las sirenas un barco hundido repleto de tesoros.

—De acuerdo —dijo ella—. Veamos… Una noche, en mi segundo año en el instituto…

—Cuando Julie estaba en cuarto.

—Sí. Una noche mamá y papá se habían ido y yo había salido con Joe…

—Tu novio.

—Sí. El caso es que nos peleamos…

—¿Os acostabais?

—Estábamos enamorados —respondió ella con fingida indignación.

—O sea, que sí.

—Sí. Empezamos ese verano, después del primer año.

—¿Lo hablaste con tus amigas antes de acostarte con él?

—Pues claro. ¿Prefieres que te cuente esa historia?

—Mmm, no. Sigue con la de Julie.

—De acuerdo. Julie creyó que tenía la casa para ella. No recuerdo por qué discutimos Joe y yo, pero en aquel momento me pareció terrible, y salí corriendo, pensé que estábamos rompiendo para siempre y que, a los dieciséis años, había desperdiciado los mejores años de mi vida con aquel imbécil. Abrí la puerta y nada más entrar oí el ruido.

—¿Qué ruido?

—Una especie de golpes. Provenían de la habitación que da al jardín. Igual que si alguien estuviese dando patadas contra el suelo.

—¿De verdad?

—No era idiota, sabía qué ruido se hace al tener relaciones sexuales, y, si hubiera pensado que Julie estaba follando con un chico en la habitación del jardín, la habría dejado en paz.

—Pero alguien estaba dando patadas en el suelo.

—No sabía qué era. Ni siquiera sabía que Julie estuviera en casa. Creo que si no hubiese tenido aquella terrible pelea con Joe, me habría asustado. Pero estaba tan furiosa que pensé: muy bien, si eres un loco fugado, tienes un hacha y estás dando patadas en mi casa, no sabes con quién te la estás jugando.

—Así que investigaste.

—Sí.

—¿Y qué encontraste?

—A Julie con Beau Baxter, el chico con quien estaba saliendo, y Tom Reeves, el mejor amigo de Beau.

—¿Qué estaban haciendo?

—Estaban follando.

—¿Los tres?

—Más bien los dos chicos con Julie.

—Dame más detalles.

—¿Te estás acariciando?

—Tal vez.

—Esto no está bien.

—Por eso mismo es tan excitante.

—Me siento como si estuviese traicionándola.

—Si te sirve de consuelo, ahora Julie me cae mucho mejor.

—¡Como se te ocurra coquetear con ella…!

—¡No digas bobadas! Cuéntame lo que viste al entrar en el cuarto.

—No tenía que haberte dicho nada.

—Bueno, pues dime qué eran aquellos golpes.

—¿Eso? ¡Oh! Beau estaba dando patadas en el suelo.

—¿Por qué?

—Pues porque sí.

—Vamos, mujer.

—De acuerdo. Estaba… follándosela por detrás. Y no sé, supongo que cuando se excitaba le daba por patear el suelo.

—¿Y dónde estaba el otro tipo?

—Adivina.

—Julie se la estaba chupando, ¿no?

—No diré ni una palabra más.

—¿Qué hiciste?

—Marcharme.

—¿Quieres inventarte una historia en la que te quedaste?

—Ni por todo el dinero del mundo.

—¿Te enfadaste?

—Sí.

—Porque habías visto a tu hermana follando con dos tíos.

—No solo por eso.

—Y entonces, ¿por qué?

—Todo me pareció tan… desagradable. Joe se había portado como un gilipollas conmigo y ahí estaba mi hermana haciéndoles un trabajito a aquellos dos idiotas…

—¿No crees que eran ellos quienes se lo estaban haciendo a ella?

—Un día lo hablamos.

—¿Y?

—Me dijo que había sido idea suya.

—¿Y la creíste?

—Quise creerla. Al fin y al cabo estaba en cuarto, había llega-do a la final nacional e iba a ir a Barnard. Para mí era casi... una heroína.

—¿Y?

—Aun así no me lo creí. Era la persona más competitiva del mundo. Y la verdad es que imaginé cómo debía de haber sido. In-cluso el simple de Beau Baxter era capaz de entender que, después de un par de copas, era incapaz de echarse atrás si se la provocaba. Sabía que luego tendría que contarse a sí misma que había sido idea suya, que era ella la que controlaba y, en cierto modo, eso aún lo empeoraba más.

—Eras una niña inocente.

—No.

—Más inocente que Julie.

—No exactamente.

—¿Eso crees?

—Dos días después me acosté con Beau. Mejor dicho, me lo tiré dos días después.

—Estás de broma.

—Se me acercó en una fiesta para disculparse, en teoría esta-ba muy avergonzado, pero en realidad estaba encantado.

—Y tú...

—Le dije que me siguiera.

—¿Adónde lo llevaste?

—Al jardín. Era una casa muy grande donde siempre daban fiestas y tenía un jardín.

—Y...

—Le dije que me follara. Allí mismo sobre la hierba húmeda.

—No me lo creo.

—Estaba harta. Estaba harta del gilipollas de mi novio, de la zorra de mi hermana que se creía obligada a ganar siempre, y de ser la hermanita inocente que se ponía histérica cuando veía a alguien follando en la habitación del jardín. Esa noche todavía estaba convencida de que había roto con mi novio para siempre; además me había bebido un vaso largo de vodka barato y quería meterme la polla de ese estúpido grandullón que había humillado a mi hermana. No me gustaba, pero en ese momento quería follármelo más que cualquier otra cosa en el mundo.

—Joder.

—Te gusta, ¿eh?

—¡Uf! ¿Qué pasó después?

—Se asustó. Tal como yo había imaginado. Empezó a decir «No sé, Rebecca...». Así que le di un empujón en el pecho con las dos manos y le dije que se tumbara.

—¿Y lo hizo?

—Pues claro. Nunca había visto el poder de una chica poseída.

—Sigue.

—Le bajé los pantalones y le subí la camisa. No necesitaba que estuviese desnudo. Le cogí la polla y le enseñé exactamente lo que quería que me hiciera en el clítoris con la punta de los dedos. Hasta ese momento ni siquiera estaba claro que supiera qué era un clítoris.

—Te lo estás inventando.

—Tienes razón.

—¡No!

—Puede que sí.

—¿De verdad?

—¿Acaso te importa?

—Pues claro.

—Sea cierta o no, es una historia excitante, ¿no te parece?

—Supongo que sí.

—Los hombres sois unos pervertidos.

—Pues sí.

—En cualquier caso, la historia se ha terminado por hoy. Ven aquí, Charlie.

—Pero ¿quién es ese Charlie?

—Te juro que no lo sé. Ven aquí.

—Dónde.

—Aquí. Justo aquí.

—¿Aquí?

—Mmm.

Seis meses después, se casó con ella.

Veinte años más tarde, está sentado a la mesa del comedor enfrente de Dizzy, que acaba de salir de la ducha vestido con unos pantalones cortos con bolsillos a los lados. No se ha puesto camisa. Su parecido con el bronce de Rodin es innegable: los músculos esbeltos y gráciles de la juventud, su extravagante despreocupación; la sensación de que la belleza es la condición humana más natural y no una extraña mutación. Dizzy tiene los pezones rosados y oscuros (los Taylor deben de tener una vena mediterránea en alguna parte) del tamaño de un cuarto de dólar. Entre sus bien dibujados pectorales hay un medallón de pelo de color arena.

¿Se está esforzando por parecer seductor, o es solo una especie de despreocupación por lo carnal? No tiene ninguna razón para suponer que Peter pueda estar interesado, y aunque lo estuviera no coquetearía con el marido de su hermana. ¿O sí? (¿No había dicho Rebecca una vez: «Creo que Dizzy es capaz de cualquier cosa»?) Algunos jóvenes sienten el impulso de seducir a todo el mundo.

—¿Qué tal por Japón? —pregunta Peter.

—Muy hermoso. Poco convincente. —Dizzy conserva el suave acento de Virginia que Rebecca perdió hace muchos años.

Recién salido de la ducha, Dizzy se parece a Rebecca. Tiene su propia versión del rostro de los Taylor: rasgos aquilinos, nariz prominente y ojos grandes y atentos (que, en el caso de Dizzy, bizquean un poco y le dan una expresión sorprendida e interrogante); ese aspecto vagamente egipcio antiguo que comparten todos, y que no aparece ni en Cyrus ni en Beverly, demuestra cierto insistente enredo de las combinaciones de su ADN. Las variaciones sobre un mismo tema de la progenie de los Taylor, tres chicas y un chico, para producir unos perfiles que no resultarían muy sorprendentes en fragmentos de vasijas de hace milenios.

Peter lo está mirando fijamente, ¿no?

—¿Es que un país entero puede ser poco convincente? —pregunta.

—No me refería a Japón. Sino a mí. Me sentía igual que un turista. No lograba conectar.

Tiene la presencia de los Taylor, eso que comparten todos (con la posible excepción de Cyrus) sin saberlo. Esa habilidad de... dominar la situación. De ser la persona por la que todo el mundo pregunta.

Dizzy fue a Japón a hacer no sé qué. ¿A visitar una reliquia?

¿Dónde demonios está Rebecca?

—Japón es un país muy extraño —dice Peter.

—No menos que este.

Un punto para el joven perspicaz.

—¿No fuiste a ver una especie de roca santa? —pregunta Peter.

Dizzy sonríe. De acuerdo, no es tan engreído como parece.

—Un jardín —responde—. En un santuario en las montañas del norte. Cinco piedras que colocaron allí seis sacerdotes hace seiscientos años. Me pasé casi un mes contemplándolas.

—¿Ah, sí?

A mí no me la das, Dizzy. Yo también he sido un joven exagerado. ¿Un mes entero?

—Y conseguí lo que era de esperar: nada.

Y ahora la charla sobre la superioridad de la cultura oriental.

—¿Nada de nada?

—Un jardín así es parte de una práctica, de una vida de contemplación. No puede ir uno y, no sé, hacer una visita.

—¿Te gustaría llevar una vida de contemplación?

—Estoy considerando la idea.

Es un don sureño, ese enorme amor propio mezclado con humor y modestia. Es lo que la gente llama encanto sureño.

Peter espera que le cuente una historia, pero al parecer no es así. Se hace un silencio. Peter y Dizzy se quedan mirando el mantel. El silencio adquiere cierto carácter tajante, como en esos interludios en las citas que uno sabe que no van a funcionar y no va a pasar nada que valga la pena. Pronto, si no se resuelve esa situación embarazosa, quedará claro que Peter y Dizzy —o en todo caso este Dizzy, el joven angustiado y trotamundos que se supone que lleva limpio un año— no se llevan bien; que se va a instalar aquí con su hermana y que el marido de su hermana lo tolerará lo mejor que pueda.

Peter se mueve en la silla, observa la cocina. Muy bien. No van a ser amigos. Aun así tendrán que llevarse lo mejor posible. De lo contrario Rebecca lo pasará mal. Nota cómo el silencio va dejando de ser una afinidad fallida y se convierte en hostilidad. ¿Quién hablará primero..., quién llenará el silencio con lo primero que se le pase por la cabeza y se declarará así el perdedor, el que está dispuesto a recurrir a un truco para que todo vaya bien?

Peter mira a Dizzy. Este le sonríe tibiamente sin saber qué hacer.

—Hace unos años estuve en Kioto —dice Peter.

No hace falta más. Basta con una pequeña declaración de que uno está dispuesto a seguir.

—Los jardines de Kioto son increíbles —responde Dizzy—. Me obsesioné con ese santuario en concreto porque estaba muy lejos. No sé, como si fuese a ser más santo porque cerca no había buenos hoteles.

La tensión liberada le hace amar a Dizzy, breve y fugazmente, igual que aman los soldados a sus camaradas en la batalla.

—Y no lo era —dice Peter.

—Al principio pensé que sí. Es precioso. Está en lo alto de las montañas, tienen nieve casi todo el año.

—¿Dónde te alojaste?

—Había una especie de pensión en el pueblo. Subía a la montaña a diario y me quedaba hasta el anochecer. Los sacerdotes me dejaban quedarme. Eran muy amables. Me trataban como a un niño descarriado.

—Ibas a diario a sentarte en el jardín.

—En el jardín no. Es un jardín seco. De esos de grava. Uno se sienta a un lado y lo contempla.

No se puede negar la almizclada dulzura de su acento de Virginia.

—Un mes entero —dice Peter.

—Al principio pensé que estaba ocurriendo algo increíble. Resulta que hay ruido en nuestra cabeza y estamos tan acostumbrados a él que no lo oímos. Una especie de información y desinformación estática o algo así. Y, al cabo de una semana de contemplar cinco rocas y un poco de grava, empieza a desaparecer.

—¿Y se sustituye por…?

—El aburrimiento. —Peter no esperaba esa respuesta y emite una extraña risa gutural—. Y otra cosa, no quisiera parecer frívolo. Pero… te parecerá muy visto.

—Sigue.

—El caso es que no quiero ponerme una túnica y sentarme en una montaña al otro lado del mundo a contemplar unas rocas. Pero… tampoco quiero decir: bueno, ha sido mi fase espiritual, ahora ha llegado el momento de matricularme en derecho.

El misterio de Dizzy: ¿qué se ha hecho de la genialidad de

aquel niño? De pequeño todo el mundo esperaba que fuese neu-
rocirujano o un gran novelista. Y ahora está pensando (o más bien
lo contrario) en la facultad de derecho. ¿Es que la carga de su potencial fue demasiado para él?

—¿Sería demasiado horrible y embarazoso que te preguntase
qué quieres hacer? —pregunta Peter.

Dizzy frunce el ceño divertido.

—Creo que me gustaría convertirme en el rey del hampa.

—Es un trabajo difícil de conseguir.

—No me malinterpretes. Tengo que espabilar un poco. Todo
el mundo lleva años diciéndome lo que tengo que hacer y estoy
empezando a creerles. No puedo permitirme ir a otro santuario en
Japón. Ni tampoco conducir hasta Los Ángeles para ver qué pasa
por el camino.

—Rebecca cree que te gustaría hacer algo en, ejem, el mundo
del arte, ¿es cierto?

El rostro de Dizzy cambia de color por la vergüenza.

—Bueno, es una de las cosas que más me interesan. No sé si
de verdad tengo algo que ofrecer.

Tanta timidez infantil debe de ser una pose. ¿Qué iba a ser si
no? Dizzy, ¿por qué te niegas a utilizar tu talento?

—¿Sabes con exactitud lo que quieres hacer? —pregunta Peter—. En el mundo del arte, claro…

Ha sonado un poco paternal, ¿no?

—¿Con sinceridad? —responde Dizzy.

—Ajá.

—Creo que me gustaría volver a estudiar, tal vez para ser conservador de museo.

—Las probabilidades son más o menos las mismas que las de ser el rey del hampa.

—Pero alguien tiene que hacerlo, ¿no?

—Sí. Lo que pasa es que es un poco como decir que uno quiere ser una estrella del cine.

—Y hay quien llega a serlo.

Ya salió: la armadura de orgullo sobre la que se extiende esa capa de incertidumbre. Aunque, claro, ¿por qué iba a tener ambiciones modestas un joven listo y guapo?

—Desde luego —responde Peter.

—En fin, estoy un poco… Gracias por acogerme.

«Egipcio» no es el adjetivo adecuado para el rostro de los Taylor. Hay en él demasiada palidez sonrosada, y una mandíbula criolla demasiado marcada. ¿El Greco? No, no son tan austeros ni severos.

—Nos alegra tenerte en casa.

—No me quedaré mucho tiempo. Lo prometo.

—Quédate todo lo que haga falta —responde Peter, aunque no es lo que siente en realidad. Pero ¿qué puede hacer? No sabe resistirse a esa condenada familia. Rose está vendiendo casas en California, Julie dejó de ejercer para pasar más tiempo con sus hijos. No son destinos terribles. Ni Rose ni Julie han tenido un final trágico, pero ambas están viviendo vidas inesperadamente convencionales. Y aquí, oliendo a champú, confiado a su cuidado está el último retoño, el más amado; el objeto de las mayores esperanzas y los peores temores de los Taylor. El chico que podría hacer algo o echarse a perder… por las drogas, por su propia inquietud, por el pesar y la incertidumbre que siempre parecen estar ahí, dispuestas a llevarse consigo incluso a los niños más prometedores del mundo.

Debe de haber estado desesperado por nacer.

—Eres muy amable —responde Dizzy. La tersa formalidad sureña...

—Rebecca debería llevarte a la exposición de Puryear. En el MoMA.

—Me encantaría.

Mira a Peter con esos ojos levemente bizcos, que no le dan exactamente un aire estúpido, pero producen un efecto de intensidad levemente alocada.

—¿Conoces su obra? —pregunta Peter.

—Sí.

—Es una exposición preciosa.

Y en esas vuelve Rebecca. Peter se sobresalta ligeramente al oír la llave en la cerradura, como si le hubiese pillado con las manos en la masa.

—Hola, chicos. —Entra con la leche que tomará Dizzy con el café del desayuno y las dos botellas de carísimo cabernet que beberán esa noche. Exhibe su propia vitalidad: la despreocupada trascendencia, sus vaqueros descuidados y el suéter de color azul verdoso, los rizos que le llegan hasta la nuca y que se están volviendo un poco hirsutos a causa de las canas. Todavía se comporta como la chica guapa que fue una vez.

¿Será la maldición de los Taylor envejecer demasiado pronto? ¿No será algún hechizo de la vieja casa decrépita que hace que se marchiten al abandonarla?

Se intercambian besos y saludos, abren una de las botellas.

(¿Debería ofrecer vino Rebecca a un drogadicto?) Se sientan en el salón con las copas.

—Voy a invitar a Julie a venir el próximo fin de semana —anuncia Rebecca.

—No vendrá —responde Dizzy.

—Puede dejar solos a los niños por una noche. Ya no son bebés.

—Solo digo que no vendrá.

—Tú déjame a mí.

—No quiero que tengas que insistirle.

—Va a volver locos a esos críos. No lo hace por ellos, es solo que quiere ser la mejor madre del mundo.

—Por favor, no obligues a Julie a venir a Nueva York. Ya iré yo a verla.

—No irás.

—Algún día.

Dizzy se sienta con las piernas cruzadas en el sofá, apoyando la copa en su regazo como si fuera un cuenco para pedir limosna. No se puede negar que es clavado a Rebecca, aunque parece más una reencarnación que un parecido. Tiene su desenvoltura juvenil, ese incuestionable dominio de sí mismo: contempladme, soy el hijo prometido. El modo en que ladea la cabeza, sus dedos, su risa. No es muy alto —un metro setenta, probablemente— y tiene un cuerpo sólido y fibroso. Es fácil imaginarlo sentado como un discípulo más al borde de un jardín sagrado. De hecho, recuerda un poco a uno de esos san Sebastianes soñolientos del Renacimiento. Tiene los mismos mechones de pelo de color moca, los mismos miembros nervudos, pálidos y sonrosados.

Peter oye pronunciar su nombre.

—¿Qué?

—¿Cuándo fuimos a ver a Julie y a Bob? —pregunta Rebecca.

—No sé. Hará ocho o nueve meses, diría yo.

—¿Tanto?

—Sí. Por lo menos.

—No es fácil emocionarse con la idea de ir a D.C. —le explica Rebecca a Dizzy—. Y pasar el fin de semana con ellos sin salir de esa casa de locos.

—A mí también me asusta un poco esa casa —responde él.

—¿Ah, sí? O sea que no soy solo yo.

Peter vuelve a despistarse. Están poniéndose al día. Cháchara de los Taylor, no querrán que los siga. Observa a Rebecca acercarse a Dizzy como si tuviera frío y él despidiera calor. Las tres hermanas insisten en tratar a Dizzy como un demonio familiar, como el amigo a quien confiar las irregularidades e infidelidades de las otras dos.

De hecho, Dizzy posee cierta incorporeidad. Es un poco espectral, como una fantasía, o un sueño sobre sí mismo que se manifestase ante la gente. Sin duda se debe, al menos en parte, a su infancia pasada a solas con Beverly y Cyrus en aquella casona, mientras Beverly iba descuidando las tareas domésticas y Cyrus, que cumplió los sesenta el mismo mes que Dizzy cumplió diez años, pasaba cada vez más tiempo en su despacho, el único refugio contra la abrumadora evidencia de que las excentricidades de su mujer se iban convirtiendo con la edad en algo mucho más ominoso. Las chicas iban siempre que podían, pero estaban empezando a vivir sus propias vidas. Rebecca estaba en la Universidad de Columbia y Julie en la facultad de medicina, mientras Rose se enzarzaba en su épica lucha con su primer marido en San Diego. ¿Qué debió sentir Dizzy, que llegó demasiado tarde a la fiesta, que pasó su adolescencia en habitaciones mal iluminadas (el ahorro se convirtió en una de las fijaciones de Beverly) entre trastos y cacharros viejos? En una visita que les hicieron cuando Dizzy tenía dieciséis años, Peter escribió su nombre en el polvo del alféizar de una ventana. También encontró un ratón momificado detrás del ficus que había en un rincón del salón; lo echó a la papelera y se deshizo de él discretamente, como si tuviera la esperanza de proteger a los Taylor de algún temido diagnóstico.

Dizzy. Es casi incomprensible, tanto los sobresalientes que llevaban a Yale, como las drogas que no llevaban a ninguna parte.

En todo caso, parece haber salido sorprendentemente bien librado, al menos en sentido físico. De pequeño tenía una pinta un poco rara, pero cuando se hizo mayor se manifestó en él una belleza angulosa, como si alguien lo hubiese protegido, como si un hada madrina hubiese tendido un manto encantado sobre los hombros de un príncipe intranquilo. Las chicas empezaron a perseguirlo, o eso dicen los rumores, antes de que cumpliera los once años.

Rebecca está diciendo:

—... y en el salón grande, así es como lo llama.

Dizzy sonríe con aire triste. Al parecer, no comparte el agridulce placer por el aburguesamiento de Julie y su falta de sentido crítico respecto a las cosas enormes e inmaculadas.

—Supongo que allí se siente a salvo —responde Dizzy.

Rebecca no se deja convencer.

—¿A salvo de qué? —pregunta.

Dizzy se limita a mirarla con aire interrogante, como si estuviera esperando que recuperase su forma natural. Se ha ruborizado y parece incómodo (la verdad es que Rebecca está obsesionada con Julie, Dios sabrá por qué), los ojos castaños le brillan.

—Imagino que del mundo entero —apunta Peter.

—¿Y por qué iba a querer una estar a salvo del mundo entero? —pregunta Rebecca.

Rebecca, ¿por qué buscas pelea?

—Hojea cualquier periódico. Enciende la CNN.

—Un castillo en las afueras no la va a salvar.

—Lo sé —responde Peter—. Lo sabemos.

Rebecca se interrumpe para tratar de calmarse. Está enfadada y probablemente no sabe por qué. Dizzy la ha alterado, le ha recordado alguna cosa, la ha hecho culpable de algún crimen.

Peter mira a Dizzy. Ahí está otra vez, ese destello de afinidad secreta. Nosotros..., nosotros los hombres somos los que nos asustamos, los que metemos la pata y nos ponemos nerviosos; si a veces somos escépticos o abusones es porque sospechamos que nos estamos equivocando de una manera misteriosa que las mujeres desconocen. No sabemos fingir y nuestros vicios y costumbres son tan ridículos que, cuando nos presentemos a las puertas del cielo, la negra enorme que las guarda se burlará de nosotros no solo por ser tan inocentes, sino porque no tenemos ni idea de lo que pasa en realidad.

—No sé —suspira Rebecca—, me da rabia que se haya vuelto así.

—Le pasa a casi todo el mundo —responde Peter—. Casi todos acaban queriendo tener hijos y una casa bonita.

—Julie no es casi todo el mundo.

Uf. Otro de esos momentos matrimoniales inaguantables. Finge estar de acuerdo o arriésgate a una implosión.

—Casi todo el mundo cree ser distinto de los demás —dice Peter.

—Cuando se trata de tu hermana la cosa cambia.

—Lo entiendo —responde Peter. Ya sabe qué cara poner.

«Tus hermanas y tu hermano siguen vivos, ¿verdad? ¿Crees que no me gustaría sentarme a quejarme del bueno de Matthew y de su novio y del maleducado niño coreano que han adoptado y al que se niegan a castigar?»

Es injusto, vaya si lo es, incluso indecoroso interrumpir un argumento sacando a relucir a tu hermano muerto. Pero no deberían pelearse en la primera noche de Dizzy.

Pregunta: ¿Rebecca quiere discutir precisamente porque sabe que a Peter no le hace gracia esa visita? Ya lo hablarán más tarde. Igual que lo de ofrecerle vino a un ex drogadicto. Aunque también pueden achisparse con el cabernet y luego irse a dormir sin más.

—He olvidado si era un santuario zen o sintoísta.

Dizzy parpadea un par de veces bajo la mirada que le ha dirigido.

—Mmm, sintoísta —responde.

Y en su rostro se pinta la más clara convicción: no quiero ser monje, ni abogado, pero lo que menos me apetece del mundo es acabar como estos dos.

Pasa la cena, instalan a Dizzy en la antigua habitación de Bea (que conservan más o menos como ella la dejó para cuando vuelva, si es que vuelve). Peter y Rebecca llaman a Bea desde su dormitorio.

No, Rebecca llama a Bea, con la esperanza de que acepte hablar con Peter, aunque sea un momento.

Peter espera junto a Rebecca en la cama cuando suena el teléfono en Boston. Perdón por tener la esperanza de que no esté en casa, por desear que se limite a dejarle un recado.

—Hola, cariño —dice Rebecca—. Ajá. Sí, estamos bien. Ha venido Ethan. Sí, Dizzy. Lo sé, hace años que no lo ves. ¿Qué estás haciendo?

»Claro. Sí. Seguro que tendrás mejores turnos cuando lleves allí más tiempo.

»Ajá, ajá. Bueno, no te preocupes, sabes que, si te dignas aceptarla, siempre puedes pedirle un poco de pasta a tu obsesiva madre.

Al parecer Bea se ríe al otro lado de la línea. Rebecca también se ríe.

Bea, el amor de mi puñetera vida. ¿Cómo has acabado siendo una chica triste y solitaria que trabaja en el bar de un hotel de Boston, vestida con una chaqueta roja y dedicada a preparar martinis para los turistas y asistentes a congresos? ¿Cometimos nuestro primer error *in utero*? ¿Era demasiado para ti el nombre de Beatrice? ¿Por qué dejaste la universidad para aceptar un trabajo como ese? Si fui yo quien te empujó a hacerlo, lo lamento con toda mi alma. Te amaba y te amo con todo el corazón que me queda. No tengo ni idea de cómo ni cuándo metí la pata. Si fuese mejor persona tal vez lo sabría.

—¿Qué tal está Claire? —pregunta Rebecca. Claire es la compañera de habitación, una chica con el brazo cubierto de tatuajes y sin ninguna ocupación conocida—. Lo siento, supongo que es cierto lo de que abril es el mes más cruel. Te paso a tu padre, ¿vale?

Le alcanza el teléfono. ¿Qué puede hacer, sino aceptarlo?

—Hola, Bea —dice.

—Hola.

Así es cómo lo trata últimamente. Ha pasado de un abierto resentimiento a una tibia cordialidad, como la de una azafata al atender a un pasajero. Es aún peor.

—¿Qué tal va?

—Normal. Esta noche me quedo en casa.

Nota una punzada en el pecho. Ha visto el alma de esa niña, ha visto su esencia diminuta y palpitante cuando acababa de nacer. La ha visto sufrir paroxismos de placer al ver la nieve, el maloliente lhasa apso del vecino o un par de sandalias de goma roja. La ha consolado por incontables heridas, decepciones y mascotas muertas. El hecho de que ahora sean meros conocidos que charlan sobre cosas intrascendentes, indica que el mundo es demasiado extraño y misterioso, demasiado terrible para su propio corazón.

—Nosotros también. Aunque somos mayores. —Silencio. Muy bien—. Un beso —dice Peter con impotencia.

—Gracias. Adiós.

Ella cuelga y Peter se queda con el teléfono en la mano.

—Es solo una fase —dice Rebecca.

—¡Ajá!

—Tiene que separarse de ti. No deberías tomártelo de forma tan personal.

—Estoy preocupado por ella. Muy preocupado.

—Lo sé. Yo también lo estoy un poco.

—¿Qué deberíamos hacer?

—Supongo que dejarla en paz. Al menos de momento. Llamarla los domingos. —Rebecca le quita el teléfono de la mano con dulzura y vuelve a dejarlo en la mesita—. Parece que regentemos un hogar para niños confusos, ¿no crees?

¡Ah!

La idea se le ocurre de pronto: Rebecca prefiere a Dizzy, que ha tenido el sentido común de ser esquivo y encantador, de haberse arrepentido y (dilo) de ser guapo. Rebecca y Peter hicieron todo lo que pudieron por Bea, pero nació tan pronto (sí, incluso hablaron de la posibilidad de abortar, ¿le habrá perdonado Rebecca por presionarla?) y, casi como si presintiera que no era deseada, Bea siempre fue dada a la soledad, a las rabietas esporádicas que en la adolescencia se convirtieron en rencor y malos humores, y en largas diatribas sobre la plaga de la pobreza y el crimen en Norteamérica, aún más extrañas porque Peter y Rebecca daban dinero a organizaciones caritativas y compartían casi todas las convicciones de Bea, quitando las más paranoicas, como que el sida era un experimento del gobierno, o lo de las prisiones secretas en las que acabaría encerrada algún día por hablar demasiado de conspiraciones que nadie debía conocer.

¿Cómo llegó a pasar? Es como si por un momento fuese un bebé chillando extasiada en sus brazos y apenas un instante después fuera una chica endurecida y de rasgos marcados llegada de su pueblo pistola y machete en mano para echarle en cara todos sus crímenes: su indiferencia por las necesidades ajenas, que se enriqueciera a expensas de los demás, que llevase unas gafas tan pretenciosas, que hubiera olvidado recoger su vestido en la lavandería.

Era como si se hubiese saltado un paso. Como si hubiera pasado de pronto de ser inocente a encontrarse misteriosamente en un terreno kafkiano, donde las únicas preguntas que se planteaban eran para determinar el alcance de sus delitos y los daños producidos.

Peter se vuelve hacia Rebecca, está a punto de decir algo, pero se lo piensa mejor. En lugar de eso, la besa y se dispone a dormir, sabiendo que ella leerá un rato, satisfecho con la extraña e infantil felicidad de saber que va dormir mientras su mujer —esa mujer cordial y cada vez más distante— sigue con la luz de la mesilla encendida y va pasando las páginas.

# Historia del arte

Lunes, poco antes de las diez. Uta ya está en la galería, nadie llega antes que ella.

—Buenos días, Peter —grita desde la trastienda con su exagerado acento alemán. Lleva más de quince años en Estados Unidos, pero su acento es cada vez más marcado. Uta es una más del creciente número de exiliados que se niegan a integrarse. Por un lado, desprecia su país de origen («Querido, solo se me ocurre la palabra "lúgubre"»), pero al mismo tiempo parece volverse más alemana (más no norteamericana) a medida que pasan los años.

Peter recorre la galería: adiós, Vincents. Sus empleados están de camino para empaquetarlos. Incluso después de quince años, exposición, tras exposición, tras exposición, sigue teniendo la misma sensación levemente frustrante, casi un atisbo de fracaso, cuando llega la hora de desmontarla. No tiene nada que ver con las ventas (aunque lo cierto es que los Vincents no se han vendido como esperaba). Es más bien la impresión (otros marchantes también lo confesarían, pero solo después de tomar unas copas) de que, con cada exposición, se puede haber avanzado una fracción de centímetro. ¿En la estética? ¿En la historia del arte? Bah. Pero de todos modos… ¿Qué hay del esfuerzo constante por encontrar un equilibrio entre el sentimentalismo y la ironía, entre la belleza y el rigor, y abrir así una grieta en la sustancia del mundo a través de la cual pueda brillar la verdad más perecedera?

Desde luego. Son objetos que cuelgan de la pared. Están en venta. También son hermosos, a su manera. Telas y esculturas envueltas en papel de estraza, atadas con cuerdas y luego recubiertas de parafina, una vaga referencia al Cristo amortajado, hecha por un joven amable y bastante irresponsable llamado Bock Vincent, que hace tres años salió de Bard, vive con su novia mucho mayor que él en Rhinebeck y es capaz, aunque con ciertas limitaciones, de hablar de las envolturas y las ataduras y su relación con la santidad, y de cómo el arte que anticipamos es siempre superior al que creamos. Insiste en que hay imágenes y objetos debajo de las envolturas, buenas pinturas, aunque se niega a mostrarlas o describirlas, y el papel está demasiado encerado para poder desvelarlas.

En todo caso, hoy los descuelgan. El jueves, todas las obras serán nuevas.

Uta sale de su despacho, taza de café en mano, con el moño teñido de henna y unas gafas de montura gruesa Alain Mikli. Hace un par de años existió entre ellos cierta tensión cargada de posibilidades, cuando Rebecca estuvo tan colgada de aquel fotógrafo de Los Ángeles. Fue el momento, si es que alguna vez lo hubo, de que Peter echase una cana al aire; Rebecca parecía desearlo. Uta estaba claramente por la labor y daba la impresión de preferir que fuese un simple rollo (terrible palabra), el colofón después de tanto trabajar y viajar juntos, y de estar de lunes a sábado en ese estado semierótico de sí pero no que produce la proximidad física. No hay duda de que era sexy y afectuosa, y se habría ofendido si le hubiese insinuado que podía conseguir más (¿Es que crees que las mujeres follan contigo solo para ver lo que pueden sacar?, le habría dicho con su marcado acento alemán). No obstante, Peter tenía la sensación de verlo todo muy claro: el resabiado cinismo de Weimar, un cinismo dulce y fatigado, pero no por eso menos cínico; los cigarrillos, el café y las bromas; ese nihilismo amargo y germánico. Porque Uta es alemana, totalmente alemana, y es probable que por eso mismo se fuese de Alemania e insista tanto en que no volverá jamás.

¡Oh!, emigrantes y visionarios, ¿qué esperáis encontrar aquí, en qué esperáis convertiros?

Varios meses después a Rebecca se le pasó el capricho por el fotógrafo, y por lo que sabía Peter no pasaron de aquel beso en la piscina por la noche en las colinas de Hollywood. Uta y él siguen trabajando juntos, más o menos como siempre, aunque hay veces en que Peter tiene la impresión de que estuvieron cerca de acostarse, tan rematadamente cerca que, como no lo hicieron, esa tensión y cierta excitante posibilidad se ha perdido para siempre. Están empezando a envejecer juntos como dos buenos compañeros.

—Ha llamado Carole Potter —dice ella.

—¿Tan pronto?

—Querido, Carole Potter se levanta por las mañanas para dar de comer a sus putos pollos.

Cierto. Carole Potter, heredera de una fortuna gracias a no sé qué artilugio de cocina, vive en una granja de Connecticut. Una granja estilo María Antonieta, claro: hierbas aromáticas, pollos exóticos que cuestan tanto como perros con pedigrí. Aunque hay que admitir que trabaja mucho. Amontona el estiércol de las gallinas, recoge los huevos. Cuando Peter fue a cenar allí el año pasado, le enseñó un huevo recién puesto, tenía un increíble y conmovedor color azul verdoso pálido, con algunas plumas pegadas y estaba manchado de sangre parda por el otro lado. «Así es como son antes de limpiarlos», le había explicado Carole. Y Peter había respondido (o más probablemente lo había pensado), «me encantaría encontrar un artista capaz de hacer algo parecido».

Una lista trata de cobrar forma en su imaginación.

Huevos recién puestos, sanguinolentos y con plumas pegadas.
Bette de pie delante de la boca del tiburón.
Dizzy sentado, un día tras otro, en un monasterio en Japón.

Es un tríptico, ¿no? El nacimiento, la muerte y todo lo demás.

—Carole ha dicho que le llames —dice Uta.

—¿Ha dicho qué quiere?

—Creo que ambos lo sabemos.

—Sí.

Carole Potter no está satisfecha con el Sasha Krim. Es, como suele decirse, una pieza difícil, pero Peter tenía la esperanza de que...

—¿Algún otro incordio? —pregunta él.

—Me encanta la palabra «incordio».

—Es por la letra de. Es agradable pronunciar la erre y luego pasar a la de.

—Los de siempre —responde ella.

—¿Qué tal el fin de semana?

—Un incordio. No es verdad. Es solo que me apetecía decirlo. ¿Y tú?

—Bette Rice tiene cáncer de pecho. Me lo dijo el domingo.

—¿Es grave?

—No lo sé. En fin, eso parece. Va a cerrar, quiere pasarnos a Rupert Groff.

—Fantástico.

—¿Tú crees?

—¿Por qué no iba a serlo?

—¿Qué opinas de su obra?

—Me gusta.

—Yo no estoy tan seguro.

—Pues no lo cojas.

—Sus cosas empiezan a venderse. Hay rumores de que Newton le tiene echado el ojo.

—Pues cógelo.

—Venga…

—Peter, querido, ya sabes lo que opino.

—Dímelo de todos modos.

Suspira voluptuosamente. Con sus ojos separados y su nariz huesuda y pequeña podría ser perfectamente un retrato de Klimt

—Coger a un artista que no acaba de gustarte pero que se vende bien compensa a los que te gustan pero no venden tantas obras. ¿De verdad necesitabas oírmelo decir?

—Eso parece.

—De todos modos, lo más probable es que acabe yéndose con uno de los grandes.

—Pero puedo hablar con él o no.

—Es un negocio, Peter.

—¡Ajá!

—No me mires como si fuese el mismísimo demonio. Ni se te ocurra.

—Lo siento. Ya sé que no lo eres.

—Lo malo, cariño, es que te gusta pensar que tienes razón y que los demás se equivocan.

—¿Y no te parece que en eso hay cierto heroísmo?

—No —responde ella—. No me lo parece.

Uta comprende que le ha dado pie para marcharse y vuelve a su despacho.

Él entra en el suyo, coge una carpeta que dejó en el escritorio el sábado y la deja encima de un archivador. No es que tenga ningún motivo real para hacerlo, es solo la rutina de los lunes por la mañana, el modo de anunciar su presencia al sordo zumbido del alma inanimada que ha residido allí durante las treinta y dos horas que él ha pasado en otro sitio.

Se prepara una taza de café y vuelve a la galería. Últimamente tiene la impresión de deambular mucho por habitaciones familiares con una bebida en la mano. ¿Será así como Bacon lo habría pintado? Qué idea tan horrible. Debería haber comprado aquel dibujo de Bacon en la subasta del año 95; entonces le pareció demasiado caro, pero ahora ha quintuplicado su precio. Otra idea inquietante. Los valores suben y bajan y vuelven a subir.

Ahí están. Los Vincents. Ya se van.

Y, por un breve espacio de tiempo, la galería estará vacía, con las paredes blancas y el suelo de hormigón. Creas un hueco prístino para que lo ocupen las obras. A Peter le encantan los cortos períodos en los que la galería no está llena de arte. Hay un no sé qué en esa sala austera y perfecta que sugiere un arte superior al que pueda producir una persona, por muy brillante que sea; es como el silencio antes de que empiece la orquesta, como cuando se oscurecen las luces antes de que se levante el telón. De eso trata Vincent. El arte que producimos vive en un delicado equilibrio con el arte que imaginamos, el arte que espera la sala. Eso es lo que ha estado haciendo Dizzy ese mes en Japón. Sentado solo, tratando de imaginar algo más grande que lo que puede crear la mano del hombre. El pobre chico no estaba a la altura. ¿Y quién lo está?

Además. Los Vincent no se vendieron bien, ¿verdad?

En fin. Habrá un período sin nada, y luego la siguiente exposición. Victoria Hwang, a mitad de su carrera, infravalorada, aunque empieza a llamar la atención por motivos que Peter no acierta a descifrar: estas cosas pueden ser misteriosas, de pronto se da la visceral coincidencia entre un grupo de personas pequeño pero influyente que deciden que ya va siendo hora de que esos objetos adquieran mayor importancia de la que parecían tener al principio (en el caso de Victoria, una serie de vídeos enigmáticos, rodados en las calles de Filadelfia, a partir de los cuales fabrica artículos de propaganda —figuritas articuladas, tarteras, camisetas— inspirados en peatones escogidos al azar, gente oscura y normal que ha pasado sin saberlo por delante de la cámara). Esos vuelcos son para volver loco a cualquiera. No están calculados, al menos no en el sentido de una conspiración de marchantes de arte internacionales (a veces casi desearía que lo estuvieran), pero tampoco tienen mucho que ver con el arte. Son respuestas increíblemente ligadas a millones de minúsculos cambios en la cultura, la política y los iones de la condenada atmósfera; no se pueden anticipar o comprender, pero se intuyen, igual que los animales notan que va a producirse un terremoto antes de que ocurra. Lleva cinco años exponiendo a Victoria y hablándole a la gente de ella, ahora ha tenido un presentimiento y de pronto, no hay duda de que, por oscuras razones, la gente se está empezando a interesar. Ruth, del Whitney, quiere ver su obra. Igual que Eve, del Guggenheim. *Artforum* va a dedicarle un artículo el mes que viene.

Hace tiempo que tiene pensada la exposición de Victoria, pero seguro que Vic tendrá sus propias ideas. Aunque todavía no ha entregado las obras y la fiabilidad de su promesa de que estarán allá al día siguiente por la mañana es dudosa, no es ni mucho menos uno de sus artistas más difíciles. Loado sea Dios. Es la última exposición de la temporada, está cansado —debería admitir que ha estado coqueteando de vez en cuando con la desesperación— y agradece la precisa aunque extrañamente lánguida inteligencia de Vic Hwang. Es lenta, pero no hará que monten la exposición para luego insistir en desmontarla y volver a empezar desde el principio. Si las obras no se venden se culpará tanto a sí misma como a Peter.

Además, según parece, está a punto de hacer carrera.

Bock Vincent, aunque sea triste decirlo, es probable que no lo consiga. Su estilo no está de moda: los enigmas amables y encantadores no están en alza y Bock no tiene demasiado margen de maniobra. ¿Qué es lo que le acaba de decir Uta? «Te gusta pensar que tienes razón y que los demás se equivocan.» Si esa frase no describe a Peter Harris, sin duda sirve para describir a Bock Vincent. Ya era un bicho raro (incluso para los estándares de Bard) cuando Peter lo conoció, con su pinta de fauno, frágil en un sentido vagamente innato y eduardiano, capaz de tener una seriedad conmovedora aunque exasperante. Bard se arriesgó con él. Igual que Peter.

Peter sigue sorprendido por el modo en que ciertos torbellinos de elogios pueden cambiar literalmente la obra de un artista, no solo la nueva sino también la vieja, las piezas que llevan un tiempo por ahí, que habían parecido interesantes o prometedoras, aunque menores, hasta que (no ocurre a menudo, solo de vez en cuando) se concluye, por un oscuro consenso, que un artista estaba menospreciado, relegado y era un adelantado a su época. Lo que a Peter le parece más sorprendente es el modo en que parece cambiar la obra en sí misma, más o menos igual que cuando a una chica normalita todo el mundo empieza a tratarla como a una belleza. La inteligente y original Victoria Hwang va a estar en *Artforum* el mes que viene, y, probablemente, en las colecciones del Whitney y el Guggenheim; Renée Zellweger —bizca y con cara de pan, una actriz de carácter donde las haya— apareció en la portada de *Vogue*, espléndida con un vestido plateado. Es, claro, una cuestión de percepción: el acuerdo de que a esa artista tan original o a esa chica estrafalaria hay que tomárselas con una nueva seriedad, pero Peter sospecha que el cambio es más profundo. Ser el foco de tanta atención (y, sí, de tanto dinero) parece excitar de forma diferente las moléculas artísticas de la actriz o el político. No es solo que se alteren las expectativas, sino que se produce una auténtica transustanciación causada por la alteración de dichas expectativas. Renée Zellweger se convierte en una belleza y se lo parecerá a cualquiera que no haya oído hablar de ella. Por lo visto, los vídeos y las esculturas de Victoria Hwang están a punto de ser no solo intrigantes y divertidos, sino significativos.

Mala suerte, Bock Vincent.

¿Qué es de esas estrellas jóvenes que no llegan a triunfar? ¿Dónde van cuando están pasadas de moda a los veintiséis años?

Veamos… ¿Adónde irá Bock si Peter lo deja? Peter no puede permitirse exponer obras que no se venden. Y eso que le gusta mucho su obra, aunque tampoco le entusiasma, no pondría la mano en el fuego por ella.

Ni tampoco por Victoria Hwang, aunque nunca lo admitiría ante nadie.

Por favor, Dios, envíame algo que me entusiasme.

Así empieza el día de trabajo.

¿Carole Potter? Todavía no. Empieza por Tyler y sus hombres.

Sí, estarán allí a las doce, a las doce y media como mucho, para embalar los Vincents. «Tranquilo, tío, ahí estaremos.» Últimamente Tyler parece malhumorado; Peter contrata sus servicios para hacerle un favor a Rex Goldman, pero desde el principio ha tenido la sospecha de que es un error, siempre lo es contratar a artistas jóvenes en prácticas, les ofende que su propia obra siga sin conocerse, no dan crédito a la mierda que se expone en las galerías, y antes de que te des cuenta han destruido algo «accidentalmente». Uno quiere proteger a los jóvenes artistas, y además Tyler es un protegido (¿y algo más?) de Rex, pero Peter tiene la sensación de que este debería ser su último trabajo para él, así que en realidad es adiós a Tyler y a Bock, lo siento mucho, sois jóvenes pero con eso no basta, vuelvo a ser otra vez vuestro padre, cruel y competitivo, que se interpone en vuestro camino.

¿Carole Potter? Todavía no.

Llama al contestador de Victoria, que es de las que nunca responden al teléfono. Vic, soy Peter, quería saber cómo iba todo, dime si puedo hacer algo, estoy deseando ver tus nuevas obras. «Por favor, Victoria, dime que es verdad que las obras están terminadas. Por favor, Victoria, ahora que empiezas a tener éxito, no me dejes tirado para irte con otro marchante, aunque, por supuesto, ambos sabemos que eso es precisamente lo que vas a hacer.»

Llama a Ruth al Whitney y a Eve al Guggenheim, deja un recado a sus ayudantes confirmando que Ruth irá a las once del jueves y Eve a las dos. Deja también recado a los ayudantes de Newton en el MoMA y de Marla en el Met, por si suena la flauta.

Luego repasa la lista de coleccionistas. Ackerlick vía Zelman. Nadie coge el teléfono y Peter lo agradece. Los mensajes son mucho más fáciles. «¡Hola, soy Peter Harris, era solo para recordarte la inauguración privada de Victoria Hwang el jueves, son obras muy interesantes, si te apetece verlas pero no puedes venir a la inauguración, llámame, adiós.»

Muy bien. Ahora Carole Potter.

—Residencia de los Potter.

—Hola, Svenka. Soy Peter Harris.

—Hoooola, espera un minuto, por favor. Veré si Carole puede ponerse al teléfono.

Pasa un minuto.

—Hola, Peter.

—Hola, Carole.

—Lo siento, estaba escarbando en el jardín. ¿Te alegras de que acabe la temporada?

—¡Oh! Más bien tengo una sensación agridulce. ¿Qué tal los pollos?

—Tres han cogido un hongo horrible. Querer a los pollos es más difícil de lo que pensaba.

—Nunca he conocido a ninguno en profundidad.

—Francamente, son bastante estúpidos y muy mezquinos.

—Como la mitad de la gente que conocemos.

Ja, ja, ja.

—Peter, supongo que sabes por qué te he llamado.

—Ajá.

—Debe de ser que soy cobarde. No me veo con fuerzas de vivir con él.

—No es una pieza fácil.

—Espero que le digas a la gente lo mismo de mí.

Ja, ja, ja.

—¿Por qué no le das un poco más de tiempo?

—No creo. Lo siento mucho. Lo cierto es que no me apetece ir a esa parte del jardín. No quiero ni verlo.

—Bueno, eso es grave.

—¿Conoces a los Furston? ¿Bill y Augusta?

—Ajá.

—Vinieron a verme la otra noche e hizo que su schnauzer miniatura se pusiera histérico.

Ja, ja, ja, ja, ja.

—Oye, si los perros de los vecinos están sufriendo…

—Lo siento.

—No pasa nada. Sabíamos que podía no funcionar.

—¿Sabes lo que me gustaría en realidad?

—¿Qué?

—Que vinieses y me ayudaras a pensar qué poner en su lugar.

—Puedo ir.

—No quiero que te sientas obligado.

—No, no hay inconveniente.

—Es solo que… Es muy distinto verlo en la galería.

—Desde luego.

—Y tengo la sensación de que si tú y yo vamos a esa parte del jardín, se te ocurrirá algún artista en el que yo no habría caído.

—Solo hay un modo de averiguarlo.

—Eres un ángel.

—¿Cuándo te vendría bien?

—Bueno. Eso es lo malo.

—¿Qué?

—Ya sé que es mucho molestar, pero tenemos invitados. A mediados de la semana que viene. Los Chen, de Pekín, ¿los conoces?

Joder, pues claro. Zhi y Hong Chen, multimillonarios gracias a la venta de propiedades inmobiliarias, compran arte igual que los niños compran cómics, lo que no puede decirse de los norteamericanos más acaudalados. Son chinos, por el amor de Dios, son la esperanza (y, bueno, tal vez la destrucción) del futuro.

—He oído hablar de ellos.

—Ella es un encanto. Él puede ser un poco aburrido, la verdad. Voy a invitar a los Rinx para que me ayuden con Hong. Anne Rinx habla mandarín, ¿lo sabías?

—No tenía ni idea.

—En cualquier caso, creo que como muy tarde habría que retirar el Krim para entonces.

—¿Crees que los Chen traerán algún schnauzer?

Ja.

De acuerdo, no tiene gracia. Recuerda, Peter: eres una especie de híbrido entre un amigo y un ayudante contratado. Hay confianza, pero tampoco conviene abusar.

—Me encantaría tener algo nuevo para entonces. Si es que es remotamente posible.

—Hay muchas cosas posibles. Lo malo es que esta semana inauguramos una nueva exposición.

—¿Ah, sí?

—La de Victoria Hwang. ¿No te ha llegado la invitación?

—¡Oh! Claro que sí. ¿Entonces esta semana está descartada?

—Déjame pensar un momento. Probablemente podría pasarme el miércoles por la tarde a última hora.

—Si vienes muy tarde, no habrá suficiente luz. Esa parte del jardín solo está iluminada hasta eso de las cinco.

—Puedo llegar antes de las cinco.

—¿De verdad?

—Sí.

—Eres un auténtico ángel.

—Lo hago encantado. Le pediré a Uta que mire los horarios de tren, será más rápido que ir en coche.

—Gracias.

—No hay de qué.

—¿Me llamarás cuando sepas lo del tren? Gus irá a recogerte a la estación.

—Estupendo.

—Te adoro.

—Y yo a ti, adiós.

—Adiós.

Peter cuelga y se concede un momento. Los reyes, las reinas, los papas y los grandes comerciantes sin duda debían de ser más exigentes que Carole Potter. Lo curioso es que le cae bien Carole y en parte es por esa sensación suya de que tiene derecho a exigir. ¿Quién animaría el mundo libre si no hubiese gente rica que quiere las cosas hechas al instante? En teoría uno quiere que la gente viva tranquilamente de acuerdo con sus necesidades a la orilla de un río, pero lo cierto es que temes morirte de aburrimiento. De hecho, es emocionante que haya personas como Carole Potter, que cría pollos de competición y podría dar cursos de paisajismo; que mantiene a cuatro criados (más los veranos, durante la temporada de invitados); a un marido apuesto y levemente ridículo; a una preciosa hija que estudia en Harvard y a un hijo incorregible que hace no sé qué en Bondi Beach; Carole, que es encantadora y crítica consigo misma; capaz, si se la provoca, de una indiferencia hostil mucho más cruel que cualquier forma de rabia; que lee novelas, va al cine y al teatro y sí, sí, bendita sea, compra obras de arte, arte de verdad, del que entiende un poco.

Qué energía tiene esa gente. Cómo se lo toman todo.

Muy bien. Otro trabajo para Tyler. Ve allí cuanto antes y haz desaparecer el Krim.

¿Y qué puede conjurarse mágicamente para reemplazarlo?

Ajá. Un Rupert Groff sería perfecto, ¿no?

Pues claro que sí. Le parece estar viéndolo: una urna de Groff, reluciendo a la sombra del extremo sur del jardín de Carole, la parte más inglesa y menos cultivada de su reino, todo lavanda, malvaloca y estanques musgosos. Es el sitio ideal para un Groff, una de esas urnas asimétricas pero heroicas de bronce que parecen clásicas y posmodernas desde lejos, pero que vistas más de cerca están cubiertas de profanidades, monsergas políticas, instrucciones para fabricar bombas caseras y recetas para cocinar a los ricos. Por eso, claro, es tan perturbador Groff, por sus sátiras de las cosas hermosas y enormemente caras que en efecto resultan ser cosas enormemente caras y hermosas. En eso consiste la broma. Y Carole Potter sabrá apreciarla.

También valorará que Peter esté representando a Groff. Admítelo: Carole empieza a darte la espalda, y el fracaso del Krim no ayuda. Peter lleva veinte años en el negocio y nunca ha estado en la primera división. Ha sido fiel a una serie de artistas a quienes les ha ido bien, pero no han triunfado. Si no destaca pronto, lo más probable es que envejezca siendo un buen marchante de segunda fila, respetado, pero no temido.

Estaría muy, muy bien que los Chen viesen una de esas urnas reluciendo en el jardín de Carole. Es casi seguro que Carole les hablaría de él.

¿Sería macabro llamar a Bette tan pronto?

—Hola, Bette.

—Hola, Peter. Me alegró verte ayer.

—Bueno, ¿qué opinas del tiburón al cabo de un día?

—Me parece un tiburón muerto metido en una enorme caja de hierro y estoy deseando ir a España y empezar a preocuparme por los tomates.

—Me acaba de llamar Carole Potter. Ha tenido un Krim a prueba en su casa de Greenwich.

—Carole es genial. Tienes suerte de tenerla entre tus clientes.

—Pues el caso es que no se queda con el Krim.

—¿Y la culpas? Ya sabes que, entre otras cosas, *huele*.

—Lo tiene fuera.

—Aun así.

—Bueno, escucha.

—Quieres enseñarle algo de Groff.

—¿Hablabas en serio ayer?

—Pues claro. Iba a llamarle hoy mismo.

—Ahí está lo malo.

—¿Qué pasa?

—La señora quiere deshacerse del Krim ahora y tener algo en su lugar mañana. Tiene de invitados a los Chen.

—Los Chen son asesinos.

—¿Sabes de alguien a quien hayan asesinado?

—Ya sabes a lo que me refiero. Son magnates desaprensivos.

—¿Significa eso que yo también soy corrupto?

—No. No sé. A alguien tendrás que venderle. Y, además, podría ser bueno para Rupert.

—Entonces, ¿le llamarás?

—Ajá. Ahora mismo.

—Eres la mejor.

—Estoy pensando en mis tomates españoles.

—Adiós.

—Adiós.

Uf.

Hazlo sin más. Sigue adelante. Recuerda: es por el bien de algo. Recuerda que es muy posible que todo esto (por favor, Dios) acabe relacionándote con algún genio, desconocido e incognoscible, algún Prometeo que hoy sea un niño en Dayton, Ohio, o un adolescente en Bombay, o un místico en las junglas de Ecuador.

El día avanza.

Treinta y siete correos electrónicos nuevos. Responde a quince y deja los demás para después.

Hace más llamadas.

Llegan Tyler y sus hombres, empiezan a embalar los Vincent. Uta se ocupa de eso. Peter se limita a decir hola y a esconderse en su despacho.

Victoria, soy yo otra vez, te llamo para decirte que los Vincent ya están descolgados, puedes traer tus cosas cuando quieras.

Otro correo electrónico, este de Glen Howard. Han ido a visitarle al estudio los de la Bienal, es evidente que su estrella está en ascenso, quiere saber si Peter estaría dispuesto a considerar dejarle a él solo la galería de atrás en septiembre.

*Glen, los de la Bienal visitan a cientos de artistas, y aunque te escogieran, te sorprendería la poca importancia que tiene. Mira la lista de la Bienal de hace diez años. No reconocerás un solo nombre.*

Piensa cómo expresar eso. Puede esperar hasta después de comer.

—Peter, soy Bette. He llamado a Rupert, está esperando tener noticias tuyas.

Le da el número.

—Eres la mejor —dice él.

—Lo hago encantada.

Hay una fatiga irónica en su voz: ¿habrá decidido, después de un último análisis, que Peter no es más que otro gilipollas?

A la mierda. Es muy probable que pueda vender un Groff y eso es lo que quieren los artistas de sus marchantes, ¿no? Los necesitan para vender su obra. Groff está en un momento delicado: todavía no es lo bastante famoso para cobrar precios desorbitados, pero sus obras cuestan una fortuna.

Llama a Rupert Groff. Salta el contestador. Hola, soy Groff, ya sabes lo que hay que hacer.

Rupert, soy Peter Harris. El amigo de Bette Rice. Me encantaría hablar contigo cuando tengas un minuto.

Deja el número.

Encarga un poco de comida, para él, para Uta, Tyler y sus hombres. Uta está ocupada, a Peter Harris, que es un jefe muy bueno, no le importa llamar él mismo. Para él ¿ensalada César con pollo asado, o un rollito de pavo ahumado? Ensalada. Se acerca el verano, es hora de reducir los hidratos de carbono. (¿A qué edad deja uno de preocuparse por esas cosas?) Además, tiene el estómago revuelto (¿cáncer?). Rollito de pavo.

Diecisiete correos electrónicos nuevos desde que lo miró la última vez. Uno de Victoria. Es capaz de cualquier cosa con tal de evitar una conversación. PETER, ESTOY DANDO LOS ÚLTIMOS RETOQUES, TENDRÁS LAS OBRAS MAÑANA COMO MUCHO A LAS ONCE. BESOS, V.

VIC, ESO ES ESTUPENDO, NOS VEMOS MAÑANA A LAS ONCE, DIME SI PUEDO AYUDAR EN ALGO.

Bobby llega a mediodía para cortarle el pelo. Hola, hermosura. Bobby coquetea tanto con Peter como Peter con sus clientas de mediana edad, y probablemente por los mismos motivos. No obstante, Bobby es bueno, y no le importa hacer visitas a domicilio los lunes, cuando las peluquerías están tan cerradas como las galerías de arte.

Entran juntos en el baño, Bobby se pone a trabajar y empieza su soliloquio, a Peter le cuesta seguir el hilo de la conversación.

Ha conocido a un argentino, un poco mayor que él, pero que está buenísimo (al parecer Bobby jamás ha conocido a nadie que no esté buenísimo), quiere llevarse a Bobby una semana a Buenos Aires, pero Bobby no está seguro, quiero decir, que me conozco la historia, ¿sabes, Peter? Me refiero a que todos parecen muy majos, pero, cuando llegas con ellos a algún lugar lejano y empiezan a pagar todas las facturas, siempre esperan que..., en fin, da igual lo que esperen (es una tradición entre ellos que Bobby haga siempre alusión a oscuros actos sexuales, pero sin entrar en detalles), y francamente, bueno, ya me conoces...

Hay más. Siempre hay más (¿cómo lo hace Bobby, cómo se las arregla para no quedarse sin cosas que contar?), Peter se pierde. (¿Le devolverá la llamada Groff? ¿Habrá perdido el respeto de Bette?) De pronto:

—Peter, querido, ¿no has pensado en librarte de algunas de estas canas?

—¿Eh?

—Es solo una idea. ¿Qué edad tienes, cuarenta y cinco?

—Cuarenta y cuatro.

—Lo haríamos gradualmente. Semana a semana. Quiero decir que no aparecerías un día sin una sola cana. La gente no se daría ni cuenta.

Peter siente como si tuviese un vacío en el estómago.

—Pensaba que me daban un aire..., qué sé yo, distinguido.

No le dice a Bobby que lo que pensaba es que le daban un aire…, qué sé yo, sexy.

—Eso, cuando tengas sesenta años. Ahora te quitarías diez años de encima.

A Peter lo dominan sentimientos cargados de ansiedad. ¿De verdad parece tan viejo? ¿No es patético querer parecer joven? La gente lo notará, por mucho que lo hagan de forma gradual; será un tipo que se tiñe el pelo y perderá su seriedad para siempre; aunque tal vez Bobby pueda quitarle solo algunas canas, más o menos la mitad, y nadie lo notaría, solo les parecería más vital y, sí, un poco menos viejo.

Que te den, Bobby. ¿Por qué lo has sacado a relucir?

—No sé… —dice.

—Piénsalo, ¿de acuerdo?

—Claro.

Bobby termina, se guarda el dinero. Peter lo acompaña a la puerta principal, pasa junto a Tyler y sus hombres, que al parecer no tienen demasiada prisa por descolgar los Vincent. Carl, uno de los ayudantes de Tyler que lleva la cabeza afeitada, le echa una mirada muy significativa a Peter, ¿será posible que piense que se está tirando a Bobby? Bueno, allá él.

En la acera, Bobby le da un beso a Peter rozándole la cara, sube a su Vespa de color azul pálido y se marcha entre petardeos del motor. Bobby es como las chicas de las comedias de los años cuarenta, guapo, ansioso y calculador, todavía lo bastante joven para confiar en que lo mejor aun está por llegar y preocuparse solo por si ir o no a Argentina con algún Romeo. Ahí va, coqueto y frívolo dispuesto a vivir una nueva aventura.

Peter vuelve a entrar. De vuelta a los negocios.

Otra docena de correos electrónicos. Ya los leerá luego. Ahora responde a Glen Howard.

HOLA, GLEN, ¡QUÉ BUENA NOTICIA LO DE LA BIENAL! ESPERO QUE TENGAN EL SENTIDO COMÚN DE ELEGIRTE. SIENTO DECIRTE QUE LA GALERÍA PRINCIPAL ESTÁ RESERVADA PARA TODO EL OTOÑO, PERO TE PROMETO QUE HAREMOS UNA EXPOSICIÓN PRECIOSA Y HARÉ QUE VENGAN TRILLONES DE PERSONAS A VERLA. TUYO, P.

Rupert Groff devuelve la llamada.

—Hola, Peter Harris. ¿Qué tal? —Parece sorprendentemente joven.

—Sabes que Bette se jubila, ¿no?

—Sí. Todo un cambio.

—Me gusta tu obra.

—Gracias.

—¿Podríamos quedar para cenar un día de estos?

—Claro.

—¿Cómo lo tienes?

—Esta semana lo tengo un poco jodido. Tal vez, no sé, a partir del miércoles de la semana que viene.

—Eso estaría bien. Pero escucha. Tengo una clienta muy buena que quiere comprar una pieza cuanto antes y va a dar una fiesta a la que asistirán varias personas que compran muchas obras de arte. Si te interesa, podría encargarme de asesorarla. No es que quiera ser tu nuevo marchante, sin obligaciones, no me lo tomaría mal si luego te fueses con otro. Pero estoy bastante seguro de poder conseguirte esta venta, y eso podría conducir a otras.

—Suena bien.

—A ver qué te parece mi plan. Podemos quedar para cenar un día a partir del miércoles de la semana que viene, pero antes podía pasarme por tu estudio y hablar de lo que podríamos ofrecerle a mi cliente.

—Ahora mismo no tengo mucha obra que enseñarte.

—¿Qué tienes?

—Tengo un par de bronces nuevos. Y unas cosas de terracota que estoy terminando, aunque aún no están listas.

—Me encantaría ver el par de bronces nuevos.

—De acuerdo. ¿Quieres venir mañana por la tarde?

—Claro. ¿A qué hora te va bien?

—¿Qué tal a eso de las cuatro?

—A las cuatro es perfecto.

—Vivo en Bushwick.

Le da la dirección. Peter la anota.

—Nos vemos entonces a las cuatro.

—De acuerdo.

Tres nuevos correos electrónicos. Uno de Glen.

PETER, QUERIDO, NO HAY SECRETOS ENTRE HOMBRES DE PALABRA, HE RECIBIDO UNA OFERTA DE OTRO SITIO QUE HE PREFERIDO NO ACEPTAR PORQUE ESTOY CONTIGO, PERO ESTA GENTE ESTÁ ENCANTADA CON MI OBRA Y AHORA LOS DE LA BIENAL, Y SABES, TENGO LA SENSACIÓN DE QUE LAS COSAS EMPIEZAN A FUNCIONAR Y NO ACABO DE CREÉRMELO POR CUESTIONES DE AUTOESTIMA Y DEMÁS ☺ EN CUALQUIER CASO TE APRECIO Y QUISIERA SABER SI TÚ Y YO PODRÍAMOS COMER UNO DE ESTOS DÍAS Y CHARLAR UN POCO, ¿QUÉ TE PARECE, COLEGA? BESOS.

¡Ajá! Así que Peter es alguien a quien un artista oscuro y poco conocido cree que puede presionar.

No te dejes llevar lo más mínimo por el pánico. Glen es un buen pintor que probablemente haya llamado la atención (suponiendo que no sea un farol) de algún escaparate de Williamsburg, y en realidad no es un buen candidato para la Bienal; corre el rumor de que esta vez los comisarios no van a escoger más que esculturas, instalaciones y vídeos.

HOLA, GLEN, CLARO QUE SOY TU COLEGA. COMAMOS JUNTOS Y DISCUTAMOS TU BRILLANTE FUTURO. ESTA SEMANA TENGO LA INAUGURACIÓN DE LA PRÓXIMA EXPOSICIÓN, ¿QUÉ TAL LA QUE VIENE? TUYO, P.

Muy bien, Glen. Veamos si con una agradable comida y un poco de confianza en mi devoción de toda una vida logro convencerte. De lo contrario, puedes irte con mis bendiciones.

O...

Si de verdad consigues quedarte con Groff...

Admítelo, empezar la temporada con Groff en la galería principal sería muy sonado. En el número de septiembre de *Art in America* saldrá un artículo sobre él, y es probable que Newton, del MoMA, le compre una pieza, Groff está hecho que ni pintado para el MoMA: sólido y serio.

Es como si lo estuviera viendo: tiene un presentimiento sobre Groff. Es cierto que hay motivos para discutir su monumentalidad y su preciosismo (en sentido literal); esa idea de volver al arte como tesoro, como algo esculpido y engarzado, pensado para estar en palacios y catedrales. Su obra, no obstante, es realmente perversa: una solterona remilgada podría decir: «¡Qué cosa tan bonita!» al verla desde lejos, pero cuando la contemple de cerca verá los nombres de los trabajadores africanos muertos en una mina de diamantes (Groff debe de haber inventado al menos algunos, sin duda no guardan registros exactos), extractos del diario de Unabomber e informes de las autopsias de los suicidas de las cárceles, e imágenes pornográficas y fetichistas, tanto homo como heterosexuales, muy bien alineadas como si fueran jeroglíficos. Dando a entender que la obra está pensada para que la descubran enterrada dentro de diez mil años.

Además, ¿no empezamos a estar hartos de ese arte hecho con hilos y papel de plata que se vende a precios exorbitados? ¿No nos hemos metido en un mundo en el que la basura se considera *de facto* un tesoro?

Si consiguiera quedarse con Groff...

¿Sería una cerdada reprogramar la exposición de Lakhti? ¿O pedirle que pasara a la galería de atrás? Peter podría tenerla libre si animase a Glen a aceptar la oferta de esos principiantes de Williamsburg, «Lo que digo, Glen, es que estás en lo más alto, deberías estar con alguien más incisivo que yo...».

Sería una auténtica cerdada. Pero el mundo seguiría girando.

Y el mundo sería...

Peter Harris sería alguien capaz de hacer grandes cosas. Peter Harris puede sacar a una estrella en alza de la extinta galería de Bette Rice y procurarle lo que con toda probabilidad sería una de las exposiciones más sonadas del otoño. Claro que eso dañaría la reputación de Peter entre algunos artistas. Entre algunos. Otros, los más ambiciosos (Groff, sin duda, se contaría entre ellos), se quedarían impresionados. Si eres bueno, si tienes potencial, Peter sabe hacer lo necesario para darte a conocer ahora mismo.

El estómago no termina de asentársele. ¿Cuáles son los síntomas del cáncer de estómago? ¿Existe el cáncer de estómago? Bueno, tómatelo con calma. Lo único que tienes de Groff por el momento es una visita a su estudio y una cita para cenar.

Más correos electrónicos. Más recados en el contestador.

Y luego, ocurre lo que estaba temiendo: se oye el ruido de un accidente en la galería. Un estruendo, un golpe. Tyler que grita: ¡Joder!

Peter corre. En medio de la galería están Tyler, Uta y los ayudantes de Tyler, Branch y Carl. La víctima yace en el suelo: uno de los cuadros envueltos rasgado en diagonal, un corte de quince o veinte centímetros.

—¿Qué coño ha pasado? —pregunta Peter.

—No puedo creerlo —es todo lo que acierta a responder Tyler.

Uta, Branch y Carl se han colocado como plañideras en torno a la tela. Peter se acerca, se agacha para observar el daño. No es ni más ni menos que un corte, de unos veinte centímetros, que va desde una esquina hacia el centro. Es de una precisión quirúrgica.

—¿Cómo ha sucedido? —pregunta Peter.

—Se me resbaló —responde Tyler. No parece muy apenado. En todo caso, está de mal humor, ¿por qué coño se habrá rasgado así?

—Llevaba una cuchilla para cortar cajas en el bolsillo —explica Uta. Parece indecisa. Aunque es muy capaz de ponerse hecha una furia si la ocasión lo requiere, en este caso eso le corresponde a Peter. Ella está pensando en las condiciones de la póliza de seguros.

—¿Estabas descolgando los cuadros con una cuchilla en el bolsillo?

—No se me ocurrió. La metí un segundo en el bolsillo y lo olvidé.

—Muy bien —dice Peter, y le sorprende la calma de su propia voz. Por un instante tiene la impresión de que el daño puede deshacerse por lo previsible que era que ocurriese. Bette Rice tiene cáncer, cáncer terminal, y Tyler se ha paseado por ahí con una cuchilla en el bolsillo porque a Peter no le gustan sus montajes y collages. Es culpa de Peter, lo había visto venir. No, la culpa es de Rex. De Rex y su puto e interminable desfile de jóvenes genios que siempre son muchachos esbeltos y tatuados y carecen por completo de genio, por mucho que Rex siga insistiendo y «protegiéndolos» y esté arruinando su carrera y convirtiéndola en una especie de chiste.

—Es uno de los que no se vendieron —dice Uta.

Peter asiente. Eso es mejor, claro. Aunque no sea bueno que corra el rumor de que en su galería se destruyen las obras de arte.

—Lo siento mucho, tío —dice Tyler.

Peter vuelve a asentir. Gritar no servirá de nada. Y, además, no puede despedir allí mismo a Tyler. Alguien tiene que desmontar la exposición.

—Volved al trabajo —dice Peter con mucha calma—. Tratad de recordar que no debéis llevar nada punzante en los bolsillos.

Va a matar al puto Rex. Marica libidinoso.

—Llevemos este atrás —dice Uta.

Peter, no obstante, se resiste a abandonar el cadáver. Muy, muy despacio, desliza el dedo por debajo del papel encerado y lo levanta.

Lo único que acierta a ver es un triángulo de color coagulado. Un remolino de ocre salpicado de negro.

Con mucho cuidado, levanta el papel otros centímetros.

—¡Peter! —grita Uta.

Es imposible saberlo con seguridad, pero a Peter le parece ver una pintura abstracta vulgar y torpemente pintada. La obra de un estudiante.

¿Eso es lo que hay debajo del prístino y sellado envoltorio? ¿Esa es la reliquia amortajada?

El estómago de Peter se rebela. ¿Qué coño? ¿Es que...? Sí, va a...

Siente una arcada. Cuando se incorpora ya tiene la boca llena de vómito, pero consigue llegar al baño, donde lo escupe en la taza del váter y luego suspira mientras las náuseas le acometen una y otra vez.

Uta está de pie detrás de él.

—Querido... —dice.

—Estoy bien. No tienes por qué ver esto.

—Vete a la mierda, un día estaré cambiando pañales. No es el fin del mundo. Sabes que el seguro nos cubre.

Peter todavía está inclinado sobre la taza del váter. ¿Se le ha pasado ya? Es difícil de saber.

—No es por la puta pintura. No sé, llevo un tiempo con el estómago revuelto. Puede que el pavo estuviese un poco pasado.

—Vete a casa.

—No.

—Vuelve luego si quieres. Vete aunque sea una hora. Yo vigilaré a esos idiotas.

—Tal vez una hora.

—Como mínimo.

De acuerdo. Siente una extraña vergüenza al tener que pasar junto a Tyler y sus ayudantes: una vaga sensación de derrota. Los jóvenes y destructivos han ganado esta batalla; el viejo se ha vuelto delicado, ha visto la carnicería y se ha arrojado sobre su espada.

Coge un taxi en la Décima con la calle Veinticuatro. Está mareado, pero ya no siente náuseas (por favor, Dios). Qué horrible sería vomitar en el asiento de atrás del taxi de Zoltan Kravchenko. Zoltan, claro, se pondría furioso, echaría a Peter y correría a limpiarlo. En Nueva York no se puede vomitar. Te empobrece, por muy bien vestido que vayas.

Peter llega a casa, le da a Zoltan una buena propina porque no ha vomitado en su taxi. Entra en el edificio, coge el ascensor. Está sumido en un mundo irreal teñido de náusea. Casi nunca se pone enfermo y jamás está en casa a las dos de la tarde de un lunes. Sin embargo, mientras sube en el ascensor —ahora que ha entrado en ese lugar flotante e inexistente— experimenta una especie de liberación infantil, la vieja sensación de que, como está enfermo, sus deberes y obligaciones quedan en suspenso.

Cuando entra en el *loft*, repara en… ¿qué? ¿Una presencia? Una leve perturbación en el aire…

Es Dizzy, dormido en el sofá. Otra vez está sin camisa, vestido solo con sus pantalones cortos y un amuleto de bronce colgado de una tira de cuero. Su rostro, relajado, posee una juventud que no es tan evidente cuando está preocupado y tiene abiertos sus ojos inquisitivos. Dormido, se parece mucho al bajorrelieve del sarcófago de un soldado medieval, incluso tiene las manos cruzadas sobre el pecho. Igual que los bajorrelieves medievales, posee algo que Peter no acierta sino a identificar con la juventud personificada, la de un joven héroe que en vida probablemente no fuese ni tan hermoso ni tan heroico y que murió malherido y ensangrentado en la batalla, pero al que después un artesano anónimo dotó de rasgos impecables antes de ponerlo a dormir bajo los ojos pintados de santos y mártires mientras generación tras generación, los vivos encendían velas por los muertos.

Peter se arrodilla al lado del sofá para contemplar más de cerca los rasgos de Dizzy. Solo después de hacerlo repara en que es un gesto raro, penitencial y reverente. ¿Cómo explicarlo si Dizzy se despierta? No obstante, su aliento es suave y regular: el sueño imperturbable de los jóvenes. Peter se queda allí un momento más. Ahora está claro. Dizzy es Rebecca reencarnada: la joven Rebecca, la joven de rostro limpio y luminoso que entró en el seminario de Peter en la Universidad de Columbia hace ahora tantos años y le pareció... familiar en cierto inexplicable sentido. No había sido amor a primera vista, sino reconocimiento a primera vista. No había reparado hasta ahora en lo mucho que se le parece Dizzy porque Rebecca ha cambiado... Peter ve cuánto. Ha perdido (como era de esperar) una prístina nascencia, esa cualidad de lo que todavía no está formado y que desaparece a mitad de la veintena en el mejor de los casos.

Peter siente un terrible deseo de tocar el rostro del joven. Solo tocarlo. ¡Eh! ¿A qué viene eso?

De acuerdo, hay ADN homosexual en la familia y lo superó con su amigo Rick en el instituto, y sin duda es capaz de apreciar la belleza masculina; ha habido momentos (un adolescente en la piscina en South Beach, un joven camarero italiano en Abbo), pero nunca ha pasado nada y que él sepa no ha tenido que reprimirse. Los hombres están muy bien (bueno, algunos) pero no son sexys.

No obstante, quiere tocar el rostro de Dizzy. No es que sea exactamente erótico. Quiere tocar esa belleza dormida que no durará, que no puede durar, pero está aquí, ahora, en su sofá. Solo para entrar en contacto con ella, igual que los fieles anhelan tocar el manto de un santo.

Por supuesto, no lo hace. Al incorporarse, le crujen las rodillas. Dizzy, gracias a Dios, sigue durmiendo. Peter entra en el dormitorio, cierra la cortina, no enciende la luz. Se quita la ropa y se acuesta. Para su sorpresa, se sumerge casi en el acto en un sopor profundo y oscuro en el que sueña con hombres con armadura en posición de firmes en la nieve.

# Fratricidio

Peter trató de asesinar a su hermano solo una vez, lo que, para los estándares habituales entre hermanos, no es mucho. Tenía siete años, así que Matthew debía de rondar los diez.

Casi todos los niños pequeños son afeminados; en el caso de Matthew no fue del todo evidente hasta que se hizo un poco mayor. A los diez años sabía cantar (de memoria) todas las canciones grabadas por Cat Stevens. Insistía en ponerse un albornoz de cachemira que llevaba siempre por casa. A veces, daba la impresión de estar desarrollando acento inglés. Era un chico de rasgos finos que deambulaba por las habitaciones de una casa de ladrillo beis de Milwaukee, ataviado con un albornoz de cachemira verde que le caía por encima de los tobillos cantando «Morning Has Broken» o «Wild World» con voz suave y melancólica, para que los demás le oyeran.

Sus padres —luteranos, republicanos y miembros de varios clubes— no atormentaron a Matthew, tal vez porque sospechaban que el mundo se encargaría de hacerlo, o porque no estaban preparados para descartar la idea de que su hijo primogénito era un genio que expresaba entusiasmos azarosos aunque peculiares que, con el tiempo, se concretarían en una carrera bien remunerada. Su madre era una mujer guapa, fornida, de mandíbula robusta, una sueca de pura cepa, cuyo mayor temor era que la engañasen y cuya mayor convicción era que todo el mundo intentaba engañarla. Su padre, apuesto, aunque un poco inexpresivo, como si estuviese a medio hacer, vagamente finlandés, nunca asimiló del todo la buena suerte que había tenido al casarse con su mujer y vivió su matrimonio igual que un pariente pobre que ocupara la habitación de los invitados. Es posible que su madre se negara a aceptar que la habían engañado en su convicción de tener dos hijos sanos y normales de Wisconsin y que su padre se limitara a consentirlo. Por el motivo que fuese no censuraron a Matthew. No pusieron objeciones cuando empezó a usar bragas para ir al colegio, o cuando anunció sus intenciones de dedicarse al patinaje artístico.

Así que fue Peter el encargado de atormentarle.

Peter carecía de la concentración y la ambición del verdadero sádico. Y tampoco odiaba a Matthew, al menos en sentido literal. Sin embargo, pasó la mayor parte de su infancia disculpándose constantemente. Le querían, pero a los seis años no sabía leer en voz alta la *Poesía completa* de Ogden Nash, y a los siete no escribió, dirigió, ni participó en la producción de una obra de teatro, con música y todo, que montaron los niños del vecindario titulada *Hombre al agua* y que hizo llorar de risa a su madre. Desde el principio, Matthew absorbió cualquier molécula de excentricidad y talento que pudiera haber por la casa; aparte de Matthew, todo eran muebles oscuros y tictac de relojes y una colección de huchas antiguas de hierro forjado que su madre llevaba acumulando desde antes de conocer a su padre.

Pero lo que más irritaba a Peter era el afecto inocente y despreocupado que le profesaba su hermano. Al parecer, lo tenía por una especie de mascota no muy inteligente, pero a la que era posible entrenar. Se puede enseñar a un perro a sentarse, traer alguna cosa y ponerse sobre dos patas; sería estúpido tratar de enseñarle a jugar al ajedrez. Cuando Peter empezaba a dar sus primeros pasos, Matthew le diseñaba disfraces y le hacía pasearse con ellos. Peter no lo recuerda, pero hay fotografías: el pequeño Peter disfrazado de abeja con unas gafas enormes y unas antenas; vestido con una toga hecha con un almohadón y una corona de hiedra que le oscurece los ojos. Cuando Peter fue un poco mayor (guarda vagos recuerdos), Matthew ideó para él un álter ego: Giles el criado que, a pesar de su origen humilde, estaba decidido a prosperar en el mundo gracias a su esfuerzo, lo que incluía tener organizada su habitación y la de su hermano, ayudar a su madre con las tareas domésticas y hacer recados para Matthew.

Lo peor era que a Peter le gustaba ser Giles. Disfrutaba al satisfacer unas expectativas moderadas. Cumplía sus tareas con remilgada satisfacción y realmente creía que prosperaría (¿en qué?) si obedecía sin rechistar. La verdad es que, aunque no lo recuerda muy bien, es posible que Giles el criado fuese idea suya.

Hasta que cumplió los siete años no empezó a comprender del todo que ocupaba el rango más bajo de la familia y que siempre había sido así. Era el niño bueno, fiable y nada excepcional.

El intento de asesinato sucedió cuando nadie lo esperaba, un día frío y luminoso de marzo. Peter estaba acurrucado en el patio empavesado de la parte de atrás de la casa, una figura diminuta con una chaqueta roja de cuadros escoceses bajo el cielo frío y azul. Había cogido sin permiso uno de los destornilladores de su padre del garaje, para trabajar sin que nadie lo viera en el regalo que estaba haciéndole a su madre para su cumpleaños: una casita para pájaros desmontable. Estaba ilusionado y al mismo tiempo preocupado. Sospechaba que su madre no quería una casita para pájaros (nunca había expresado el menor interés por los pájaros), pero había estado en la tienda con su padre y había visto la caja que mostraba una casita con hastiales sobre un fondo azul turquesa y rodeada de pinzones, cardenales y azulejos extasiados. A Peter le pareció una visión de las recompensas celestiales y tuvo la sensación —en realidad se quedó casi transido—, al pensar en regalarle aquella muestra de perfección a su madre, de que, de algún modo vago pero inconfundible, todo cambiaría entre ellos dos: él se convertiría en un niño capaz de adivinar hasta sus más íntimos deseos y ella en alguien que anhelaría fervientemente lo que él tenía que ofrecerle. El padre de Peter frunció el ceño al ver que estaba pensada para que la montaran niños de diez o más años, y antes de comprarla le hizo prometer a Peter que la montarían los dos juntos.

Promesa que incumplió en cuanto estuvo a solas. Necesitaba producir algo maravilloso con sus propias manos. Su madre se iluminaría de alegría y su padre asentiría juicioso y afectuoso: sin duda, nuestro hijo pequeño es muy despierto para su edad.

Naturalmente, al sacarla de la caja la casita para pájaros resultó estar hecha de conglomerado marrón. Venía justo con los tornillos necesarios, una hoja de instrucciones impresa en papel verde pálido, y lo más descorazonador era que incluía una bolsita de celofán llena de semillas.

Sentado junto a las piezas que había extendido sobre el empavesado, Peter se esforzó por conservar su optimismo. La pintaría de algún color vivo. La decoraría con dibujos de pájaros. No obstante, en aquel momento, las piezas —dos extremos con hastiales y varios rectángulos pensados para hacer las veces de paredes, el suelo y el techo— parecían tan tristes y poco prometedoras que tuvo que luchar contra las ganas de ir a dormir un rato. El color marrón pálido del conglomerado podría haber simbolizado su decepción. No obstante, lo único que podía hacer era ponerse manos a la obra. Peter enganchó uno de los extremos en una de las paredes, metió un tornillo en el agujero preparado para ello y empezó a darle vueltas.

—¿Qué estás construyendo? —dijo una voz desde arriba y a su espalda con un leve acento de Oxford.

Era imposible. No había nadie en casa.

—¿Qué haces aquí? —respondió Peter sin levantar la mirada.

—La señora Fletcher está enferma. ¿Qué estás construyendo?

—Es una sorpresa.

Le echó una mirada a Matthew. Su rostro estaba ruborizado por el frío y poseía una especie de incandescencia querúbica. Llevaba una bufanda de color verde anudada en torno al cuello.

—¿Es un regalo para mamá? —preguntó.

—No lo sé. —Peter volvió a concentrar su atención en las piezas de la casita para pájaros.

Matthew se acurrucó detrás de él.

—Vaya —dijo—, es una casita.

«Vaya, es una casita.» Cuatro palabras inocentes. Pero, cuando Matthew las pronunció con precisión cantarina, un torbellino empezó a girar en el interior de Peter, una chimenea de aire amargo que lo dejó sin aliento. Se sintió atrapado, clavado a aquellas piedras frías y a su triste propósito: no había escapatoria para el criado que no era brillante y disfrutaba haciendo recados absurdos. Matthew lo había sorprendido haciendo «una casita» y lo había humillado de por vida, no era más que un niño tonto y lo sería siempre.

Después, preferirá recordarlo como un acto de pura rabia, inconsciente e irreflexiva, pero de hecho cayó en un estado de claridad cristalina en el que comprendió que no podía seguir allí, que no sobreviviría a que Matthew lo mirara y dijese: «Vaya, es una casita», pero no había escapatoria, por lo que tenía que coger el destornillador y atravesar con él a Matthew para que desapareciera. Peter se volvió y saltó sobre él destornillador en mano. Le acertó en la mejilla, unos centímetros por debajo del ojo izquierdo. El resto de su vida daría gracias por haberle hecho solo una cicatriz a su hermano y no haberle cegado.

Aunque nunca volvió a ocurrir nada tan dramático como el ataque con el destornillador, el incidente pareció alterar sutil pero permanentemente la reputación doméstica de Peter. A partir de ese momento se le consideró peligroso y posiblemente inestable, lo que por un lado resultaba turbador y por otro era una mejora. Al menos, le había demostrado a todo el mundo que era una mascota peligrosa. Dejaron de lado el juego de Giles el criado sin más comentarios.

Él y Matthew vivieron juntos varios años igual que un zorro domesticado con un pavo real. Matthew estaba casi siempre nervioso y amable con Peter, quien se aprovechó de aquella ventaja. Hasta entonces no se le había ocurrido que un único acto de violencia brutal con un destornillador, algo que podía hacer cualquiera, pudiera inspirar en su hermano, o en cualquier otro, un respeto temeroso y reticente. Peter se convirtió poco a poco en un general de siete años, simpático y alegre, cómplice, alegremente amenazante y casi cortés, como si la simpatía fuese una concesión temporal que hiciera a un mundo brutal y traicionero.

Pasaron tres años en el reinado de Peter el Terrible.

Matthew tenía quince años.

Era una figura alta y herida de muerte que andaba con paso decidido por delante de las fachadas de piedra y ladrillo de Milwaukee, con los libros apretados contra el pecho. La mayor parte del tiempo lo dominaba un optimismo inexplicable, aunque al pasar de la infancia a la adolescencia había tenido el sentido común de desarrollar cierta ironía. Era objeto de las burlas de los bravucones locales, pero no con la mala idea y la devoción que cabría imaginar. Peter siempre había creído que Matthew poseía algo inmaculado. Aunque no había en él ni rastro de santurronería, sí tenía una inocencia que debían de poseer los santos más modestos. Era tan fiel a sí mismo, estaba tan absorbido por sus intereses (a los quince años: el cine, las novelas de Dickens, el patinaje y la guitarra acústica), era tan inofensivo y tan cordialmente indiferente con todo el mundo menos con las dos chicas que eran sus dos únicas amigas, que aunque de vez en cuando los chicos de primero de bachillerato que querían labrarse una reputación le dieran algún pescozón y se burlaran de él, nunca fue objeto de las prolongadas campañas de aniquilación que algunos chicos libraban contra un puñado de auténticos desdichados.

Matthew, sin duda, también estaba relativamente protegido por su cuerpo de patinador, que sugería una fuerza oculta (aunque no tenía ni idea de cómo darle un puñetazo a alguien), y por su amistad con Joanna Hurst, una famosa belleza. Fuese calculado o espontáneo, desde que acabó la primaria siempre había sido amigo y confidente de una chica poderosa y deseada, y así pudo pasar, a la manera rudimentaria que se estilaba por ahí, por un atleta (patinador, pero algo es algo) y un novio (sin sexo, pero algo es algo). Aunque Matthew fuese posiblemente la persona más afeminada de Milwaukee, cada vez poseía en mayor grado una cualidad que Peter solo acertaba a considerar una grandeza precoz. El peligro potencial de Peter, al no haberse visto confirmado por nuevos ataques, se había convertido en una especie de irritabilidad a la que su madre quitaba importancia llamándole «don Gruñón» cuando estaba enfadado. Le salieron granos, su pelo se volvió lacio y, para su sorpresa, se vio convertido en uno más de la pequeña banda de descontentos, devoto de la música de rock y de *Star Trek*, ni admirado ni ridiculizado, simplemente apartado de los demás. Matthew, en cambio, destacaba. Incluso se le tenía por glamuroso. Era inteligente, raras veces discutía y no era petulante ni impertinente, por lo que incluso los chicos más ariscos y amenazadores parecían encontrarlo divertido. Se convirtió en una especie de mascota del colegio. Mientras pasaba su adolescencia, trató a los demás miembros de la familia, incluido Peter, con una paciencia amable, aunque a veces cansina y sofisticada, como el hijo de un noble a quien hubieran enviado a vivir con gente normal hasta que pudiera asumir su verdadero lugar en el mundo. Mientras crecía, uno podía sentirse en su presencia como un enano malhumorado pero de buen corazón, o un viejo y simpático gruñón.

Una vez despojado Peter de su peligrosidad, se declaró una frágil tregua entre los dos, y empezaron a tener charlas nocturnas. Eran conversaciones sobre asuntos muy diversos pero extrañamente incoherentes. Muchos años después, Peter puede reconstruir una metaconversación, hecha de fragmentos y pedazos de ellas.

—Creo que mamá está harta —dice Matthew.

—¿De qué?

—De todo. De su vida.

Tal vez tenga razón. Su madre puede ser brusca y tener poca paciencia, siempre tiene un aire de incipiente exasperación, pero a Peter siempre le ha parecido que está harta no de su vida, sino de infinitos detalles particulares: la dejadez doméstica de sus hijos, el cartero ladrón e incompetente, los impuestos, el gobierno, sus amigos, el precio de casi todo.

—¿Por qué lo crees?

Matthew suspira. Ha inventado un suspiro largo, grave y abatido con un toque de viento madera.

—Está encerrada aquí —dice.

—Sí...

Bueno, todos lo estamos, ¿no?

—Todavía es guapa. Aquí no tiene nada que hacer. Es como madame Bovary.

—¿De verdad?

Peter en esa época no sabía quién era madame Bovary, pero la imaginaba como un personaje infame que presagiaba la perdición; es muy probable que la confundiera con madame Defarge.

—¿Crees que podrías hablarle de su peinado? A mí no me hace caso.

—No. No puedo hablarle a mamá de su peinado.

—¿Qué tal te va con Emily?

—¿Qué tal me va qué?

—Vamos, hombre.

—No me gusta Emily.

—¿Por qué no? —pregunta Matthew—. Es muy guapa.

—No es mi tipo.

—Eres demasiado joven para tener un tipo. Tú le gustas.

—No es verdad.

—¿Y qué tendría de malo si le gustases? Tienes que dejar de infravalorar tus encantos.

—Calla de una vez.

—¿Quieres que te cuente un secreto sobre las chicas?

—No.

—Les gusta la ternura. Te sorprendería lo lejos que podrías llegar con muchas chicas si te acercaras y les dijeras: «Creo que eres genial y muy guapa». Porque todas temen no serlo.

—Como si tú lo supieras.

—Tengo mis fuentes.

—Ya. ¿Te lo ha dicho Joanna?

—¡Ajá!

Joanna Hurst. La luminaria del cielo septentrional.

Es difícil imaginar un objeto más imposible. Es esbelta, grácil y conmovedoramente modesta; tiene el pelo largo y castaño rojizo y a veces se le pone delante de los ojos. Cuando escucha a los demás inclina la cabeza como si supiera que su belleza —sus enormes ojos y su sensual labio inferior, el brillo que despide toda su persona— debe apartarse un poco para que cualquiera tenga una oportunidad. Hace poco que ha empezado a salir con un chico mayor tan atlético y con tanto éxito que no necesita ser cruel, y su unión es tan celebrada como el compromiso de un heredero con una joven princesa de una acaudalada y poderosa nación rival. Joanna estaría fuera del alcance de Peter aunque no fuese tres años mayor que él y no tuviera ya novio.

Y no obstante... es la mejor amiga de Matthew; sin duda, si tuviera ocasión, podría ver en Peter algo de lo que ve en su hermano. Seguro que el chico con el que sale le parece un poco aburrido, uno de esos héroes locales guapos e insulsos que nunca salen vencedores en las películas; que siempre pierden contra alguien más normal pero también más inteligente, alguien más profundo, alguien como... Peter.

—¿Estás enamorado de Joanna? —le pregunta a Matthew.

—No.

—¿Crees que está enamorada de Benton?

—No está segura. Lo que significa que no.

Peter tiene en la punta de la lengua las preguntas imposibles: «¿Crees que tal vez...? ¿Te parece remotamente posible que...?».

Es incapaz. Una negativa sería insoportable. A sus doce años ya se ha acostumbrado demasiado a la idea de que nunca tendrá una verdadera oportunidad; de que es de los que se abren paso entre lo que dejan tras de sí los guerreros y merodeadores.

No sigue con la conversación. Se contenta con asegurarse de

estar en casa, y bien vestido, los tres años siguientes, en las escasas ocasiones en que Joanna va a verles (hace mucho que él y Matthew comprendieron que a sus amigos no les gusta pasar demasiado tiempo en su casa: no hay nada de comer y su madre parece creer que sus amigos robarán algo si no los vigilan). Peter le dirá a Emily Dawson que es guapa, y así conseguirá que le haga una paja debajo de las gradas durante un partido varias noches más tarde, tras lo cual no volverá a dirigirle nunca la palabra. En ciertos momentos se sorprenderá actuando de forma viril y seductora en presencia de Matthew con la esperanza de que le diga a Joanna: «¿Sabes?, mi hermanito se está poniendo muy guapo».

No obstante, a medida que pasan los meses y Matthew no repara en la nueva virilidad de Peter, este se ve obligado a recurrir a los grandes remedios. Empieza sentándose (un gesto muy practicado de vaquero con los codos apoyados en el respaldo del sofá o la silla, y las piernas abiertas y las rodillas levemente flexionadas, como si estuviese a punto de saltar) y hablando con una profunda voz de barítono que a veces se le quiebra y que extrae como mejor puede de su diafragma. Al ver que nadie se da cuenta, Peter da un paso más en su campaña. Abandona su timidez habitual y se queda en calzoncillos siempre que él y Matthew están solos en la habitación («¿Sabes?, mi hermanito tiene un cuerpo muy atlético»); se pone a cantar, en voz baja, como si estuviese un poco despistado, algunas de las canciones de Cat Stevens favoritas de Matthew («¿Sabes?, mi hermano es un tipo muy sensible, y tiene muy buena voz»); y finalmente, a punto de cumplir los trece años, empieza a mirar profundamente a Matthew a los ojos siempre que hablan, fingiendo lo mejor que puede una ternura y una sobria sensibilidad, una atención profunda e interrogante («¿Sabes?, mi hermano es muy compasivo, un tipo muy tierno»).

Al echar la vista atrás, a Peter no se le ocurre cómo o por qué no pensó que Matthew creería que aquellas provocaciones iban dirigidas a él. Después, la singularidad de su propósito hará que a Peter se le den bien los negocios y muy mal el póquer y el ajedrez. A los doce años, a punto de cumplir los trece, comprenderá de pronto, una noche de invierno, que su actuación no ha llegado hasta Joanna o, lo que es peor, le ha llegado de una forma horrorosa. («¿Sabes? Creo que mi hermanito está enamorado de mí»).

Esa noche de febrero (febrero de Milwaukee, oscuro a partir de las tres de la tarde, con las ventanas golpeadas por pequeñas bolas de granizo sucio que lo mismo podrían ser partículas de oxígeno congelado), mientras Peter y Matthew están tumbados en sus camas hablando como acostumbran antes de que Matthew apague la luz; mientras Matthew dice no sé qué bobadas de Benton, el novio, Peter se levantará de su cama (vestido solo con sus calzoncillos y, a modo de concesión al frío, un par de calcetines de lana) y se sentará en el borde de la de su hermano con su expresión tierna y compasiva.

Matthew está diciendo: «… es un buen tipo, quiero decir que es majo, pero no hace falta ser un experto para saber que uno no debe comprarle entradas para el hockey a la novia el día de su cumpleaños…».

Se interrumpe y mira sorprendido a Peter, como si hubiese aparecido por arte de magia en su cama. No hay ningún precedente y a Matthew le ha costado unos segundos darse cuenta.

Habla al rostro amable de su hermano con aire de a mí puedes contármelo todo. Pregunta:

—¿Estás bien?

—Claro.

—¿Qué te pasa?

—Nada. Te estoy escuchando.

—Petey...

—*Peter*.

—*Peter*. Voy a preguntarte algo delicado, ¿de acuerdo?

—De acuerdo.

Preguntarte algo delicado y... DECIRTE QUE JOANNA HURST ESTÁ ENAMORADA DE TI.

—¿No has tenido últimamente... sentimientos... un poco embarazosos?

—Hum, sí. Supongo que sí.

Lo siento, Benton, deberías haberle comprado un regalo mejor.

—Está bien. Lo entiendo.

—¿Ah, sí?

—Creo que sí. ¿No quieres contármelo?

—No creo que pueda.

—También lo entiendo. Oye, somos hermanos. El ADN, ¿qué se le va a hacer?

—Ajá.

Se hace un silencio. Peter hace acopio de valor.

Se las arregla para decir: «De modo que tú también la quieres».

Se produce otro silencio, esta vez es terrible. Las partículas de aire helado golpean contra el cristal de la ventana como si las estuviera lanzando un gigante.

Peter comprende. No del todo, pero… Comprende de un modo silencioso y con una sensación de vacío en el estómago, que se ha producido un error, que ha abierto la puerta equivocada. Matthew lo mira con la misma expresión amable que él ha estado ensayando los dos últimos meses. Por lo visto Peter no la había inventado…, se había limitado a copiársela de Matthew. El ADN, ¿qué se le va a hacer?

—No —responde Matthew—. No estoy enamorado de Joanna. Tú sí, ¿verdad?

—Por favor, por favor, por favor, por favor, no se lo digas.

—No lo haré.

Y así, de un modo tan poco convincente, termina su conversación no solo por esa noche, sino para siempre. Peter se levanta, vuelve a su cama y se tapa con las mantas. Matthew apaga la luz.

Peter… ¿se enamora…?, ¿de quién…? De Matthew en una playa de Michigan, un mes antes de que este cumpla los dieciséis años.

Están pasando las vacaciones en familia, una semana en una cabaña de fragante madera en Mackinac Island. Matthew ya es demasiado mayor para disfrutar con esas excursiones y Peter está a punto de serlo. La cabaña ya no es un depósito de maravillas conocidas (¡las camas siguen veladas con mosquiteras, los juegos de tablero todavía están allí!), sino un exilio tedioso y terrible, una semana expuestos a la cólera callada de su madre porque no están divirtiéndose y a los obstinados intentos de su padre por procurarles diversión; arañas en el baño y frías olas que chocan interminablemente contra la playa de grava.

No obstante, ese verano —maravilla de maravillas— a Joanna le han dejado ir a visitarlos el fin de semana.

No hay precedente para ese cambio en la tradición de los Harris. Hasta que Matthew acabó el instituto, los Harris observaron una devoción casi patriótica por lo que llamaban «tiempo en familia», períodos sacrosantos que los cuatro pasaban aislados y en los que insistían cada vez con más fervor a medida que fue más aparente que a nadie le gustaban. Nunca habían invitado a ninguno de los amigos de Peter o Matthew, por lo que la visita de tres días de Joanna en la semana anual en Mackinac era un auténtico misterio. Ahora, de adulto, Peter sospecha que sus padres empezaban a comprender las verdaderas inclinaciones de Matthew, y que en el último momento intentaron convertirse, o al menos quisieron pasar por padres cuyo apuesto hijo mayor podía dejar embarazada a alguna chica si no lo vigilaban, y para eso, claro, necesitaban que hubiese una chica. Peter había oído una conversación telefónica entre su madre y la de Joanna, en la que su madre le aseguraba a la otra que Matthew y Joanna estarían controlados en todo momento, y que Joanna dormiría en una habitación contigua a la suya.

¿Sería posible que esas dos mujeres creyesen necesarias esas precauciones?

¿Y por qué nadie pareció prestar atención a Peter? Era él quien, sin cuestionárselo ni dudarlo un instante, miraría por el ojo de la cerradura cuando Joanna estuviera en el baño, olisquearía cualquier traje de baño o toalla dejados a secar y, si tuviese el valor necesario (obviamente no era el caso), se colaría en la virginal habitación contigua a la de sus padres y lo arriesgaría todo

—los gritos de Joanna, la vergüenza de sus padres— para verla, aunque fuera solo un instante, dormida y bañada por el claro de luna.

Era un caso claro de confusión de identidad. Otro de esos misterios aparentemente infinitos.

Hay poco y mucho que decir de la emoción de Peter. Vomitó dos veces por los nervios, en una ocasión unos días antes de que los cinco partieran a Mackinac, y en otra (que esperaba que hubiese pasado inadvertida) en los servicios de una gasolinera por el camino. Volvió a sentir náuseas, aunque no vomitó, cuando llegaron a la cabaña y Joanna se plantó con su perfume y las demás emanaciones de su persona en el hasta entonces familiar salón de madera de pino, volviéndolo profundo y eterno: su chimenea de piedra ennegrecida por el humo, el sofá hundido y los incómodos sillones de mimbre, la sensación imposible de erradicar de que no había sido utilizada en todo el invierno, los olores de madera húmeda y naftalina y algo que Peter no había olido antes y no ha vuelto a oler después, un aroma silvestre que asocia con el pelo de los mapaches.

—Esto es precioso —dice Joanna. Muchos años después, Peter sigue jurando que añadió una suave iluminación rosada a aquella triste habitación de color marrón.

Sí, se masturbó cinco o seis veces al día. Sí, no solo olisqueó la parte de abajo del biquini que ella había colgado a secar en la barandilla del porche (no olía demasiado, agua del lago y algo limpio, elusivo y vagamente metálico, como una valla metálica un día de invierno), sino que con la repulsiva indiferencia de un alcohólico en una fiesta, se la puso en la cabeza. Sí, notó que la vida se resquebrajaba a su alrededor y sí, hubo veces en que deseó que Joanna se marchase porque no estaba seguro de poder soportar su profunda convicción, que rechazaba con todas sus fuerzas, de que eso era todo lo que conseguiría de ella, que era y sería siempre un niño con la parte de abajo de un biquini en la cabeza, y de que aquellos días embriagadores pasados con Joanna serían también el principio de una larga vida de decepción marital. Algún dios había creído oportuno ponerlo tan cerca de la felicidad (Joanna mordiendo delicadamente, aunque con apetito —no era remilgada—, una hamburguesa con queso; Joanna sentada en las escaleras del porche en pantalones cortos y una camiseta blanca, pintándose de rosa las uñas de los pies; Joanna riéndose, como cualquier otra mortal, de un viejo episodio de *I Love Lucy* en el decrépito televisor en blanco y negro) para mostrarle lo que siempre desearía y nunca conseguiría.

Estará enamorado de Joanna toda su vida, aunque a medida que vaya pasando el tiempo, irá aumentándola, suplantándola y reinventándola, hasta el punto de que, tres años más tarde, cuando esté ordenando las cosas de Matthew en Milwaukee y encuentre su anuario escolar, al principio no reconocerá a Joanna en su foto del instituto: una belleza convencional del Medio Oeste, agradable, de cara redonda, con preciosos labios carnosos y ojos un poco pequeños, de cabello abundante y lustroso que le tapa la frente y el ojo derecho, un peinado de la época que afortunadamente hace decenios que pasó de moda. No es la Dama del Lago, ni siquiera se le parece, y por un momento Peter creerá que debieron de confundir la foto de Joanna con la de alguna otra, alguna fornida y fiable chica de Milwaukee de quien se suponía (igual que de Joanna) que se casaría con algún chico obtuso y guapo al que conocería en la facultad, tendría tres hijos muy pronto y viviría relativamente feliz en lo que suele llamarse una comunidad organizada.

En su lecho de muerte (o, más concretamente, en el pedazo de acera donde se desplomará cuando estalle su corazón) Peter recordará vivamente el siguiente episodio de una indolente tarde de sábado.

Matthew, Joanna y él han ido a la playa —¿adónde van a ir si no?— y Peter se queda sentado en la arena gruesa mientras ellos andan sin rumbo fijo con el agua por los tobillos y se hablan en voz baja aunque con apremio. Joanna ejemplifica el concepto de deseo en sus nalgas redondas medio tapadas por la uve de su biquini de color melón. Matthew es fuerte y musculoso por el patinaje, los rizos rubios oscuros le llegan casi a la nuca. Los dos están de espaldas a él en el agua negruzca y azul, contemplando la lechosa neblina del horizonte y, mientras los observa desde la arena, le embargan unos sentimientos totalmente inesperados, una sensación que le sale de las tripas, emite fluorescencia a través de su cuerpo y le aturde. No es exactamente deseo, aunque en parte lo sea. Es una pura, emocionante y levemente aterradora aprehensión de eso que llamará después belleza, aunque la palabra se queda corta. Es una hormigueante sensación de la presencia divina, de la inefable perfección de todo lo que existe y existirá, encarnada en Joanna y en su hermano (es innegable que él forma parte de ella) con el agua del lago por los tobillos, bajo un cielo gris pálido que no tardará en traer un poco de lluvia. El tiempo se detiene. De Joanna, Matthew, el lago y el cielo emana el vago recuerdo del bañador que lleva puesto Joanna, junto con el balsámico aroma de pino que nota ahora Peter; el inútil ardor de su padre y los cuidados voraces de su madre, y cómo ambos envejecerán y se irán apagando (a él se le amargó el carácter, ella se volvió más amable y se liberó al tener cada vez menos cosas que perder); Emily masturbando a Peter debajo de las gradas y sus flirteos con la pícara pelirroja Carol, que será su novia hasta justo antes de la graduación; el reloj de la escuela iluminado como la luna en otoño bajo el cielo crepuscular y el aire acondicionado y cargado de polvo de la farmacia Hendrix y más, y más y más. Matthew y Joanna se han metido hasta los tobillos en el lago Michigan una lánguida tarde de sábado y han convocado al vasto y sorprendente mundo. Al cabo de un momento, volverán a la playa y se sentarán junto a Peter. Joanna se recogerá el pelo con una cinta de goma, Matthew examinará una ampolla que ella se ha hecho en el pie izquierdo. Todo volverá a su sitio, aunque Peter le pondrá suavemente la mano en la nuca a su hermano, y Matthew se olvidará de la ampolla de su propio pie y se volverá para apretarle la rodilla derecha, como si entendiera (cómo no iba a entenderlo) que Peter ha tenido una visión. Peter nunca entenderá del todo por qué, en ese momento tan normal, el mundo decidió revelársele brevemente, pero lo asociará a Matthew y Joanna, una pareja encantada, mítica, perfecta y eterna, tan casta como Dante y Beatriz.

Peter lleva tumbado a oscuras en la habitación más de media hora, lo que después de una cabezada de dos horas empieza a ser un poco excesivo. Debería estar de vuelta en la galería. Sin embargo, parece haber caído en un estado de semiparálisis, una especie de letargo a lo Blancanieves, un sopor del que espera que…, el primer beso del amor verdadero no servirá de mucho a estas alturas, ¿no?

Oye a Dizzy, que pulula por el salón.

No es ningún idiota. Sabe que, en cierto sentido, Dizzy es su hermano resucitado.

Lo curioso es que saberlo no parece suponer una gran diferencia. Lo ha aprendido tras años de psicoanálisis. De acuerdo. Tal vez seas autoritario y te sientas inseguro porque tus padres preferían a tu hermano mayor. Amas a tu mujer por muchas razones, entre ellas su parecido (que exageras en tu imaginación) con la chica inaccesible de tu adolescencia, que prefería a tu hermano mayor, y tú (que te den) no has dejado de quererla ni siquiera ahora que ya no es aquella chica. Te atrae (¿eróticamente?) su hermano pequeño porque por un lado te recuerda a Matthew y, por el otro, te permite, por primera vez en tu vida, ser Matthew.

Una información muy interesante. ¿Y ahora qué?

Tumbado en la cama se pone a pensar en Dan Weissman, a quien Peter vio solo una vez, en la habitación del hospital de Matthew (enviaron el cadáver de Matthew a Milwaukee para el entierro, Dan no asistió al funeral, Peter no se atrevió a preguntarles a sus padres si lo habían invitado). Dan, que murió apenas un año después que Matthew, y cuya vida, en lo que concierne a Peter, se limitó a esos veinte minutos en 1985, cuando ayudó a Peter con Matthew.

Al otro lado de la pared, Peter oye a Dizzy entrar en la cocina. Lo más probable es que no sepa que Peter está en casa. ¿Cómo iba a saberlo? Es sutilmente delicioso que no lo haya oído y, mejor aún, estar escondido sin sentir culpabilidad. Si le descubre, siempre puede decirle la verdad. Que se puso malo y volvió a casa a tumbarse.

Dizzy vuelve al salón. Las paredes no tienen plomo y son muy delgadas. Peter puede oír casi todo. Eso es, claro, lo que volvía loca a la pobre Bea cuando se mudaron nada más cumplir ella los once años. ¿Qué les haría pensar que a una adolescente le gustaría vivir tan cerca de sus padres? En fin. El *loft* había sido un buen negocio, habría sido una locura dejarlo escapar. Y lo cierto es que en aquella época no tenían dinero para construir paredes más gruesas.

Un breve interludio de silencio: Dizzy probablemente se haya sentado en el sofá. Y luego se oye vagamente su voz. Ha llamado a alguien con el móvil.

Por supuesto, Peter no debería seguir escuchando. Debería levantarse e informar a Dizzy de que está en casa. No obstante, la tentación es demasiado grande. Y en la era de los teléfonos móviles, todas las conversaciones son públicas, ¿no? Además, Peter siempre puede fingir que estaba dormido.

La voz de Dizzy apenas es inteligible.

—Hola. Soy Ethan. Sí, *bla, bla, bla.* Por un tiempo, aún no lo sé. Sí. No sé, ¿un gramo? No estoy tan *bla, bla.* Muy bien. De acuerdo. Mercer Street. *Bla, bla, bla.* Esquina con Broome. Estupendo. Nos vemos dentro de un rato.

Genial. Ha vuelto a consumir.

¿Y ahora qué, Polonio?

Peter yace en silencio, fascinado y mortificado.

A las cuatro y siete minutos, oye a Dizzy abrirle la puerta al camello, comprar las drogas y volver a cerrar: una transacción rápida y casi silenciosa. Por supuesto, es indignante que Dizzy le haya dado su dirección a un traficante de drogas y le haya dejado entrar en el *loft*, aunque haya sido solo un instante, pero al mismo tiempo… no es que Peter nunca haya comprado drogas (un gramo ocasional de cocaína, media docena de pastillas de éxtasis), y sabe muy bien quién vende drogas en pequeñas cantidades a gente como Dizzy (o él). En esa inimaginable cadena de oferta y demanda hay hombres peligrosos y desesperados, capaces de cualquier cosa, pero el tipo que coge un taxi para venderte un poco de coca o cristal o unas pastillas de éxtasis es probable que sea un joven o, más probable aún, un ya no tan joven actor, modelo o camarero que necesita un poco de dinero. Peter podría fingir una justa cólera y la verdad es que Dizzy podría haber quedado con ese tipo en algún otro sitio (sí, es innegable que es un niño malcriado), un ataque de cólera ya sería algo. *Joder, Dizzy (ETHAN), ¿cómo te atreves a traer a un niño del coro de veintiocho años llamado Scott, Brad o Brian a nuestra casa?* La mayoría de esos «personajes oscuros», abandonan el mundo del espectáculo (o cualquier otra cosa que los llevara a Nueva York) y, pasados como mucho diez años, están de vuelta en su pueblo trabajando de jardineros o vendiendo casas. A Peter no le apetece ponerse a fingir; Dizzy no es responsabilidad suya. Y, la verdad, ¿cómo no va a sentirse ridículo saliendo de su habitación como un viejo chocho en una farsa italiana, amenazándole con el puño y anunciando que lo ha oído todo?

Así que se queda donde está.

Oye a Dizzy entrar en el cuarto de al lado y el suave rumor de sus pasos cuando se dirige a la cocina, da la vuelta para poner un CD (Sigur Rós) y regresa a la cocina. Luego siguen veintitrés minutos de silencio, solo los tonos graves y la voz fantasmal de la música. ¿Estará Dizzy consumiendo el cristal? ¿Tú qué crees? Por fin más ruido de pisadas que llegan por el salón, se acercan…, por un momento parece que Dizzy va a entrar en el dormitorio. A Peter se le pone la piel de gallina por el temor (tendrá que fingir que está dormido) y la rabia (*¿Qué coño buscas aquí?*). Pero, claro, Dizzy se dirige al otro dormitorio, que ahora es el suyo. La pared que separa los dos cuartos casi parece amplificar el sonido (Bea lleva fuera tanto tiempo que a Peter se le había olvidado). Le oye quitarse los pantalones cortos (el ruido de la cremallera, y el ensordecedor sonido metálico de la hebilla del cinturón al golpear contra el suelo); oye crujir levemente la cama cuando Dizzy se tumba en ella. Él y Peter están tumbados a un metro de distancia, separados por una pared de cartón de alta tecnología.

Y… sí. Pasa un minuto, empieza otro minuto, y está claro que Dizzy se está masturbando. Peter lo nota. Cree notarlo. El sexo altera el ambiente, ¿no? Y jura que oye a Dizzy emitir un suave gemido, aunque también podría ser Sigur Rós. Pero, claro. ¿Qué otra cosa va a hacer un joven de veintitrés años en la cama después de colocarse con cristal?

¿Y qué vas a hacer tú, Peter Harris?

Lo más decente: levantarte en el acto, salir haciendo ruido de tu habitación y anunciar, bostezante y soñoliento, que has estado profundamente dormido hasta hace unos minutos. Expresar sorpresa al ver que Dizzy está en casa.

Lo más subversivo: levantarte, salir a hurtadillas de la habitación y del *loft*. Dizzy está ocupado, probablemente no te oirá. (¿Cerró la puerta de la habitación? Mmm, no lo has oído.) Darte un paseo por el barrio, fingir que vuelves a la hora de siempre.

Lo menos ético: quedarte donde estás y seguir escuchando.

Muy bien.

Acéptalo, como muchos hombres, tienes una vena homosexual. ¿Por qué ibas a querer tú o cualquiera no tenerla?

Además es... ¿qué?... excitante..., sí, quizá resulte un poco perverso, pero no por eso es menos emocionante colarse así en la intimidad de alguien. A menos de un metro, hay un ente rarísimo: un ser que cree estar solo. Quiero decir que, sí, es probable que, cuando estemos solos, no seamos profunda o notablemente diferentes, pero ¿cómo lo sabes con certeza de los demás? ¿No es eso lo que buscas siempre en el arte...?, una escapatoria a la soledad y la subjetividad; la sensación de estar acompañado en la historia y en el ancho mundo; el misterio humano simultáneamente iluminado y profundizado: sea por el Adán y Eva expulsados del Giotto, por los últimos retratos de Rembrandt o por las fotografías de Hale County de Walker Evans. El arte del pasado intentaba darnos algo parecido a lo que le ocurre ahora a Peter: una mirada a las profundidades del otro. Los vídeos de los transeúntes no son así. Ni las urnas cubiertas de obscenidades, ni los tiburones muertos ni ninguna otra cosa que sea mordaz, distante o irónica y que pretenda sorprender o provocar. No ofrecen nada semejante a un joven hermoso con un problema de drogas y que imagina inconcebibles fantasías al otro lado del velo.

O tal vez Peter sea gay después de todo y esté un poco harto del porno gratis.

Eso que se ha oído al otro lado de la pared ¿era un largo suspiro o solo la música?

¿Cuáles serán las fantasías de Dizzy?

Es imposible imaginarlo, ¿verdad? La mayoría de los hombres se mueven, más o menos, por los mismos impulsos, pero ¿qué ocultan en su imaginación, qué es lo que agita su sangre? ¿Qué puede ser más agudamente personal, qué hay más cerca de sus profundidades que lo que les ayuda a correrse? Si lo supiéramos, si pudiéramos leer lo que dicen los bocadillos de cómic de los demás tíos mientras se masturban, ¿nos conmovería o nos repugnaría?

Peter piensa en Joanna en el lago. Joanna fue una de sus fantasías principales a lo largo de los años, aunque, por supuesto, hace decenios que la sustituyó por otras mujeres. La imagen de Joanna (se está dando la vuelta y se está desabrochando la parte de arriba del biquini) se mezcla con la mujer en la que se convirtió después, tal como la vio Peter en un viaje a Milwaukee hace unos años: una mujer sana y robusta, rondando alegremente los cuarenta, con una cartera llena de fotos, una mujer guapa sin chispa de sexo en torno a ella. El recuerdo que tiene Peter de ella parece incluir también a Matthew, Matthew en el lago, con su bañador azul pálido, aunque su imagen se mezcla con aquello en lo que se convirtió: un cadáver. A Peter lo embarga una sensación de fuego aniquilador. Le sorprende encontrarlo sexy: un calor cegador que quiere devorar hasta la última parte de tu cuerpo. Sí, el fuego de la cremación, pero... Es un clásico, ¿no?, es eterno, el cíclope, o el lobo o la bruja que quieren devorarte; esa entidad que ansía devorar tu cuerpo y a la que tu alma le trae totalmente sin cuidado nos ha asustado siempre. Insistimos, claro, en castigar a nuestros depredadores: les sacamos los ojos, o les llenamos el vientre de piedras o los echamos a sus propios hornos, pero son nuestros enemigos favoritos, los tememos y los amamos, ¿cómo no íbamos a hacerlo cuando nos encuentran tan deliciosos, les interesa tan solo nuestra carne y les importa una mierda nuestro secreto interior? ¿Por qué crees que Damien Hirst hizo carrera con un tiburón?

Un virus devoró a Matthew. El tiempo a Joanna. ¿Qué está devorando a Peter?

Tiene una erección. ¿Te parece raro? Tiene un momento de vértigo, un encogimiento del estómago, sobre ciertas... posibilidades. Vamos, hombre, si fuese gay ya lo sabría, ¿no? Sin embargo, es un hombre con una erección inspirada por ese chico en concreto, por su mujer con pinta de chico, y le está escuchando mientras se masturba. Sí, que Dios le ayude, le excita la juventud de Dizzy y su probable perdición y le excita (todavía hoy, después de tanto tiempo) un atisbo de un nanosegundo, hace más de treinta años, del pálido pezón rosado de Joanna mientras se reajustaba el traje de baño, aunque ese pezón hoy esté totalmente cambiado; le excita el recuerdo de haber sido joven, la fugaz y remota esperanza de que el atisbo del pezón de Joanna prometía un futuro erótico más variado y extático de lo que podía imaginar; le excita (¿no es raro?) la muerte que devora pacientemente a los vivos, y la dulce y decidida camarera de JoJo de ayer, y la extraña percepción de dónde se encuentra y quién parece ser en este momento: uno piensa en la palabra pervertido, ¿verdad? (Sorpresa, al parecer a los fetichistas y otra gente parecida lo que les excita es ser fetichistas; en cualquier caso, a Peter, un aficionado, le parece excitante estar haciendo algo de lo que, en realidad, debería avergonzarse.) Es raro, un chico solo en el mundo, como si fuese único en su géne-

ro. Peter siente un hormigueo que recorre sus venas, una embriagadora sensación de vergüenza —algo ilícito, retorcido y erróneo
y, precisamente por esa razón, ligeramente profundo— y un momento después, cuando oye el largo gemido que sin duda significa que Dizzy se ha corrido (Peter no se correrá, no está tan excitado, o no puede permitírselo), se enamora breve y terriblemente de
Dizzy, del mundo que agoniza, de la chica de la chaqueta de cuero verde que había al lado del tiburón y de las tres brujas que
quieren devorarlo (¿de dónde era eso, de *Macbeth*?) y de Bea cuando se cayó por unas escaleras a los dos o tres años y no se hizo
daño, pero se asustó mucho y él la cogió en brazos y estuvo susu-
rrándole hasta que se calmó y se sintió mejor.

# Ciudad nocturna

Después, Peter siente un amago de náusea por lo que ha hecho…, ¿en qué lo convierte eso exactamente? ¿Cómo es posible que, entre todos los hombres del mundo, sea precisamente Dizzy quien le ha excitado así? ¿Será posible ser gay con un solo hombre?

¿Qué le ocurre? ¿Es que toda su puta vida ha sido una mentira?

Sin embargo, lo que más sorprende a Peter es lo extrañamente tierno y solícito que se siente ahora con Dizzy. Bien mirado, es posible que lo que conmueve nuestro corazón no sean tanto las virtudes ajenas como esa sensación de reconocimiento casi insoportable que se produce cuando vemos a los demás en sus momentos más bajos, dominados por el pesar, la gula o la estupidez. Las virtudes —algunas virtudes— también son necesarias, pero Emma Bovary, Anna Karenina o Raskólnikov no nos interesan porque sean buenos, sino porque no son admirables, porque son nosotros y porque los grandes escritores les han perdonado que lo sean.

Dizzy ha pasado la tarde en el elegante *loft* de su hermana, colocándose y machacándosela. Y, sí, a Peter le parece mucho más conmovedor que cualquier decisión de sentarse en un jardín en la montaña contemplando unas rocas. Ahora que ya no siente la necesidad de proteger y admirar a Dizzy, puede empezar a amarle.

Hay (hubo, ya son más de las once) un rato un poco incómodo cuando Rebecca volvió a casa, porque Peter tuvo que fingir que llevaba varias horas profundamente dormido, lo que le obligó a fingir un malestar mucho mayor que el que padece en realidad, y le valió una taza de sopa para cenar y nada de alcohol. (A propósito, ¿no estará empezando a tener problemas con la bebida..., y cómo saberlo?) Dizzy se quedó muy desconcertado, y quién no lo estaría al enterarse de que había alguien en casa, aunque no hubiera comprado drogas ni se hubiese masturbado... Peter ofreció un convincente retrato, o eso esperaba él, de un hombre tan abatido por un microbio intestinal que había estado comatoso, anulado, medio muerto y, una vez resucitado por Rebecca, se portó como el fantasma del padre de Hamlet, renqueante y efímero; debía de haber sido la mayonesa del sándwich de pavo, sí, le diría a Uta que llamara a primera hora de la mañana para quejarse, ahora una taza de caldo y a acostarse a eso de las ocho y media y seguir fingiendo su enfermedad (a propósito, ya casi se encuentra bien, el episodio intestinal se ha reducido a la habitual sensación de estómago revuelto) mientras ve episodios antiguos de *Perdidos*. Al salir de la habitación, le echa un breve vistazo a Dizzy, que no parece muy convencido y sigue en la mesa con una copa de vino, joven, culpable y... ¿qué?... trágico, trágico como solo pueden serlo los jóvenes que se autoinmolan (¿cómo va a decirle Peter a Rebecca que Dizzy ha vuelto a consumir?), es decir, aquellos lo bastante jóvenes para ir por delante de la curva; nada que ver con las tragedias de la edad, ni siquiera las de la mediana edad, cuando cualquier atisbo de caída se ensombrece por la gravedad, las heridas y la simple y desquiciante imposibilidad de seguir siendo joven. La juventud es la única tragedia sexy. Es James Dean subiendo a su Porsche Spyder, o Marilyn yéndose a dormir.

A medianoche Peter lleva tantas horas tumbado y haciendo de falso convaleciente que teme que le hayan salido escaras, cosa ridícula, claro, aunque es posible que empiece a tener unas leves escaras mentales; si ya le cuesta cuidarse cuando está enfermo de verdad, medio día acostado cuando está (relativamente) sano le parece casi insoportable. Rebecca está dormida a su lado, Dizzy se ha retirado a su cuarto. Peter yace junto a su mujer. Al otro lado de la fina pared, Dizzy no hace ni el menor ruido. Peter duda: ¿estará Dizzy en un estado parecido, despierto, pero inmóvil, nervioso por lo que pueda haber oído Peter, por mucho que este insista en que estaba traspuesto? Peter los imagina brevemente, Dizzy y él como dos efigies en una tumba medieval, camaradas de armas; si antes Dizzy parecía un guerrero idealizado y esculpido, ahora los ve yaciendo en sus sarcófagos uno al lado del otro, tan seguros como solo pueden estarlo los muertos, el joven y el viejo, caídos en alguna batalla librada en un disputado trozo de tierra donde muy probablemente hoy haya un aparcamiento o un centro comercial, aunque Dizzy y él sigan como eran cuando esa tierra no tenía precio y los monjes los enterraron para que formasen parte de la eternidad, como habitantes de un mundo desaparecido que no era más fácil que el presente, pero tampoco tan burdo ni sórdido; un mundo de bosques y pantanos escasamente poblados en el que los hombres combatían, se acuchillaban y entrechocaban los escudos por un poco de turba donde sembrar sus cultivos o un bosque desde el que dioses y monstruos todavía los observaban entre las sombras. Algo tiene Dizzy que le recuerda a la Edad Media; será su pálida belleza, los ojos tristes, la sensación (Peter no puede dejar de darle vueltas) de que es efímero, el Desliz, el niño fantasmal incapaz de aferrarse al mundo con tanta firmeza como los demás.

Por supuesto, Peter le dirá a Rebecca que el Hermanito trajo a un camello a casa. ¿Cómo no va a hacerlo? Se lo habría dicho esa noche pero... ¿qué? Tenía que interpretar esa farsa, fingir que estaba enfermo, dejarse cuidar, y era tentador, que lo cuidaran como un enfermo sin tener que estarlo. Así que se ha permitido posponer, por una noche, la larga y angustiosa conversación con su mujer, todas esas preguntas sobre qué hacer. No pueden (ya lo han consultado) enviar a Dizzy a un centro de rehabilitación en contra de su voluntad y tampoco pueden echarlo a la calle ahora que ha vuelto a consumir, sería como dejar abandonado a un niño en el bosque, pero tampoco puede quedarse con ellos, y menos si empieza a dar la dirección de su casa a los camellos. Y, por supuesto, Dizzy, como todos los adictos, no entiende bien qué significa la verdad; podría jurar que no volverá a comprar drogas en el *loft*, temblar, llorar e implorar su perdón y no significaría nada. Putos Taylor. Porque, seamos francos, viven para esto, les encanta preocuparse por Dizzy, es el pasatiempo familiar, y, ya que le ha caído encima esta falsa aflicción, ¿quién va a reprocharle a Peter que retrase, aunque sea por una noche, la profunda decepción y preocupación de Rebecca, las llamadas frenéticas a Rose y a Julie, las constantes preguntas sobre qué opina Peter y qué deberían hacer y la probabilidad de que, sea cual sea su opinión, les parezca demasiado dura o demasiado blanda, porque jamás podrá acertar con Dizzy, porque no pertenece a su hermandad?

Peter se queda dormido y vuelve a despertar. Destellos de sueños se disipan: tiene una casa secreta en Munich (¿*Munich*?), un médico le ha dejado allí un recado. Luego despierta del todo, está en su habitación, Rebecca duerme a su lado.

Y a las doce y veintitrés minutos está total e irremediablemente despierto.

Intuye, como le ocurre a veces y debe de pasarle a todo el mundo, una presencia en la habitación, solo acierta a pensar que son sus fantasmas vivientes, la amalgama de sus sueños, su aliento, sus olores. No cree en fantasmas, pero sí en… algo. Algo viable, vivo a lo que sorprende cuando se despierta a esa hora, que no se alegra ni se entristece al verlo despierto pero repara en que lo han interrumpido en sus inexpresables meditaciones nocturnas.

Hora de tomarse un vodka y una pastilla para dormir.

Se levanta de la cama. Rebecca se mueve en sueños como si se encerrara sutil pero palpablemente en sí misma, un leve movimiento de los dedos, un cambio en la posición de su boca, indican a Peter que, aunque no se haya despertado, de algún modo sabe que está abandonando la cama.

Sale de la habitación. Aún no ha llegado al salón cuando lo ve: Dizzy está desnudo en la cocina, mirando por la ventana.

Dizzy se vuelve. Ha oído acercarse a Peter. Se queda de pie con los brazos en los costados y Peter piensa por un instante en el

Hombre Visible, aquel modelo de plástico transparente con los órganos de colores que había construido a los diez años y que, a esa edad, le parecía tocado por la divinidad. Había tenido la impresión de que los ángeles debían de ser así, nada de túnicas y cabellos ondulantes; un ángel debía ser inmaculadamente transparente y debía plantarse ante ti como el Hombre Visible, igual que hace ahora Dizzy, ofreciéndose, no implorando ni apartándose, simplemente estando presente, desnudo y real.

—Hola —le saluda Dizzy en voz baja.

—Hola —responde Peter. Sigue acercándose. Dizzy está tan inmóvil e imperturbable como un modelo en una clase de dibujo.

Es un poco raro, ¿no? Peter sigue andando, ¿qué otra cosa va a hacer? Tiene la sensación (es imposible, pero quién sabe...) de que Dizzy le ha estado esperando.

Peter llega a la cocina. Dizzy está de pie en el centro, pero la cocina es lo bastante grande para que Peter lo rodee sin rozarlo y sin tener que hacer un gran esfuerzo para esquivarlo. Se sirve un vaso de agua del grifo porque algo tiene que hacer.

—¿Qué tal te encuentras? —pregunta Dizzy.

—Mejor. Gracias.

—¿No puedes dormir?

—No. ¿Tú tampoco?

—No.

—Tengo Klonopin en el baño. Francamente, soy un fan del vodka y el Klonopin en momentos como este. ¿Quieres uno? ¿Quiero decir, te apetecen las dos cosas?

¡Eh!, un momento, acaba de ofrecerle drogas a un adicto.

—¿Se lo vas a decir? —pregunta Dizzy.

—¿Decirle qué?

Dizzy no responde. Peter retrocede unos pasos dando sorbos de agua del grifo, y contempla a ese chico desnudo que parece estar de pie en su cocina: las venas que recorren perezosamente sus bíceps, los músculos lampiños y sonrosados del abdomen, y, asomando de esa modesta maraña de pelo púbico de color castaño, la cosa en sí misma, respetable, bastante grande, aunque no pornográficamente descomunal, con la punta teñida de púrpura por la luz tenue. He ahí las piernas nervudas que pueden subir fácilmente una montaña y los pies sorprendentemente cuadrados que recuerdan vagamente a los de un oso.

*¿Decirle qué?*

Dizzy tiene el sentido común de dejar que reine el silencio, y pasados unos segundos Peter no tiene ni el deseo ni la habilidad de seguir fingiendo ignorancia. Para ser sinceros, le faltan las fuerzas.

—Creo que tendré que decírselo —responde.

—Preferiría que no lo hicieras.

—Claro.

—No lo digo por mí. No solo por mí. Lo sabes tan bien como yo. Mis hermanas se ponen como locas y no sirve de nada.

—¿Cuándo has vuelto a empezar?

—En Copenhague.

Olvida de momento los inconcebibles privilegios de este chico, cuyos padres siguen enviándole cheques y que se permite el lujo de hacer escala en Copenhague a su regreso de Japón. Trata de no odiarle por eso.

—¿Sería muy absurdo que te preguntara por qué? —dice Peter.

Dizzy suspira, un sonido dulce y aflautado muy parecido al peculiar suspiro que perfeccionó Matthew hace tantos años.

—Es una pregunta muy normal. Lo que pasa es que no tiene respuesta.

—¿Quieres que te ayudemos a dejarlo otra vez?

—¿Puedo ser sincero contigo?

—Desde luego.

—Por el momento no. —Levanta las manos y acerca las palmas a la cara, como si fuese a beber de ellas. Añade—: Siempre resulta ridículo explicárselo a alguien que no ha consumido nunca; no podrías entenderlo.

Peter duda. «Ridículo» es poco. ¿Qué tal «ofensivo», «insultante»? ¿Qué hay de la implicación de que «alguien que no ha consumido nunca» no es más que una triste figura que espera correctamente vestida en la parada del autobús? Incluso ahora, después de todas las campañas publicitarias, sigue teniendo el encanto de la autodestrucción, imperecedero, duro como un diamante, como un talismán antiguo que no puede destruirse de ningún modo. Aún hoy, aún hoy los que caen parecen más complejos, más peligrosos, en sintonía con la tristeza y, sí, con cierta imposible grandeza. Son románticos, joder; no vemos del mismo modo a los sobrios y sensatos, que se obstinan en conseguir algo, por muy bien que lo hagan. No los adoramos con el exquisito desdén que podemos dedicar a los adictos y los sinvergüenzas. Por supuesto, ayuda —tampoco hay que exagerar— si eres un príncipe como Dizzy y tienes algo que valga la pena destruir.

¿Acaso es de extrañar que los Taylor se obsesionen por este chico? ¿Qué sería de ellos sin él? Un profesor de edad avanzada que ha publicado dos libros mediocres (uno sobre evolución del ditirambo en la oratoria y otro sobre ciertos presagios de la cultura clásica griega en Micenas), una mujer cada vez más chocha (obsesionada con el ahorro y el reciclaje y con una total indiferencia por la suciedad que invade su casa) y tres hijas encantadoras a las que les va relativamente bien (Rebecca), sospechosamente bien (Julie), y ni bien ni mal (Rose).

—No hay mucho que decir ante una frase así —dice Peter.

Y, a propósito, ¿qué pasaría si Rebecca saliera del dormitorio? Ya comprenderás que mi única opción sería contárselo todo. Y que sería muy raro que estuvieses ahí desnudo, por mucho que se lo explicase.

¿No dijo una vez Rebecca que sospechaba que Dizzy era capaz de cualquier cosa? ¿No lo dijo con cierta combinación de rabia y reverencia?

—Lo sé —responde Dizzy—. Da igual.

¿Da igual?

Dizzy se lleva la punta de los dedos a la mandíbula. De un modo sacerdotal. El novicio a punto de proclamar su falta de valía.

—Tengo la sensación de que empiezo a ver el mundo… seguir sin mí. Y ¿por qué no iba a ser así? Pero no tengo ni idea. No sé qué hacer. He pensado tanto tiempo que si descartase todas las malas ideas, como la facultad de derecho, se me ocurriría alguna buena… Y ahora ya veo que así es como empiezan esos fracasados tan tristes. Quiero decir que al principio eres un joven fracasado muy guapo y luego…

Se ríe, una risa larga y grave como un sollozo.

—Parece un poco prematuro desesperarse —dice Peter.

—Lo sé. Lo sé. Pero estoy pasando una mala época. Caí, no sé, en una especie de pozo en aquel templo, fue justo lo contrario de lo que pensaba que ocurriría. Empecé... a ver la naturaleza transitoria de todo, la ausencia serena en mitad del mundo, pero no era ningún consuelo. Me entraron ganas de suicidarme.

Otra vez una risa sollozante.

—Eso sería exagerado —dice Peter. Joder, otra vez, a pesar de su intención de ser duro pero compasivo, ha sonado frívolo y cruel.

—No dejes que me ponga melodramático —responde Dizzy—. Lo que intento decir es que estoy en la cuerda floja. De nada sirve pensar que lo que necesito es ir a un templo mejor, o a un templo en otro país. No puedo seguir engañándome. Necesito un poco de ayuda para salir de esta. No me siento orgulloso. Si consiguiese sentirme bien, si lograra levantarme por las mañanas y hacer algo, si pudieras ayudarme a encontrar trabajo, dejaría las drogas. Lo he hecho antes. Sé cómo hacerlo.

—Me pones en una situación imposible.

—Te estoy pidiendo ayuda. Lo sé, lo sé..., pero es demasiado tarde, y la verdad es que necesito un par de meses. Necesito sentirme bien un par de meses para empezar a vivir. Y, bueno, ya sabes lo que pasará si se lo cuentas a Rebecca.

Peter lo sabe.

—¿Me prometes que no volverás a pedir que te las traigan aquí? —dice.

—Desde luego.

Ya, claro.

—No digo que sí. Solo que lo pensaré.

—Es lo único que te pido. Gracias.

Se inclina hacia él y le besa suave, o al menos castamente, en los labios.

¡Uf!

Dizzy se aparta, esboza una sonrisa tímida y encantadora que debe de haber ensayado desde hace años.

—Lo siento —dice—. Mis amigos y yo siempre nos besamos así, no significa nada.

—Entiendo.

Y, no obstante, ¿se le está insinuando Dizzy?

Peter saca la botella de Stoli del congelador y sirve un par de copas. ¡Qué coño! Luego va al baño a buscar el Klonopin. Dizzy sabe esperar en la cocina. Cuando Peter vuelve con una pastilla azul para cada uno, dicen «chin chin» y las tragan con el vodka.

Hay algo excitante en todo eso. Peter aún no quiere acostarse con Dizzy, pero es excitante beber un trago de vodka con un hombre desnudo. Hay un secreto fraternal, un no sé qué de camaradería de vestuario, un amor erotizado masculino que no tiene tanto que ver con la carne como con esa familiaridad. Tú, Peter, por muy fiel que seas a tu mujer, por mucho que comprendas su preocupación por Dizzy, también entiendes su deseo de recorrer su propio camino, de evitar ese torbellino de pasiones femeninas, esa sensación tan característica de las mujeres de que te curarás, tanto si quieres como si no.

Los hombres están unidos por su camaradería, tal vez sea así de simple.

Y es cierto que por un momento, solo por un momento, Peter

imagina que él también podría ser un Rodin, no el muchacho de la edad del bronce, pero tampoco un burgués de Calais; podría ser un Rodin inédito, envejecido pero no encorvado, una figura severa, firme, inerme, con el pecho desnudo (su pecho sigue siendo musculoso, su estómago no está mal), con una túnica sobre la espalda, como corresponde a un hombre de sus años (a quien no le apasiona el estado de su culo).

—Gracias otra vez —dice Dizzy—. Por pensarlo.

—Ajá.

—Buenas noches.

—Buenas noches.

Dizzy vuelve a la habitación. Peter lo ve marchar, observa su espalda flexible y las esferas pequeñas y perfectas de su culo. La parte más gay de Peter probablemente tenga que ver con el culo, el lugar donde los hombres son más vulnerables e infantiles; el lugar donde su fisonomía parece menos pensada para la pelea.

Vamos. Dilo en silencio, en tu imaginación. Bonito culo, hermanito.

Y ahora vuelve a la cama, pobre desdichado.


No obstante, no logra conciliar el sueño. Al cabo de una hora se levanta de la cama, busca a tientas la ropa. Rebecca se mueve.

—¿Peter?

—Chist. No pasa nada.

—¿Qué haces?

—Me siento mejor.

—¿De verdad?

—Algo debió de sentarme mal. Ya estoy mejor.

—Vuelve a la cama.

—Solo quiero tomar un poco el aire. Vuelvo en diez minutos.

—¿Estás seguro?

—Sí.

Se inclina, la besa, inhala el aroma soñoliento, dulzón y sudoroso que emana ella.

—No tardes.

—No.

Otra vez esa sensación de tener un picahielo clavado en el pecho. Alguien que se preocupa por ti, que te cuida y por quien tú haces lo mismo… ¿Acaso no viven más años las parejas que los solteros porque están mejor cuidados? ¿No hizo no sé quién un estudio?

Ha escuchado a escondidas al hermano de su mujer mientras se la cascaba, probablemente no haya forma de decírselo, ¿o sí?

Tiene que contarle que su encantador hermanito ha vuelto a consumir. ¿Cómo y cuándo lo hará?

Vestido, entra en la penumbra del salón. No hay luz debajo de la puerta de Dizzy.

Hora de salir al mundo nocturno.

Helo ahí cerrando con un chasquido la gruesa puerta de acero a su espalda, sobre los tres escalones de hierro que conducen a la acera estropeada. Probablemente Nueva York sea, al menos en ese sentido, la ciudad más extraña del mundo, tantos de sus habitantes viven entre las ruinas sin reconstruir de fábricas y bloques de pisos del siglo XIX, con las calles llenas de baches y agujeros mientras, a la vuelta de la esquina, hay una boutique de Chanel. Vamos a comprar entre los escombros, como si fuésemos los refugiados más ricos y mejor vestidos del mundo.

Mercer Street está desierta a esas horas de la noche. Peter sigue hacia el norte y en Prince se desvía hacia el este en dirección a Broadway sin encaminarse a ningún sitio en particular, hacia la parte más nueva y estridente del centro, lejos de la modorra jamesiana del West Village. Repara en su propio reflejo, que se desliza silencioso junto a él en los negros escaparates de las tiendas cerradas. La relativa tranquilidad de Prince Street dura menos de una manzana y ya está cruzando Broadway, que, por supuesto, nunca está silenciosa, aunque este tramo en particular sea un centro comercial a lo *Blade Runner*, con sus gigantescas cadenas comerciales, sus Navy, Banana y demás, que se han reproducido con tanta perfección como en cualquier otro sitio, aunque aquí exhiban sus artículos ante un interminable estruendo de tráfico y bocinas y sus portales sean casas improvisadas cuyos inquilinos construyen con mantas y cajas de cartón. Peter espera a que el semáforo esté en verde, cruza entre una pequeña congregación de esos peatones nocturnos de Broadway, parejas y cuartetos (siempre van en parejas) ni viejos ni jóvenes, claramente adinerados, que han salido de noche y parecen estar pasándolo bien, Peter supone que habrán llegado en coche, lo habrán dejado en algún aparcamiento, habrán ido a cenar y ahora van... ¿adónde? A por sus coches, de vuelta a casa. ¿Adónde iban a ir si no? No parecen de los que tienen citas secretas. Tampoco son turistas —nada que ver con los gritones desgarbados de un sitio como Times Square—, pero no viven aquí, sino en Jersey o Westchester, son burgueses de la Amsterdam del siglo XVII, cruzan Broadway como si fuese suya, se creen muy disolutos, criaturas noctámbulas, tienen vecinos a quienes consideran aburguesados porque no les gusta conducir hasta

Nueva York y prefieren quedarse en casa (la mujer del chal de pashmina con flecos, la que va del brazo del de las botas de vaquero, estalla en carcajadas, una risotada de tres martinis que resuena en toda la manzana), en cambio los residentes del centro de Manhattan, los que sobreviven aquí todo el día, andan con más modestia, desde luego con más discreción, como si fueran penitentes, porque es casi imposible conservar un orgullo desmesurado cuando se vive aquí, constantemente enfrentado a la otredad rampante de los demás; sin duda es mucho más fácil conservarlo si tienes una casa, un jardín y un Audi, y sabes que el día del fin del mundo vivirás un segundo más porque la bomba no irá dirigida contra ti, la onda expansiva acabará contigo, pero no eres el objetivo principal de nadie, estás lejos de la zona mortal, donde tú vives no le disparan a la gente, a nadie lo apuñala un psicópata al azar, la mayor amenaza a tu seguridad personal es la posibilidad de que el hijo del vecino se cuele en tu casa y robe unos cuantos frascos del armario de las medicinas.

Ahora que está al otro lado de Broadway, ahora que el de las botas de vaquero y su risueña mujer han echado hacia el sur, Peter se encamina, paso a paso, hacia el Lower East Side, un barrio en el que él también es un pijo pomposamente vestido. Vive en un puto *loft* en el SoHo (¿se puede ser más de los ochenta?), tiene empleados, y apenas unas manzanas más arriba hay grupos de jóvenes rockeros que viven en pisos sin ascensor y compran cervezas con sus últimos centavos. ¿Acaso crees, Peter, que tus botas Carpe Diem les van a parecer menos falsas que las Tony Lamas de ese otro tío? Cada cual tiene su castigo, esté donde esté, y cuanto más te alejas de tu feudo más ridículos parecen tu peinado, tu ropa, tus opiniones y tu vida. A poca distancia de casa hay barrios que lo mismo podrían estar en Saigón.

Ve hacia el centro. Hacia Tribeca.

¿Qué estará haciendo Bea esa noche?

Su vida ha sido, desde hace más de un año, un misterio y Peter y Rebecca han decidido (¿equivocadamente?) no pedirle más detalles que los que ella quiera darles. ¿Por qué dejó Tufts? Necesitaba tiempo, llevaba toda la vida estudiando. De acuerdo, tiene sentido. Pero ¿por qué de todos los sitios del mundo y entre todas las cosas que se pueden hacer, ha elegido trabajar en el bar de un hotel en Boston y vivir con una mujer mayor que ella que no parece tener ocupación conocida? Nadie ha planteado ni respondido esa pregunta. Tienen fe en ella, han elegido tener fe en ella, aunque la fe puede ser escasa y no estar fundamentada. Por supuesto que se preocupan, pero lo peor es que han empezado a preguntarse qué error cometieron, ¿cómo infectaron a su hija con algún virus del espíritu que ha tardado veintiún años en aparecer?

Lo de Dizzy le ha dejado excitado.

Saca la BlackBerry y marca el número memorizado de Bea.

Le saldrá el contestador. Los domingos le coge el teléfono a Rebecca, todavía quiere a su madre, o al menos se siente obligada con ella. Los demás días no contesta. De vez en cuando le dejan mensajes, esperan al domingo.

Esa noche necesita dejarle un recado. Necesita dejarle un ramo de flores en la puerta, aun sabiendo que se marchitarán y morirán allí.

El teléfono suena cinco veces. Y luego, como era de esperar:

—Hola, soy Bea, por favor, deja un mensaje.

—Cariño, soy tu padre. Llamaba solo para decir hola. Y, bueno, que…

Antes de que pueda decir «te quiero», ella se pone al teléfono.

—¿Papá?

Dios mío.

—¡Eh! Hola. Pensé que estarías trabajando.

—Me han enviado a casa. Había pocos clientes.

—¡Ah! Bueno, hola.

Está tan nervioso como la primera vez que llamó a Rebecca para invitarla a salir. ¿Qué está pasando? Bea no se le ha puesto al teléfono desde que dejó la facultad.

—Pues estoy en casa —dice—. Viendo la tele.

Él está en Bowery. ¿Dónde está Bea? En un apartamento de Boston que no ha visto nunca: les ha dejado muy claro que no quiere visitas. Es imposible no imaginar alfombras viejas y manchas en el techo. Bea no gana mucho (no quiere que sus padres la ayuden) y ella, la hija legítima de dos estetas, apenas decora su cuarto más que con un par de pósters colgados con chinchetas. (¿Colgará todavía a Flannery O'Connor posando con un pavo real y el rostro apuesto y amable de Kafka, o habrá cambiado de aficiones?)

—Siento llamar tan tarde —dice—. Pensaba que estarías trabajando.

—Has llamado porque pensabas que no cogería el teléfono.

Piensa deprisa.

—Creo que se me ocurrió dejarte un mensaje cariñoso.

—¿Y por qué esta noche?

Pasea por Bowery hacia ese tramo sin nombre que todavía no es Chinatown y tampoco es Little Italy.

—Podría llamarte cualquier noche, cariño —responde—. Supongo que he pensado en ti.

No, siempre piensas en ella. ¿Por qué esta conversación parece una cita que no va bien?

—Es tarde —dice su hija—. ¿Estás en la calle? Parece que estés en la calle.

—Sí, no podía dormir, he salido a dar un paseo.

Por donde va ahora no hay más que almacenes y tiendas cerradas, la tenue luz de las farolas ilumina los charcos en los adoquines, está todo tan silencioso que se oye a una rata hurgando en una bolsa de papel en la acera; nuestra ciudad nocturna…, no, no tenemos ninguna ciudad nocturna, a la verdadera pobreza, a las putas transexuales y a los verdaderos traficantes de drogas (no esos tristes tipos, «¿Éxtasis, coca, hierba?», con los que te cruzas en los parques) los han echado Giuliani y los ricos; Nueva York sigue teniendo lugares desolados, pero raramente se corre verdadero peligro, nadie vende heroína en ese edificio desmantelado de ahí, ninguna belleza desfigurada de ojos vidriosos te va a ofrecer una mamada por veinte dólares. Esto no es una ciudad nocturna y tú, amigo, no eres Leopold Bloom.

—Los dos somos insomnes —dice ella—. Lo he heredado de ti. —¿Lo dice porque es algo que tienen en común, o se lo está reprochando?—. Quisiera saber por qué me has llamado esta noche… —añade.

Vamos, Bea, no me presiones, soy un penitente, no tengo un centavo, estoy a tu merced. La desolación por la que camina Peter se transforma rápidamente en las afueras de Chinatown, la única nación-estado próspera de Manhattan, la única que crece sin la intercesión de las cafeterías y los bares de moda.

—Te lo he dicho —insiste—. Estaba pensando en ti y se me ocurrió dejarte un mensaje.

—¿Estás disgustado por algo?

—No más de lo normal.

—Es como si estuvieses disgustado por algo.

Peter resiste la tentación de colgarle. ¿Quién tiene más poder que un hijo? Puede ser tan cruel como quiera. Él no. No obstante, se siente tentado: Eres vulgar, no eres tan lista, me has decepcionado. No puede. Jamás lo haría.

—Solo me disgustan las mismas cosas de siempre. El dinero y el fin del mundo.

No puede ponerse frívolo con ella, ni siquiera probará con su seductor ingenio. Está hablando con su hija.

—¿Quieres que te mande un cheque?

Tarda un instante en comprender que está bromeando. Suelta una carcajada. El tráfico le impide oír si ella se ríe.

Ahora está cruzando Canal Street, en dirección a los neones y los fluorescentes chillones de Chinatown, todo rojos y amarillos; es como si allí el color azul no formase parte del espectro. Nunca apagan la luz, no descuelgan los patos lacados de los escaparates; como si aquel lugar poseyese una vida inagotable que tanto puede estar poblada como no estarlo. Un cartel amarillo dice BUENO, solo eso y a modo de prueba ofrece un tanque lleno de perezosos siluros de color barro.

—¡Ah! —dice—, el hermano de tu madre es droga dura.

—Sí… Dizzy. Es un malcriado.

—Exacto.

—Así que pensaste que sería un agradable contraste charlar con tu hija feliz y adaptada.

Por favor, Bea. Por favor, ten compasión.

Los hijos nunca la tienen. ¿La tuviste tú con tus padres?

Ni siquiera él cree la risita forzada que se obliga a soltar.

—Nunca te pediría algo tan imposible como que seas feliz y adaptada —dice.

—O sea, que para ti es un consuelo pensar que no soy feliz.

¿Qué coño te pasa?

—¿Qué tal está Claire?

Claire es la compañera de piso.

—Ha salido. Estoy sola con los gatos.

—No me consuela que seas infeliz, Bea. Pero tampoco quiero ser uno de esos padres que insisten en que sus hijos estén, ya sabes, felices todo el rato.

—¿Vamos a tener una conversación en serio? —pregunta ella—. ¿Quieres que hablemos en serio?

No. Es lo que menos me apetece del mundo.

—Claro —responde—. Si tú quieres.

—¿Estás seguro?

—Por supuesto.

—Últimamente he estado pensando mucho en *Nuestra ciudad*.

—La obra que representasteis en el instituto.

Interpretó a la madre. No a Emily. Mejor no pensarlo.

Bea en el instituto: una adolescente irónica y fiable con dos amigas íntimas (una está en Brown y la otra en Berkeley), nada de chicos, una vida joven no del todo desprovista de placeres pero ninguno voluptuoso, ni siquiera arriesgado. Largas y serias charlas con sus amigas, luego los deberes y a la cama. Ella y sus amigas (se llamaban Sarah y Elliott y también eran irónicas y fiables, a

Peter le caían bien, ¿volverá a verlas algún día?) iban al cine los fines de semana y a comprar aquellos gruesos jerséis y las botas de cordones que tanto les gustaban. Una vez fueron a patinar, al Wollman Rink, pero no volvieron.

—Es como si te trajese sin cuidado —dice ella.

—No. Creo que estuviste genial.

—No es eso lo que me dijiste. Te pasaste todo el rato hablando por el móvil. Tenías que cerrar no sé qué trato. —¿No se lo dijo? ¿Habló por el móvil? No. Se lo está inventando. Le dijo que había estado genial, utilizó justo esa palabra, y no se puso a hablar por el móvil nada más acabar la función, ¿qué clase de hombre haría eso?—. Ya sé que suena un poco patético, pero últimamente lo he estado pensando.

—No lo recuerdo.

—Pues yo sí. Me acuerdo perfectamente.

Es un falso recuerdo, Bea. ¿De verdad crees que iría entre bambalinas después de la función de mi hija y me pondría a hablar con un cliente por el móvil?

—¡Vaya! —No se le ocurre nada mejor—. Oye, lo siento si no te lo dije. Me pareció que estuviste genial.

—Pues no lo estuve. A eso me refería. No sabía actuar y los dos lo sabíamos.

—No, no —dice Peter—. Creo que puedes hacer cualquier cosa que te propongas.

—No tienes por qué mentirme, papá. No es necesario.

¿De verdad? Pues claro que no puede hacer cualquier cosa, nadie puede, y sí, por supuesto, uno ve las limitaciones de sus hijos, ha hablado con los profesores de sus limitaciones, la paternidad no le vuelve a uno ciego, pero la quieres y le dices (lo hice, juro que lo hice) que estuvo genial interpretando a la madre de *Nuestra ciudad*.

Ella se dio cuenta. Era más lista de lo que parecía.

¿Cómo le dices que no te importan sus limitaciones?

—Te quiero. Te quiero hagas lo que hagas.

—Creo que te esforzaste mucho por quererme. Lo que pasa es que tú también tenías tus limitaciones.

Mierda.

¿Por eso eres tan virginal, por eso sigues durmiendo en una cama individual? ¿Por eso pareces tener tan pocas ambiciones?

Chinatown se disipa y la sustituye la amenazadora mole marrón de Tribeca y el solemne silencio de sus calles.

Al contrario de lo que ocurre en Chinatown, la quietud nocturna de Tribeca no parece anticipatoria. Aunque unas horas al día pueda uno cortarse el pelo, comprar una lámpara, o gastarse trescientos dólares en una cena, eso ahora no parece tener demasiada importancia, al menos en las calles anchas y blanqueadas por la luz directa de las farolas, ante la rectitud marrón grisácea de los edificios que llevan dibujando el perfil de Nueva York desde antes de que naciera tu abuelo.

—Pues claro que me esforcé. Y seguro que tengo limitaciones.

Le sobrecoge el extraño y casi exuberante deseo de que ella le grite, le eche una buena bronca, lo ponga al descubierto y lo insulte, y de que le acuse de cualquier crimen conocido, para no tener que seguir respondiéndole y esforzándose en encontrar una respuesta a lo que le dice.

No obstante, no lo hará, ¿verdad? Siempre ha sido hosca e introvertida, de pequeña ya cantaba airadas cancioncillas en voz baja inventadas por ella.

Lo que sí hace es decir esto:

—Odio ser la hija dolida porque necesitaba más atención. No es eso lo que quiero ser.

—¿Cómo puedo ayudarte? —pregunta—. ¿Qué puedo hacer?

Por favor, Bea, perdóname o injúriame. No puedo seguir teniendo esta conversación.

No obstante, debes hacerlo. Hasta que ella se canse.

—Mirar se te da de maravilla, pero me temo que escuchar no se te da tan bien.

Está claro que se la tenía guardada...

Ahora está en el distrito financiero, el mundo de los edificios, no hay forma de saber, de no ser por la Bolsa, lo que ocurre en ninguno de ellos, solo que tiene algo que ver con las finanzas, es como Dizzy queriendo hacer algo en el mundo del arte; es la sensación que le causan siempre esas ciudadelas, tanto si se trata del New Museum como de este titánico monolito de los setenta junto al que está pasando ahora, esa deliberada inescrutabilidad, esas alturas de fortaleza, ¿cómo no van los jóvenes extraviados a plantarse delante y pensar «Me gustaría hacer algo ahí dentro»?

Dizzy se ha sentado junto a las piedras sagradas. Ahora quiere formar parte de algo que lo reconozca.

—Te estoy escuchando —responde—. Estoy aquí. Sigue hablando.

—Estoy bien, papá. No soy ninguna chiflada —dice Bea—. Tengo un empleo y un sitio donde vivir.

¿No ha insistido siempre, incluso cuando era pequeña, en que estaba bien? ¿No ha ido siempre a la escuela sin quejarse y tenido dos o tres amigas y vivido con tanta discreción como podía detrás de las paredes de papel de su habitación?

¿No se sentían aliviados él y Rebecca de que pareciera necesitar tan pocas cosas?

—Ya es algo, ¿no? —dice.

—Sí. Lo es.

Sigue un silencio.

Por el amor de Dios, Bea, ¿cuán culpable quieres que me sienta?

Y ahora, por fin, Peter llega a Battery Park. A la izquierda está el resplandor ártico del transbordador de la isla Staten, más arriba están las altas columnas de granito que ostentan los nombres de los caídos en la guerra. Avanza por el estrecho pasillo formado por los monumentos. Moby Dick arranca en Battery Park, empieza «Llamadme Ismael» y luego..., imposible recordar más que una vaga paráfrasis..., hay algo que se repite en esta escollera azotada por las olas, no es eso, pero recuerda que la tierra es una especie de dique. Un poco más adelante está la negra turbulencia del puerto cubierta por una malla de luz, de pronto la huele y, desde luego, es un olor marino y urbano, salitre mezclado con aceite, pero no por eso resulta menos emocionante, la mar embravecida, eterna y maternal sigue siéndolo por mucha porquería que viertan en ella, y este pedazo de tierra, esta escollera, es el único punto de contacto de la ciudad con algo mayor y más poderoso que ella.

—Supongo que sabes lo que haces —dice.

¿Habrá notado el tono impaciente de su voz?

Peter se detiene junto a la barandilla. Ahí están: la isla de Ellis y la estatua de la Libertad, esa aparición verdigrís, tan cargada de significado que lo ha trascendido. Uno ama (si es que la ama) su color verdoso y su constancia, el que siga allí aunque no la hayas visto en varios años. Peter se queda junto al agua oscura y cabrilleante, cuyas jorobas, no olas, rompen contra la escollera con un grave «¡Buuum!» y lanzan a lo alto modestas tiaras de espuma.

Bea no responde. ¿Estará llorando? Si lo está, él no acierta a oírlo.

—¿Por qué no vuelves a casa una temporada, cariño? —dice Peter.

—Ya estoy en casa.

Él se queda junto a la barandilla con el negro océano rompiendo a sus pies y las lucecitas de Navidad de la isla Staten a lo largo del horizonte, como si las hubiesen colocado allí para delinear el límite entre el océano negro y opaco y el cielo oscuro y sin estrellas.

—Te quiero —dice impotente. No se le ocurre nada mejor.

—Buenas noches, papá.

Bea cuelga el teléfono.

# Un objeto de valor incalculable

Cuando Peter despierta a la mañana siguiente, está solo en la cama. Rebecca ya está levantada. Se incorpora somnoliento, se pone la parte de abajo del pijama que normalmente no utiliza, pues no va a pasearse por ahí desnudo con Dizzy en casa (él que haga lo que quiera).

En la cocina, Rebecca acaba de preparar una cafetera. También ella lleva una bata de algodón blanco que no acostumbra a ponerse (en casa no son pudorosos, o al menos no lo han sido desde que Bea se fue a la universidad).

Por lo visto, Dizzy sigue dormido.

—Pensé que era mejor dejarte dormir —dice Rebecca—. ¿Te encuentras mejor?

Él se acerca y la besa con cariño.

—Sí —afirma—. Ha tenido que ser algo que comí.

Su mujer sirve dos tazas de café, una para ella y otra para él. Está más o menos donde estaba Dizzy la noche anterior. Tiene la cara cansada, la piel un poco cetrina. Por las mañanas es una especie de milagro ver cómo, en cierto momento de los preparativos del nuevo día, vuelve a ser ella. No es que se ponga maquillaje (no utiliza demasiado), sino que reúne energías y eso la ilumina y le da bríos, infunde color a su piel y profundidad a su mirada. Es como si, durante el sueño, desapareciera cierta capacidad fundamental suya de ser guapa y vivaz; como si dormida liberase todas las facultades que no necesita y la más destacada de ellas fuese la vitalidad. En esos breves interludios matutinos, no solo parece diez años mayor, sino que recuerda un poco a la anciana en la que probablemente acabará convirtiéndose. Casi seguro será delgada y erguida, un poco formal con los demás (como si la dignidad de la edad requiriese cierto distanciamiento cordial), culta y muy bien vestida. La obsesión de Rebecca de no parecerse a su madre implica renunciar a la excentricidad.

—Anoche llamé a Bea —dice Peter.

—¿Ah, sí?

—Sí. Ahora que tenemos a esta especie de hijo adoptivo con nosotros, me entraron ganas de llamar a nuestra verdadera hija.

—¿Qué te contó?

—Está enfadada conmigo.

—Menuda novedad.

—Me reprochó concretamente que hablara por el móvil durante la representación de *Nuestra ciudad*.

Por favor, Rebecca, apóyame.

—No lo recuerdo.

Bendita seas, amor mío.

Plantada justo donde estuvo su hermano, se lleva la taza a los labios casi como si quisiera demostrarle hasta dónde llega el parecido. Dizzy, que podría estar fundido en bronce, y Rebecca, su hermana gemela mayor, que ha adquirido con el tiempo una pátina humana, un atisbo de una fatiga mortal que es más aparente por las mañanas, y una humanidad conmovedora que es el origen y lo opuesto del arte.

—Pues ella dice que sí. No hubo manera de convencerla. No lo hice ¿verdad?

—No.

Gracias.

—Ya sé que por la mañana es un poco pronto para tener esta conversación —dice él.

—No, no pasa nada.

—Es que no supe qué contestarle. ¿Cómo le explico que ese recuerdo suyo no corresponde a algo que sucedió?

—Supongo que te cree capaz de haber hablado por el móvil mientras actuaba.

—¿Y tú también lo crees?

Rebecca sorbe contemplativa su café. No le va a consolar. Peter repara en el color cetrino de su piel, en la maraña entrecana de sus cabellos por la mañana.

«Die Young, Stay Pretty.» Era una canción de Blondie, ¿no? Toda esa manía por la juventud nos parece un fenómeno moderno, pero no hay más que ver todos esos grandes retratos de hace varios siglos. Esas diosas de Botticelli y Rubens, la Maja de Goya, Madame X. Piensa en la Olympia de Manet, que tanto escandalizó en su momento, porque el artista pintó a su amante con la misma adoración voluptuosa que se reservaba para las jóvenes aristocráticas que posaban como si fueran diosas. Casi nadie sabe, y a nadie le importa, que Olympia era la puta de Manet; pese a que hay razones de sobra para suponer que, en la vida real, sería estúpida, vulgar y no muy limpia (y más teniendo en cuenta cómo era París en la década de 1860). Ahora es inmortal, es una gran belleza histórica, a quien ha quitado la mugre la atención de un gran artista. Y, sí, es inevitable reparar en que Manet no eligió pintarla veinte años después, cuando el tiempo había hecho sus estragos. El mundo siempre ha adorado lo que nace. Maldito sea.

—Ser padre es difícil —dice Rebecca.

—¿A qué te refieres?

—¿Cómo has visto a Dizzy? —pregunta.

¿Dizzy?

—Bien, supongo. ¿No estábamos hablando de Bea?

—Sí. Disculpa. Es que tengo la sensación de que esta es una especie de última oportunidad para Dizzy.

—No es nuestra hija.

—Bea es más fuerte que él.

—¿Ah, sí?

—¡Oh!, tienes razón: no son horas para hablar de esto. Aún tengo que vestirme. Hoy tengo esa dichosa videoconferencia.

*Blue Light* está de capa caída. Un conquistador de Montana, nada menos, está pensando en reflotarla.

—¡Uf!

—Lo sé.

Por supuesto, ya lo han discutido. ¿Es mejor dejarlo o confiar en ese benefactor caído del cielo que asegura que no quiere hacer cambios en la revista? Piensa en la historia. ¿Cuántas naciones poderosas han invadido otras más pequeñas y las han dejado incólumes?

De todos modos uno quiere seguir adelante y no ser un director de revista de cuarenta años en el paro, y menos tal y como está el mercado.

¿Y qué tiene de bueno tener la frase «tal como está el mercado» rondándole a uno por la cabeza?

—¿A ti qué te parece? —pregunta Peter.

—Sé que vamos a aceptar, si está sinceramente interesado. Me sentiría muy mal dejando que se hundiese.

—Sí.

Beben el café. He ahí a dos personas trabajadoras de mediana edad que tienen que tomar una decisión.

Si quiere contarle lo de Dizzy, ahora sería un buen momento, ¿no?

—Hoy voy a ir a echarle un vistazo a la obra de Groff.

—Ha sido un golpe de suerte.

—Sí. Pero sigue pareciéndome un poco... raro.

—Ya.

Su mujer no es muy partidaria de sus delicadezas artísticas. Le apoya, pero no le chifla el arte, lo aprecia, lo entiende (casi siempre), pero ni puede, ni quiere, ni tiene por qué prescindir de cierto pragmatismo; cierta sensación (como la que tiene Uta) de que Peter a veces puede ser demasiado melindroso, de que está metido de lleno en el negocio del arte pero es demasiado exigente consigo mismo y nunca ha representado a un artista por razones puramente cínicas o comerciales. ¿Es que no entiendes, condenado Peter Harris, que el genio escasea por definición, y que una cosa es buscarlo seria y ardientemente y otra muy diferente (y no tan buena) es obsesionarse con ello y plantarse casi en los cincuenta con la sospecha de que nadie es lo bastante grande, de que a ningún artista ni objeto puede perdonársele que sea, no sé, humano en el primer caso y condenadamente material en el segundo. Recuerda con qué frecuencia el arte del pasado no parecía grande al principio, con qué frecuencia ni siquiera parecía arte; qué fácil es adorarlo decenios o siglos después; porque los errores inevitables tienden a borrarse en un objeto que ha sobrevivido a la guerra de 1812, la erupción del Krakatoa, y el auge y la caída del nazismo.

—En todo caso —afirma Peter—, hay crímenes peores que tratar de venderle una urna de Groff a Carole Potter.

Que es algo que muy bien podría haberle dicho Rebecca, ¿no?

Lo que le dice es: «Desde luego». En realidad no está pensando en él. ¿Y por qué iba a hacerlo? Su revista, que ella ayudó a fundar y sacar a flote está a punto de desaparecer o de pasar a ser propiedad de un desconocido que afirma ser un mecenas de las artes, aunque vive en Billings, Montana.

—¿Me harías un favor?

—Pues claro.

—¿Te importaría decirme que no fui el peor padre del mundo?

—No. Claro que no. Lo hiciste lo mejor que pudiste.

Lo besa castamente en la mejilla. Y ya está.

Realizan sus abluciones matutinas con la precisión de un grupo de danza. Él se afeita mientras ella se ducha, y, cuando ella termina, deja el agua abierta porque él tarda exactamente lo mismo en afeitarse que ella en ducharse. Es imposible no ver a veces esa forma sincronizada de lavarse, cepillarse y vestirse —*Escenas de un matrimonio* (¡oh!, nuestra corrupta imaginación)— como un montaje cinematográfico. Peter se viste más deprisa y con más decisión, lo que no deja de ser raro, pues es más coqueto y nervioso que ella, pero los días laborables tiene una ventaja masculina a su favor; le basta con escoger uno de sus cuatro trajes y una de sus diez camisas, que combinan con cualquiera de los trajes. Rebecca se pone la falda de color grafito (de Prada, casi inmoralmente cara, aunque fue un acierto: hace años que la lleva) y el suéter fino de cachemira de color moca, le pregunta si le queda bien, él responde que sí, pero ella se cambia de todos modos. Él comprende: aunque sea solo una multiconferencia está buscando el conjunto de la suerte, el que le inspirará más seguridad en sí misma. La deja rebuscar en el armario, va un momento a la cocina en busca de algo que comer, decide comprar un sándwich de Starbucks por el camino, vuelve al dormitorio, donde Rebecca acaba de ponerse el vestido ajustado azul marino con el que, él lo nota enseguida por la expresión de su cara, tampoco acaba de sentirse a gusto.

—Buena suerte —dice—. Llámame cuando termines la videoconferencia.

—Sabes que lo haré.

Un beso rápido y se marcha, pasando junto a la puerta cerrada detrás de la cual duerme, o finge dormir, Dizzy.

Las dos horas siguientes en la galería las pasa dedicado a lo que Peter y Rebecca llaman las «diez mil cosas» (como cuando se dicen por teléfono: «¿Qué haces?». «¡Oh, ya sabes, las diez mil cosas!»), así denominan a la continua avalancha de correos electrónicos, llamadas telefónicas y reuniones, es su modo de decirse que están ocupados cuando no quieren entrar en unos detalles que no les interesan ni al uno ni al otro. Lo único que le ofrece Uta es lo que

Peter llama su mirada germánica, una altivez teutónica que significa ni más ni menos que: «Pobrecito..., este es un mundo muy grande, ¿por qué no empiezas a preocuparte por las cosas verdaderamente importantes?». Le gustaría tener con Uta la conversación que le habría gustado tener con Rebecca a propósito del compromiso y su negativa a descartarlo como si fuese una cuestión sin importancia; la verdad es que le gustaría haber hablado con Uta de la posibilidad de cerrar la galería y dedicarse a... cualquier otra cosa. Por supuesto no sabe a qué. ¿Y por qué iba Uta, a quien le gusta mucho su trabajo y que se contenta con el arte medianamente bueno, querer tener esa conversación con él?

De todos modos, le gustaría hablarlo con alguien y, aunque Bette parece la mejor candidata, no se ve con valor para discutirlo con ella. No está del todo seguro de que la decepción de Bette con el mundo del mercado del arte no sea una barrera; bien mirado, ¿quién quiere marcharse de una fiesta cuando está en su apogeo? Si Bette finge que le asquea la parte comercial, ¿no concede eso menos importancia a su enfermedad? ¿De verdad quiere ser un hombre más joven y sano que ella y quejarse por tener que seguir en la misma fiesta de la que ella se ha visto obligada a marcharse?

Coge el L hasta Bushwick (los días en que viajaba en limusina pasaron a la historia; aunque todavía pudiera permitírselo, no queda bien presentarse en el estudio de un artista como si uno fuese el rey de la puta Inglaterra justo cuando le estás pidiendo a los artistas que comprendan que, a pesar de todos tus esfuerzos, su obra podría no venderse porque todo el mundo sabe que la economía mundial se ha colapsado). Peter sigue llevando los trajes porque, en fin, ya los tiene, y empiezan a conocerlo por cierta elegancia a lo Tom Ford. En realidad es una cuestión de equilibrio. Conviene dar la impresión a los artistas de que uno no está despilfarrando su dinero y al mismo tiempo es necesario darles a entender que te van bien las cosas, que no les estás pidiendo que sigan a bordo de un barco que se hunde. Así que uno se sienta a leer el *Times* en el tren L en dirección a Bushwick, con un traje negro y un polo de color gris marengo.

Y luego, en la parada de Myrtle Avenue, sube las escaleras entre una muchedumbre de gente cansada y agobiada de problemas. El tren L dirección Canarsie de las doce menos veinte no es ni la hora ni el destino de la gente a quien le van bien las cosas, y Bushwick podría estar en las afueras de Cracovia (donde es cierto que Peter no ha estado nunca) o en cualquiera de esas antiguas ciudades soviéticas que hoy no solo son lúgubres e industriales, sino cada vez más decrépitas. Igual que en una ciudad europea oriental, en Bushwick han brotado, aquí y allá, indicios de nueva vida —una verdulería, una cafetería— que se mezclan con las brasas casi apagadas de la antigua, una rancia tienda de vestidos de novias, un establecimiento de limpieza en seco donde parecen creer que un escaparate donde se exhibe una pila de camisas plegadas debajo de una cinta marchita y amarillenta será bueno para el negocio.

Peter sube por Myrtle, en busca de la dirección de Groff. Bushwick es inhóspito, de eso no cabe duda, aunque nunca quiso ser otra cosa. Siempre fue periférico y prosaico. Quienes construyeron estos almacenes, garajes y edificios nunca pensaron que nadie fuese a vivir aquí. Las intenciones con que se fundaron los barrios de las afueras, al menos este, eran muy diferentes. Si Manhattan surgió sobre todo de las grandes ambiciones de la era industrial, de todos esos dioses obreros musculosos que sujetan columnas y esos edificios rematados por zigurats que se alzan hacia un cielo que nunca pareció tan cercano, Bushwick (Dios sabe lo antiguo que será) es modesto y sencillo, concebido (al parecer) desde el principio para quedarse al margen, para fabricar piezas y almacenar mercancías, como el viejo tío rollizo y sin demasiadas luces de una ilustre familia, un hombre honrado sin belleza ni imaginación que tiene un trabajo y nunca se casó, a quien uno conoce, pero no le tiene mucho afecto.

Y, no obstante, detrás de algunas de las ventanas de esos almacenes, hay artistas trabajando.

Peter quisiera saber si esta especie de exilio semiurbano en el que viven muchos artistas afecta de algún modo a su producción. Desde luego, se supone que los jóvenes artistas deben ser pobres, pero los artistas pobres de otras generaciones vivían en París, Berlín, Londres o Greenwich Village. ¿Hasta qué punto aparecieron los impresionistas porque de pronto fue más barato dejar París e irse a vivir a Provenza? Sí, vivían austeramente, pero vivían en lugares de auténtica y decadente belleza; en ciudades o pueblos que podían ser difíciles, pero de cuya antigua profundidad no quedaban dudas, con todo el derecho del mundo no solo a existir, sino a regocijarse en sus propias costumbres. Bushwick, en cambio, no está en ninguna parte. Quienes lo fundaron no se tomaron muchas molestias, incluso los edificios más antiguos los construyeron deprisa y de la forma más barata posible. En un sitio así, ¿no sería un poco... idiota pensar en producir un trabajo serio que aspire, por imperfectamente que sea, a calar hondo? Quiero decir, hola,

Bushwick, hola, Estados Unidos, hola megacentros comerciales y centros de engorde de ganado. He aquí mi intento de rasgar la piel de la mortalidad y ver lo que brilla al otro lado. ¿No sería muy embarazoso?

¿Quién dijo que un país tiene el gobierno que se merece? ¿Tiene Estados Unidos el arte que se merece?

Ahí está el edificio de Groff, al lado de una fábrica en Wilson Street. Peter llama al portero electrónico.

—¿Qué pasa, colega? —Una voz profunda y potente como un violonchelo.

—¿Qué hay? —Peter Harris es un tío enrollado.

Suena el timbre y pasa al vestíbulo, si es que puede llamarse así la temblorosa fluorescencia de una entrada de linóleo de color beis, sin más rasgos definitorios que un tablero negro y descolorido que hay detrás de un cristal crujido y donde, con letras adhesivas medio despegadas, se enumeran los nombres de pequeñas empresas que probablemente hace más de veinte años que desaparecieron.

Peter entra en el ascensor, que huele extrañamente a chicle de uva. La puerta se cierra con un sonido asmático y Peter piensa por un instante en la posibilidad de quedarse encerrado allí dentro, o peor aún, en llegar casi al sexto piso, donde está el estudio de Groff, y caer. Intenta no pensar en los cables roídos por las ratas que transportan tu culo al piso de arriba, por favor, Dios (o cualquier otra deidad más o menos provisional a la que recurra Peter en los momentos de nerviosismo), no permitas que muera en un ascensor mientras voy a ver una obra que no acaba de convencerme; sería demasiado horrible y apropiado: Peter Harris encuentra su fin en un ascensor cuando iba a ver a un artista cuya obra no es ni proteica ni seminal, pero que produce cosas bastante buenas que Peter cree poder vender.

Cuando el ascensor llega al sexto piso, se detiene temblando ligeramente, con la puerta todavía cerrada, y a Peter le avergüenza darse cuenta de que tiene las palmas de las manos sudadas cuando se abren las puertas con un chirrido.

Dan directamente al estudio de Groff. El muy cabrón tiene el piso entero para él. Tiene que ser de familia rica. Ni siquiera un joven triunfador como Groff gana tanto dinero tan pronto.

Peter sale del ascensor a una vastedad crepuscular llena de columnas, como el gran vestíbulo de un palacio mugriento y destartalado, casi vacío (de no ser por una especie de muebles de salón levemente surrealistas: un sofá viejo y andrajoso y dos sillas Windsor con varios tonos de masilla y hueso); una luz sucia se cuela oblicuamente por las ventanas sucias. Y ahí, precedido por el ruido de los tacones de sus botas sobre las tablas astilladas, está el propio artista. Peter conoce la rutina: nunca te esperan a la puerta del ascensor. En su mundo, el peor de los pecados es demostrar demasiado interés y ganas de agradar, aunque por supuesto casi todos los que triunfan están dominados y poseídos por ambas cosas. Los que de verdad sienten auténtica indiferencia suelen acabar convertidos en excéntricos provincianos en algún pueblo del valle del Hudson, y se pasan la vida contándole a cualquiera que les escuche que la integridad es la única virtud que vale una mierda y preparando eternamente su exposición anual en una galería local.

Y ahora Rupert Groff.

Tiene lo necesario. Es pálido y mofletudo como una estrella del rock (¿cómo lo hacen estos chicos, cómo se las arreglan para ser desgreñados, estar en tan mala forma y ser al mismo tiempo inefablemente enrollados?), tiene una mata de pelo pelirroja y despeinada, y un rostro blando y agradable como el de un joven Charles Laughton. Viste una camiseta finísima con el logo de Oscar Mayer y unos pantalones de trabajo Dickies.

—¿Qué hay? —dice. Es innegable que tiene una voz maravillosa, plena y musical. En otra vida podría ser cantante.

—Peter Harris. Un placer.

Le tiende la mano y Groff se la estrecha. Peter es un hombre trajeado, al menos veinte años mayor que ese chico, hay un límite a los «¿Qué pasa?» y «¿Qué hay?» que está dispuesto a intercambiar.

—Gracias por venir —dice Groff. Muy bien, no es arrogante, o al menos no insufriblemente arrogante. O puede que esté esperando para exhibir su arrogancia después.

—Gracias por recibirme.

Groff se vuelve y se interna en la oscuridad del *loft*. Peter le sigue.

—Bueno —dice Groff—. Como te dije por teléfono, ahora solo tengo un par de bronces, pero son buenos. Son…, eran para la exposición que iba a montar Bette.

Mejor no hablar de eso todavía.

—Como te conté, tengo una clienta estupenda, creo que uno de los bronces le irá que ni pintado.

—¿Cómo se llama?

—Carole Potter.

—No la conozco. ¿Qué tal es?

Astuto. Aunque sea dinero fácil, no quieres venderle tu obra a cualquiera.

—Vive en Greenwich. Es ecléctica y nada remilgada. Tiene un Currin, un González-Torres y un Ryman exquisito que compró cuando todavía se podían conseguir.

Mejor no hablar de las obras anteriores, el Agnes Martin y la escultura de Oldenburg del jardín norte. La mayoría de los chicos jóvenes adoran a algunos de los maestros antiguos y desprecian a otros, y no hay forma de saber qué figura venerable resultará ser el dios de un joven artista y cuál el demonio encarnado.

—Quizá yo sea un poco agresivo para ella... —comenta Groff.

—Su colección necesita más agresividad, y ella lo sabe. Lo cierto es que tu pieza sustituiría un Sasha Krim.

—Hace cosas muy desagradables.

—Demasiado para Carole Potter.

Al fondo de esa oscura vastedad cuelga de una larga barra de hierro una cortina vieja de color rata. Groff aparta la cortina y entran en el estudio propiamente dicho. Por lo visto ha decidido, por razones que a Peter se le escapan, dar al *loft* una entrada absurdamente grande, un vestíbulo, si se quiere. Tal vez sea un truco a lo Mago de Oz, pensado sobre todo para visitantes como Peter, una estrategia a lo «espera a ver lo que hay detrás de la cortina».

Detrás de la cortina está el estudio, una habitación mal construida de unos cinco metros cuadrados. Groff es más ordenado que otros artistas. Ha colocado un tablero en la pared del que cuelgan varias herramientas, algunas muy bonitas, cortaalambres, largas palas de madera, leznas de mango de madera, todos pensados para moldear la cera y el barro. El estudio está saturado de un aroma a cera caliente, que no solo es agradable sino extrañamente tranquilizador, como si estuviera ligado a un recuerdo de infancia, aunque Peter no acierta a imaginar cuál de sus manejos infantiles puede estar ligado a la cera caliente. El primer oráculo de Delfos era una cabaña hecha de cera de abeja y alas de pájaro: tal vez sea un recuerdo ancestral.

Y ahí, sobre una mesa de acero industrial de patas muy gruesas, descansa el objeto. Una urna de bronce de metro y medio de altura, hermosamente tintada de ese verde ocre característico del bronce, con un pie y unas asas, clásica en el fondo, pero con proporciones posmodernas, con la base más pequeña y las asas más grandes de lo que habría imaginado un artista del siglo V antes de Cristo y un matiz como de cómic y de garbo animal que la salva de parecer una mera imitación o de cualquier connotación fúnebre.

Muy bien. A primera vista, pasa la prueba del contexto. Tiene solemnidad y carisma. Aunque a los galeristas no les gusta hablar de eso, ni siquiera entre ellos, es uno de los problemas que pueden surgir: el hecho de que en una sala pintada de blanco con el suelo de hormigón casi cualquier cosa parece arte. No hay un solo marchante en Nueva York ni en ninguna otra parte que no haya oído mil variaciones de esa llamada de teléfono: «Me encantó en la galería, pero en nuestro salón no acaba de encajar». Hay una respuesta estándar: «El arte es sensible al ambiente, deja que vaya a verlo y si no logramos hacerlo encajar, siempre puedes devolverlo…». Pero lo que suele pasar en realidad es que, cuando la obra llega al salón, le falta fuerza para estar en una verdadera habitación, aunque sea horrible (como suelen serlo esas habitaciones, a los ricos les gustan el oropel, el granito, y esa tapicería tan llamativa que cuesta trescientos cuarenta dólares el metro). Casi todos los colaboradores de Peter culpan a las habitaciones, y Peter lo comprende: son habitaciones chillonas y recargadas, con una especie de aire de conquista, y el cuadro o la escultura en cuestión a menudo entra en ellas como la última captura. Sin embargo, él no opina lo mismo. Cree que una auténtica obra de arte puede ser poseída pero no capturada, que debería irradiar tal autoridad, tan extraña y confiada belleza (o fealdad) que no pudieran echarla a perder ni siquiera los sofás o mesitas más ridículos. Una auténtica obra de arte debería dominar la habitación, y los clientes deberían llamar no para quejarse de la obra de arte, sino para decir que les ha ayudado a comprender que la habitación es horrible, ¿no podría Peter sugerirles un diseñador que les ayudara a rehacerla por completo?

La urna de Groff, hay que reconocerlo, es un objeto capaz de hacerse valer. Posee la más vital e inefable de las cualidades fundamentales: autoridad. Uno lo nota nada más verla. Ciertas piezas ocupan el espacio con una seguridad que tiene que ver pero no depende exactamente de sus méritos apreciables. Es parte del misterio, en cierto modo por eso nos gusta tanto (a quienes nos gusta). La capilla Sixtina no solo está muy bien pintada, sino que esa pintura es como una orquesta. Llena la capilla de un modo que no podría hacerlo una superficie pintada de un solo color según las leyes ordinarias de la física.

Peter se acerca. Aquí, en un lado están inscritas las diatribas e imprecaciones, ordenadamente, como si fueran jeroglíficos, en letra cursiva y levemente femenina. Por el lado que da a Peter hay al menos cuarenta términos argóticos para referirse al órgano sexual, la letra de una canción de hip hop misógina y homófona (Peter no la conoce, el hip hop no es lo suyo); un fragmento del *Manifiesto de la Organización para el Exterminio del Hombre*, de Valerie Solanas (eso sí lo conoce) y algo repugnante tomado de una página web sobre un tipo que busca mujeres lactantes que quieran echarle chorros de leche a la cara.

Está bien. Es retorcido, pero bueno. No solo tiene presencia como objeto, sino también contenido real, que estos días escasea…, es decir, tiene contenido más allá de un fragmento de un fragmento de una mera idea. Alude a la vez a la historia que tantas veces nos han contado, a todos esos tributos artísticos a los grandes monumentos y las arduas victorias que no tienen en cuenta a las personas, y al mismo tiempo es algo que en teoría podría sobrevivir en el futuro, uno en el que (según Groff) se contarán distintas verdades.

Tal vez Peter haya sido demasiado duro consigo mismo. Y con Groff.

Y, sí, Peter ya está pensando en lo que le va a decir a Carole. La verdad es que es muy bueno. Es una idea hecha realidad, una idea muy simple que puede no llevar a ninguna parte, pero que superficialmente no es ingenua o aburrida. Además, cosa rara estos días, es un objeto hermoso. Eso ya es algo.

—Este es muy bueno —dice Peter.

—Gracias.

A Carole (probablemente) le gustará el feminismo que implica toda esa horrible misoginia. No le gusta la provocación gratuita (¿en qué estaría pensando cuando trató de venderle el Krim?), pero este objeto sereno y pernicioso le dará algo de lo que hablar, algo que explicarle a los Chen, los Rinx y demás.

—Me encantaría enseñárselo a Carole. ¿Te sigue pareciendo una buena idea?

—Sí.

—Ya te comenté que le gustaría ver cómo queda en su casa cuanto antes.

—La señorita Potter está acostumbrada a conseguir lo que quiere, ¿eh?

—Pues sí. Pero te aseguro que no es ninguna gilipollas. Y, si podemos instalarlo en su jardín mañana, al día siguiente lo verán Zhi y Hong Chen. Probablemente ya sabrás que los Chen son unos compradores excelentes.

—Adelante entonces.

—De acuerdo.

Se quedan un rato mirando la urna.

—Mis hombres irán mañana a recoger el Krim —dice Peter—. Podrían llevarse la urna al ir hacia allá.

—¿Qué pone Krim en esas cosas? —pregunta Groff.

—Alquitrán, resina, crin de caballo.

—Y...

—La verdad es que es un poco reservado con respecto a sus materiales. Y yo lo respeto.

—Oí contar que uno se derramó por el suelo del MoMA.

—Por eso hacen el suelo de hormigón. En fin. ¿Qué te parece si vengo con mi equipo mañana a mediodía?

—Trabajas deprisa.

—Sí. Y puedo garantizarte que Carole no regateará con el precio si le hacemos este favor.

—De acuerdo. A mediodía me va bien —dice Groff.

—Mañana traeré los papeles y demás; no cuento con que me prestes la pieza sin más.

—Por supuesto.

—De acuerdo, entonces —dice Peter—. Ha sido un placer conocerte.

—Lo mismo digo.

Intercambian un apretón de manos, vuelven al ascensor. Groff debe de vivir en un sitio relativamente minúsculo detrás del estudio, es imposible que el *loft* sea tan grande. Es una especie de manía de estos jóvenes: un área de trabajo impecable y una vivienda que recuerda la habitación de un adolescente. Una alfombra mugrienta en el suelo, ropa tirada por todas partes, una tostadora encima de una nevera en miniatura, un baño horriblemente sucio y diminuto. A veces Peter se pregunta si no será una especie de compensación por ese atisbo de feminidad que implica el declararse artista.

Groff llama el ascensor. Y ahora, un momento un poco violento. Ya han hablado lo que tenían que hablar, y este ascensor es *leeeento*.

—Si Carole decide quedarse con la pieza, estoy seguro de que le encantará que vayas a ver dónde la ha puesto —dice Peter.

—La verdad es que siempre insisto en hacerlo. Digamos que es una prueba para los dos, ¿de acuerdo?

—Desde luego.

—Es un jardín, ¿no?

—Sí, un jardín inglés, un poco crecido y descuidado. Nada que ver, como ya supondrás, con un jardín francés.

—Parece bonito.

—Lo es. Desde el jardín no se ve el agua, pero se oye.

Groff asiente. ¿Qué le ocurre a esta transacción, por qué suena tan…? ¿Tan qué? Siempre son iguales.

Es el lado comercial, claro; Velázquez y Leonardo también cerraban tratos. Sin embargo, Groff, en realidad casi todos los artistas, tienen esa sensatez respecto a la obra y el comprador… La calma del propietario. ¿Preferiría Peter trabajar con histéricos? ¿Preferirías chiflados que exigen reverencias, que se ofenden por observaciones inocentes y se niegan a separarse de la obra en el último minuto? Pues claro que no.

Sin embargo…

Mientras el ascensor se abre paso hacia arriba entre chirridos, Peter cae en la cuenta: en términos históricos, la mayoría de estos tipos, Groff y otros como él, son hombres de taller, los que tallan y hacen los moldes, quienes pintan los fondos y aplican el pan de oro. Sienten al mismo tiempo orgullo e indiferencia por su trabajo. Tienen malas costumbres, pero no son fanáticos del trabajo, son obreros, forman parte de la economía. Dedican unas horas. Duermen por las noches.

¿Dónde están entonces los visionarios? ¿Se los han llevado a todos por delante las drogas y la desilusión?

Las puertas del ascensor se abren con un gruñido y Peter entra en él.

—Entonces, nos vemos mañana a las doce —dice.

—Sí. Hasta mañana.

El ascensor desciende quejoso hasta la calle.

A Peter se le revuelven las tripas. Mierda, ¿es que va a vomitar otra vez? Roza la cadavérica pared de formica para apoyarse. Y así sin más piensa de pronto en Matthew, convertido en huesos y jirones del traje fúnebre bajo el suelo todavía duro de un cementerio de Milwaukee (allí en abril sigue siendo invierno). No es justo que a todos estos hombres y mujeres jóvenes les vaya bien o mal, pero estén vivos, vivos, cuando Matthew era (bueno, tal vez fuera) más guapo, brillante e inteligente que cualquiera de ellos; Matthew, a quien no solo no salvaron su encanto y elegancia, sino que (es horrible pensarlo) contribuyeron a aniquilarlo; Matthew, que yace en una tumba a miles de kilómetros de Daniel (vete a saber dónde estará enterrado Daniel, es de suponer que en algún lugar de la costa Este), que resultó ser su amor auténtico y duradero, su Beatriz (¿será por eso por lo que Peter insistió en ese nombre?), dos jóvenes borrados del mundo todavía incompletos, todavía naciendo; quién sabe qué significará, si es que significa algo, que Peter no soporte la idea de que la vida de Matthew se quedara en nada, quién sabe si no tendrá que ver con la necesidad de Peter de ayudar, si es que puede, en la procreación de algo maravilloso y duradero que le diga al mundo (pobre mundo desmemoriado) que no todo es evanescencia; para que algún día alguien (¿unos arqueólogos extraterrestres?) pueda saber de nuestros esfuerzos y nuestros encantos, que no solo nos amaban por lo que dejábamos a nuestras espaldas, sino también por nuestra carne orgullosa pero perecedera.

Has llegado abajo. Has sobrevivido al ascensor. Coge tu estómago revuelto y sal a South Williamsburgh, vuelve a tu vida.

Esa tarde Rebecca se encuentra con Peter en la puerta, le da un beso más apasionado de lo normal.

—¿Qué tal ha ido? —pregunta Peter. Mierda, olvidó llamarla. Aunque ella tampoco lo hizo.

—No muy mal —dice. Mientras hablan, entra en la cocina para preparar sus martinis de después del trabajo. Sigue vestida de calle. Al final escogió la falda de color grafito y el suéter de cachemira marrón—. Creo que va a hacernos una oferta. Y que vamos a aceptarla.

Peter, según su costumbre, empieza a desvestirse mientras deambula por el salón. Se quita los zapatos de una patada, deja la chaqueta sobre el respaldo del sofá.

Espera un momento.

—¿Está Dizzy en casa? —pregunta.

Ella echa los cubitos en la coctelera. Un sonido agradable y reconfortante.

—No. Ha salido a cenar con una amiga. Una chica a la que conocía de antes.

—¿Te... preocupa?

—Me preocupa todo. Esta vez lo veo un poco raro.

Porque ha vuelto a consumir, Rebecca. Peter Harris, dile a tu mujer que su hermano pequeño ha vuelto a caer en las drogas. Díselo ahora mismo.

—¿Más raro de lo habitual? —pregunta.

—No sé. —Vierte el vodka en la coctelera, y una porción mediana de vermut. Últimamente, le ponen más vermut: se han acostumbrado a tomar martinis al estilo de los años cincuenta.

—Me dejó un recado en el contestador diciendo que iba a cenar con una antigua amiga y que no volvería tarde.

—No suena demasiado sospechoso.

—Lo sé. Pero no dejo de pensar si lo de una «antigua amiga» no será una especie de código. Para ya sabes qué. Tengo que dejar de obsesionarme, ¿no crees?

—Sí, tal vez.

—¿Era así con Bea?

—Bea no consumía drogas.

—¿Y cómo lo sabemos?

—No sé. Está viva y bien.

—Está viva. Rezo cada día para que se ponga bien.

—… para que se ponga mejor.

—Ya.

Rebecca agita el hielo y el licor y por un instante se convierte en una diosa que trabaja en un bar de carretera; necesitaría otra indumentaria, pero mírala, mira la seguridad masculina con que agita esa bebida, imagina cómo podría llevarte a la trastienda del bar y follarte encima de las cajas de cervezas con una habilidad fría, apasionada y deslumbrante; y, cuando los dos os hubieseis corrido, volvería al trabajo, te guiñaría un ojo con picardía desde detrás de la barra y te diría que la siguiente copa corre a cuenta de la casa.

Vierte los martinis en dos copas de tallo largo. Peter entra en la cocina a por la suya mientras se desabrocha la camisa.

—¿Sabes lo que realmente me molesta de Dizzy? —dice ella.

—¿Qué?

—Que he pasado los últimos cinco minutos hablando de él y todavía no te he dicho nada de la reunión de trabajo.

—Cuéntamelo ahora.

Coge una copa de la encimera. Entrechocan las copas. Dios, está delicioso.

—Lo más importante es que el tal Jack Rath suena mucho mejor por teléfono de lo que imaginábamos. Ya sé que es terrible, pero creo que todos esperábamos que fuese un poco como John Huston en *Chinatown*.

—Y resultó ser...

—Resultó ser un hombre inteligente, que sabe expresarse y ha vivido en Nueva York, Londres, Zurich, y, bueno, también en Júpiter, y ahora ha vuelto a su ciudad natal de Billings, en Montana.

—¿Y eso...?

—Pues porque es bonito, la gente es amable y su madre empieza a salir a pasear con tres sombreros en la cabeza.

—Suena convincente.

—Te aseguro que lo era. Tengo que obligarme a recordar que casi todo el mundo miente.

—¿Sabéis por qué quiere comprar la revista?

—Quiere que Billings se convierta en un centro artístico remoto pero creíble. Como Marfa.

¡Uf!

—Así que déjame adivinar —dice Peter—. Quiere trasladarla a Billings.

—No. Ni siquiera lo sacó a relucir, estoy segura de que sabe que eso sería imposible. No. A cambio de mantenernos con vida quiere que le aconsejemos y, bueno, ya sabes... Que le ayudemos a empezar algún proyecto cultural.

Lo mira cansada, da un sorbo a su bebida. Peter no te pongas coñazo ahora.

—¿Qué quiere que empecéis?

—Bueno, de eso se trata. —Está siendo paciente, tranquila. Y sí, lo está toreando, porque sabe lo que él opina de lo de «empezar algún proyecto cultural» en Billings o en cualquier otro sitio, tanto cálculo e interés corporativo. ¿No debería un proyecto cultural empezar por sí solo? Pero esa noche Rebecca no quiere discutir—. No puede ser un festival de cine, ni una bienal, ni nada por el estilo. Debe ser un reto interesante. Hemos decidido considerarlo un reto interesante —añade Rebecca. Peter se ríe y ella también, los dos dan un trago a su bebida. —Parece un precio pequeño. ¿No crees?

—Sí.

—¿Has ido al estudio de aquel tipo?

—Sí. Su obra es interesante.

—¿Interesante?

—Pidamos algo. Estoy muerto de hambre.

—¿Chino o tailandés?

—Elige tú.

—Muy bien, chino.

—¿Por qué no tailandés?

—Vete a freír espárragos.

Oprime el botón de marcación rápida del móvil y pide lo de siempre. Pollo con jengibre, gambas con salsa de judías negras, judías fritas, arroz integral.

—Bueno —dice después de colgar—. *¿Interesante?*

—No, no, mucho mejor. Es impresionante. Tiene una presencia a la que no hacen justicia las fotografías.

Peter se baja los pantalones, avanza un paso para quitárselos y los deja arrugados en el suelo. Ya recogerá la ropa después, no espera que lo haga su mujer, pero le gusta dejarla tirada por ahí un rato. Ahora es un hombre en paños menores, que lleva unos calzoncillos blancos (con una leve mancha de orina apenas visible).

—¿Crees que Carole Potter querrá comprarle algo? —pregunta ella.

—No me sorprendería lo más mínimo. Debería hacerlo. Creo que Groff tiene cuerda para rato.

—¿Peter?

—¿Ajá?

—Da igual.

—No hagas eso…

Ella da un sorbo a su bebida, hace una pausa, respira, vuelve a respirar. Está pensando en algo que decir. ¿Será algo distinto de lo que pensaba decir al principio?

—Tengo una sensación terrible cuando pienso en Dizzy —dice—. Y temo estar agotando tu paciencia.

A veces, cuando habla de Dizzy, vuelve a tener aquel acento cantarín de Virginia desaparecido hace tanto tiempo.

—Ya te avisaré.

—Es que… no sé si son imaginaciones mías. Pero te juro que tuve la misma sensación cuando… tuvo el accidente.

Cómo sois los Taylor. ¿Es que nunca vais a dejar de emplear la palabra «accidente»?

—¿Qué sensación? —pregunta Peter.

—Una sensación…, no me hagas decir intuición femenina.

—Descríbemela. Tengo curiosidad… llámala científica, si quieres.

—Ejem. Bueno, Dizzy siempre adopta la misma actitud cuando está a punto de hacer algo que él considera una buena idea aunque todo el mundo sepa que es una idea malísima. Es difícil de describir. Se parece a esas auras que ve la gente con migraña. Es como si viera una en torno a él.

—¿Y ahora la ves?

—Eso creo. Sí.

Peter se conoce la canción. Dizzy que se marcha a París a los dieciséis años porque quería conocer a Derrida. Dizzy que empieza a consumir heroína poco después de que lo trajeran de vuelta, y se escapa de la rehabilitación para ir a Nueva York a hacer Dios sabe qué. Dizzy, a quien encuentran un año después en Manhattan y envían a terminar el bachillerato a Exeter, donde se convierte de pronto en un estudiante modélico, va a Yale y los dos primeros años sigue sacando muy buenas notas, hasta que, sin previo aviso, lo deja para ir a trabajar a una granja en Oregón. Dizzy de vuelta a Yale, y de vuelta a las drogas, esta vez cristal. Dizzy y su «accidente» en el Honda Civic de su amigo. Dizzy, desdichado en Yale, se niega a graduarse. Dizzy que recorre a pie el Camino de Santiago. Dizzy de vuelta a Richmond, donde pasa en su antigua habitación casi cinco meses. Dizzy que deja el cristal (o eso dice). Dizzy que se va a Japón a sentarse junto a cinco piedras.

Dizzy que ha salido, desde los doce años y que se sepa (vete a saber las que desconocen), con las siguientes personas: una chica pizpireta e indisciplinada que se parecía a Charlotte Gainsbourg y que estudiaba bachillerato cuando él todavía estaba en secundaria; el extraño y breve período de inmensa popularidad del que gozó cuando estaba en Exeter y salió con la chica guapa y rica más convencional que quepa imaginar; la chica negra en Yale, que, en teoría, hoy es asesora en la Administración de Obama; el (supuesto) amorío con un joven profesor de clásicas que llevó a un segundo (y más probable) amorío con un chico estudioso y aficionado a las motos del curso de clásicas; la preciosa mexicana de Mazatlán que apenas hablaba inglés y que (otra vez supuestamente) rompió su corazón como nadie lo había hecho antes ni lo haría después; el cacareado período de celibato cuando regresó a Yale (¿quién se hace adicto a la metanfetamina y permanece célibe?); la elegante poeta sudamericana que probablemente era mayor de los cuarenta años que decía tener; la chica alegre y sosa a la que siguió, lógicamente, la joven y guapa psicópata inglesa que intentó incendiar la casa y logró quemar la parte oriental del porche... Eso que sepan Rebecca y él. Es imposible decir cuántas más habrá habido.

Y ahora Dizzy se aloja en casa de Rebecca y Peter y ha salido a cenar con una amiga misteriosa.

—¿Qué crees que deberíamos hacer? —pregunta Peter.

Ella apura el martini.

—¿Aparte de lo que ya hacemos? Dímelo tú.

Lo ha dicho con retintín. ¿Hasta qué punto lo culpa a él de que Dizzy se haya descarriado?

—Ni idea.

—Creo que lo de trabajar en el mundo del arte lo dice en serio. ¿Querrías hacerme un favor?

—No tienes más que pedirlo.

—¿Podrías llevarlo contigo a casa de Carole Potter mañana?

—Si quieres, dalo por hecho.

—Lo conozco. Es capaz de pasarse aquí semanas diciendo que quiere conseguir un trabajo en el mundo del arte, y antes de que nos demos cuenta conocerá a alguien que está reuniendo una tripulación para viajar a vela a la Martinica. Tal vez podría serle de ayuda que le enseñases un poco de lo que significa trabajar en este mundillo.

—No cabe duda de que tratar de venderle un objeto muy caro a una persona riquísima podría darle una pista.

—En cierto modo creo que cuantas menos ilusiones tenga, tanto mejor. Si no le gusta lo que ve mañana, puedo hablar con él y convencerlo de que se dedique a otra cosa. A algo que no sea otro plan descabellado.

—No puedo creer que hayas dicho «plan descabellado».

—Me estoy convirtiendo en Lucy Ricardo, no puedo evitarlo.

—No veo por qué razón no iba a caerle bien Carole Potter.

—Pues tanto mejor. Oye, me voy a preparar otro martini, ¿te apetece?

—Claro.

Rebecca empieza a preparar la segunda ronda. Tal vez se tomen una tercera. Puede que ambos necesiten emborracharse esta noche porque llevan una vida un poco complicada y los dos saben que es muy posible que ahora mismo Dizzy esté comprando algún veneno mortal.

—¿Rebecca? —dice Peter.

—¿Sí?

—¿De verdad lo hice tan mal con Bea?

—Los dos sabemos que nunca fue una niña fácil.

—Esa no es la cuestión.

—No. Siempre estuviste ahí. La arropaste por las noches.

—Al menos que yo recuerde.

Le sirve otra copa.

—Lo hiciste lo mejor que pudiste. Deja ya de culparte, ¿de acuerdo?

—¿Fui demasiado duro con ella?

—No. Bueno. Tal vez esperases más de ella de lo que podía darte.

—No lo recuerdo.

¿Por qué razón Bea y Rebecca se empeñan en culparle de todo lo que ha salido mal?

—También está furiosa conmigo. Porque llegué tarde a recogerla al colegio. Y a mí me parecía increíble tener tiempo siquiera de recogerla.

—¿Crees que es una cobardía pensar que está atravesando una racha?

—Creo que es lo que ocurre. Pero de todos modos nos preocupamos.

—Sí.

—Y, sí —dice—, la verdad es que empiezo a estar un poco harta de preocuparme por estos jóvenes descarriados.

No es cierto. En realidad no estás cansada de preocuparte por Dizzy. Él es —admítelo— más dramático. De lo que estás cansada, de lo que los dos estamos hartos, es de preocuparnos por nuestra hija. Tú y yo podemos, como mínimo, meter la nariz en los problemas de Dizzy, podemos llegar a entenderlos. La decisión de

Bea de tener una vida tan mediocre, de llevar el uniforme de un hotel, de vivir con una desconocida mayor que ella y que parece estar en el limbo, y de no tener novios (conocidos)... Es más difícil, ¿no te parece? Sobre todo cuando se limita a contarte los hechos sin más.

—Y hablando de Dizzy...

—¿Sí?

¿Qué le quiere decir exactamente? Quiere contárselo todo, aunque parte de ese todo tendría que ver con su preocupación porque ella y sus hermanas se propongan destruir a Dizzy con la mejor intención, porque quieran salvarlo normalizándolo y porque..., qué coño..., está claro que no debería haber vuelto a consumir drogas, pero tampoco debería sentar la cabeza; no debería dedicarse a algo «prometedor». Quiero decir que eso sería más seguro, pero ¿acaso la seguridad es lo único a lo que se puede aspirar? Bea tiene seguridad, a su manera. Dizzy es... es posible, ¿quién sabe?..., una de esas raras criaturas osadas, inteligentes y lo bastante complejas para que los poderes inescrutables le concedan una vida que no acabe aplastándolo.

¿Así que Peter le va a sugerir a su mujer que deberían dejar que su hermanito adorado siga consumiendo drogas? Genial. Seguro que lo entiende.

—Nada —responde Peter—. Es buena idea llevarme mañana a Dizzy. A Carole le encantará; le encantan los jóvenes guapos e inteligentes.

—¿Y a quién no?

Echa un puñado de cubitos en la coctelera.

Peter comprende que no va a representar el papel de persona

sensata y responsable. Y que no le va a decir a Rebecca que sus temores están en parte justificados.

Rebecca, perdóname, si puedes. Me hundo en mi propia culpabilidad. Me da miedo morir por eso.

Naturalmente, Peter está despierto en la cama cuando llega Dizzy. Las dos y cuarenta y tres. Ni tarde ni pronto, al menos para los estándares de los jóvenes neoyorquinos. Escucha los pasos suaves y cuidados que da Dizzy al atravesar el *loft* para ir a su cuarto.

¿Dónde has estado?

¿Con quién has estado?

¿Entras con tanto cuidado porque no quieres despertarnos o porque vas colocado? ¿Estás pisando a cada paso un tablón brillante y electrificado?

Dizzy entra en su cuarto. Antes de desvestirse, empieza a hablar en voz demasiado baja para oírle. Por un momento Peter cree que ha llevado a alguien consigo, pero no, está llamando a alguien por el móvil. Peter oye los altos y bajos de su voz, pero ni siquiera a través de las paredes de cartón llega a entender lo que dice. No obstante, está llamando a alguien a las... dos y cincuenta y ocho.

Peter sufre en la cama. ¿Quién es, Dizzy? ¿Tu camello? ¿Te has quedado sin nada? ¿Vas a verte con él en la esquina dentro de veinte minutos? ¿O es una chica a la que te has follado y tratas de consolar por haberla dejado sola en su cama?

De acuerdo. Muy bien. Mejor que sea el camello. No quiere que Dizzy se vea con una chica, porque, por decirlo de algún modo, quiere poseer a Dizzy del mismo modo en que quiere poseer el arte. Quiere la inteligencia retorcida de Dizzy, y su autodestrucción y que… esté allí, en su casa, no quiere que lo desperdicie con nadie, y menos con una chica que puede darle algo que Peter no puede. Dizzy se está convirtiendo —Peter no es idiota, estará loco, pero no es idiota— en su obra de arte preferida, una *performance*, si se quiere, y quiere añadirlo a su colección, quiere ser su dueño y su confidente (recuerda, Dizzy, podría irme de la lengua en cualquier momento). Peter no quiere que muera (en eso es totalmente sincero), pero quiere tenerlo en su colección, quiere que sea su único… su único. Basta con eso.

Matthew está en su tumba en Wisconsin. Bea muy probablemente estará preparándole un cóctel a algún rijoso hombre de negocios.

Esta noche será mejor tomar dos de esas píldoras azules.

# Pollos de concurso

El tren de Grand Central a Greenwich atraviesa un marasmo de arrabales que, por así decirlo, uno preferiría ocultarle a un visitante extraterrestre. Mire, eso es el jardín de Luxemburgo, permita que le muestre ese pequeño edificio de ahí al que llamamos la mezquita Azul. Mejor no se fije mucho en los alrededores de la ciudad de Nueva York: en las tapias coronadas de alambres con pinta de acordeón que protegen fábricas que podrían o no estar cerradas, los lúgubres monolitos de ladrillo de los edificios de viviendas protegidas, los deshilvanados bosquecillos cubiertos de basura como para demostrar la fragilidad de la naturaleza ante la dejadez humana. Aquí los ojos del doctor T. J. Eckleburg no estarían del todo fuera de lugar.

Dizzy está sentado enfrente de Peter, contemplando el demacrado paisaje urbano que pasa por la ventana. Abierta sobre su regazo, aunque no la lea, está *La montaña mágica*. Los Taylor tienen el don de la presencia imperturbable. No son conversadores nerviosos. Los Harris, por el contrario, siempre han sido locuaces, no tanto por entretenerse o informarse como porque si reinaba un silencio demasiado largo podían sumirse en una hosca e insondable

discordia, una gélida quietud mutua que no podrían romper porque nunca habían tenido, ni tendrían jamás, un tema de conversación que les interesase a todos lo suficiente (al menos uno que
sus padres pudieran sacar a colación) y por eso necesitaban pla-
near constantemente sobre un mar de opiniones y sugerencias, de
desapegos ritualizados («Ya sabes que nunca me fié de ese tipo») y
entusiasmos familiares («Sé que la comida china es un asco, pero
me da igual»). La madre de Peter era una gran conversadora a su
manera. Se las arreglaba para quejarse casi sin parar y no parecer
trivial ni protestona. Era más majestuosa que arisca, la habían enviado a vivir en este mundo desde otro mejor, y evitaba caer en la
mezquindad recurriendo a la resignación en lugar de a la bilis,
dando a entender, cada hora de su vida, que si ponía objeciones a
casi todo lo que hacía y a casi todas las personas a las que conocía
era porque presidía una utopía y sabía por experiencia que todo
podría ser mucho mejor. Lo que más anhelaba del mundo era vivir bajo la égida de un dictador benévolo que fuese exactamente
como ella, pero diferente, pues si alguna vez llegase a gobernar
tendría que renunciar a su derecho a quejarse y ¿qué haría sin ese
derecho?

El padre de Peter procuraba distraer a su mujer. Le hacía notar la belleza y el patetismo de las cosas, la cogía de la mano y le
mordisqueaba la punta de los dedos, hojeaba la guía de la televisión en busca de viejas películas que sabía que le gustaban y se aseguraba de sacarla a cenar una vez por semana a un restaurante
«agradable» incluso cuando andaban mal de dinero. Al llegar a la
mediana edad se habían convertido en una pareja misteriosa, una
de esas parejas de las que uno se pregunta qué hace él con ella (la

belleza de él se había agudizado y la de ella había empezado a palidecer), pero Peter sabía que simplemente estaban envejeciendo después de un cortejo de juventud de lo más normal: ella era una joven preciosa y difícil de contentar, y él un chico guapo pero escuálido que se las arregló para superar a sus competidores.

Sí, lector, se casó con ella.

No fue exactamente un mal matrimonio, pero tampoco fue bueno. Era como si ella fuese el premio y él el pretendiente agradecido.

Y así se inició una conversación crispada e interminable entre los dos, un sonido de fondo que les recordaba que estaban casados, que tenían dos hijos, que estaban vivos, que tenían cosas que preparar y desastres que evitar, y un mundo que interpretar, signo a signo, símbolo a símbolo, y que llegado ese momento el único destino peor que seguir juntos sería intentar vivir separados.

A los Taylor de Richmond no les importaba conversar, pero el propósito subyacente era distinto. No era para perpetuar ni mantener algo a raya. Esa fundamental ausencia de nerviosismo parecía haber afectado a los cuatro hijos de forma que, pese a que pudiesen ser otras muchas cosas, ninguno era inseguro. Dizzy tiene a carretadas ese don de los Taylor que les permite ir a cualquier sitio sin sentirse fuera de lugar. No es exactamente orgullo, sino más bien confianza pura y simple, que parece tanto más extraordinaria por su escasez entre la población general. Míralo, con ese libro tan grueso en el regazo, contemplando el paisaje, nada distante, relajado, como un príncipe que tuviese todo el derecho del mundo a estar donde está. Si alguien tiene que procurar diversión, está claro que no es él.

—Es difícil creer que estemos a media hora del territorio de Cheever —dice Peter.

—Este debe de ser el tren que cogía para ir a Nueva York —responde Dizzy.

—Supongo que sí. ¿Te gusta Cheever?

—Ajá.

Habrá que tomarlo por un sí, porque por lo visto no tiene nada más que decir sobre el asunto. Dizzy sigue viendo pasar el desolado paisaje, y Peter se pregunta si, a pesar de parecer tan ensimismado, no estará exhibiendo ante Peter su perfil de firme mandíbula y nariz romana. ¿Qué es…, tres años mayor que Bea? Aparenta treinta.

Bea, niña perdida, llena de rencor resabiado, con las uñas mordidas, envuelta en ese suéter peruano barato que te ayuda a sobrevivir en un apartamento sin calefacción, tú y yo sabemos que en parte me odias porque te has convencido de que te hice creer que no eras lo bastante guapa. No se lo hemos dicho a nadie, ni siquiera lo hemos hablado entre nosotros, pero los dos lo sabemos, ¿verdad? Lo hice lo mejor que pude, pero sí, fruncí el ceño al ver los leotardos amarillos que tanto te gustaban cuando tenías cuatro años, y acogí con frialdad la propuesta que hiciste a los siete de decorar tu cuarto en blancos y dorados y, sí, es cierto que no me gustó el collar de plata estilo *art nouveau* que te compraste en la feria de artesanía con tu dinero, tu primera compra independiente. No compartí tus gustos y, aunque nunca dije nada —intenté no ser un monstruo, te lo aseguro—, teníamos telepatía y siempre lo supiste. Y más tarde, cuando se te ensancharon las caderas y se te llenó la cara de granos, te juro que no dejé de quererte por tu falta de garbo adolescente, pero ya era demasiado tarde, ¿verdad?, me precedía mi reputación y no había nada que pudiera hacer, ninguna atención que pudiese tener, ni ninguna muestra de afecto que sonase convincente. Si había odiado esos leotardos color pis y la cama de princesa con dosel blanco, ¿cómo iba a querer a mi propia hija ahora que se le había encrespado el pelo y su cuerpo, al llegar la pubertad, había activado un fragmento hasta entonces durmiente de ADN (mío, Bea, tu madre no desciende de lecheras y leñadores) que mucho antes de tu catorce cumpleaños ya decía de manera inevitable y carnal: prosaica, fiable, grandes pechos y caderas de buena paridora? Tus padres son esbeltos y atractivos y tú, por alguna jugarreta de la genética, no.

Hago que te sientas fea. Se te hace difícil hasta hablar conmigo por teléfono.

—¿Te está gustando Thomas Mann? —pregunta Peter a Dizzy. Como buen Harris, no soporta el silencio. Es como si creyera que corre el riesgo de volatilizarse.

—Me encanta. Bueno, «encantar» tal vez no sea la palabra tratándose de Mann. Lo admiro.

—¿Es la primera vez que lees *La montaña mágica*?

—Sí y no. Hay un montón de libros que leí en cinco horas en la facultad para cubrir el expediente. Ahora estoy releyéndolos de verdad.

—Yo jamás me habría licenciado de no ser por el café y el *speed*.

Y ahora, por fin, Dizzy aparta la vista de la ventana y mira a Peter. Dizzy y Peter se preguntan en silencio: ¿Por qué habrá dicho eso? ¿Está subrayando su compromiso de no revelar el secreto de Dizzy? ¿O es solo que quiere parecer enrollado?

Piensa en el viejo pintarrajeado y con peluca que Peter vio la otra noche en la Octava Avenida. Piensa en el propio Aschenbach, pintarrajeado y teñido, muerto en una tumbona mientras Tasio se mete en el agua hasta los tobillos.

No. Esta es mi vida, no *La muerte en Venecia* de los cojones (es raro, no obstante, que Dizzy haya llevado consigo el libro de Mann). Sí, soy un tipo mayor que tiene cierta fascinación por un hombre mucho más joven, pero Dizzy no es un niño como Tasio, y no estoy obsesionado como Aschenbach (¡eh!, ¿acaso no me negué el otro día a que Bobby me tiñera el pelo?).

—Eso fue en la facultad —añade con torpeza Peter.

—Se lo vas a decir, ¿verdad? —pregunta Dizzy.

—¿Por qué lo crees?

—Es tu mujer.

—Los matrimonios no siempre se lo cuentan todo.

—No se trata de cualquier cosa. Ella se pone histérica.

—Por eso mismo no se lo he contado todavía.

—Todavía.

—Si no se lo he contado todavía, es más que probable que no llegue a contárselo nunca. ¿Por qué te acaloras tanto por este asunto?

Dizzy emite otro de esos suspiros graves como el sonido de un oboe que a Peter le recuerdan tanto a Matthew.

—Ahora no quiero tener encima a mi familia. No lo aguantaría. Ellos creerían hacer lo correcto, lo harían con la mejor intención, pero la verdad es que creo que me mataría.

—No dramatices tanto.

Una mirada larga y profunda. ¿Ensayada?

—La verdad, me siento un poco dramático.

Ensayada. Desde luego. Y, pese a todo, muy eficaz.

—¿Ah, sí?

Gracias, don Inseguro.

Dizzy se echa a reír. Tiene una forma muy característica de reírse de sí mismo: es como esos personajes de los dibujos animados que corren hacia un precipicio, dan media docena de pasos en el aire antes de detenerse, mirar abajo, volverse hacia el público con expresión afligida y caer al vacío. Dice algo muy solemne y luego se ríe. También ayuda tener una sonrisa como la suya, y una risa con esos matices guturales del viento madera. *Jo, jo, jo, jo,* una risa más profunda que su voz, más densa, como si surgiera de un núcleo humorístico que fuese su verdadera naturaleza. Como si ese joven torturado fuese falso y al verdadero Dizzy todo aquello le pareciera desternillante. Como si el verdadero Dizzy tuviera cuernos y patas de cabra y estuviese tocando una siringa.

—Sí —dice riéndose. No es la respuesta que esperaba Peter, quien, por una vez, tiene el sentido común de guardar silencio—. Estoy jodido —admite Dizzy. Ya no se ríe, pero sigue esbozando una sonrisa arrepentida que concede cierta veracidad y seriedad a lo que está diciendo—. Estoy un poco chiflado —continúa—. Ya lo sabes. Todo el mundo lo sabe. Lo que ocurre… —Mira por la ventana como si buscara algún punto de referencia reconocible. Se vuelve otra vez hacia Peter—. Lo que ocurre es que estoy empeorando. Lo noto. Lo pasé muy mal en Japón. Es como un virus. No tanto como si estuviese en mi cabeza como en mi cuerpo, como si tuviese fiebre, igual que si hubiese cogido la gripe y me sintiera excitado en lugar de cansado. Y lo que nadie entiende, lo que no entiende nadie que me quiera sinceramente, es que ahora sé mejor que nadie lo que necesito. No es que no comprenda la situación de mi familia. Pero si les dejo, tengo miedo de que puedan acabar matándome con la mejor de las intenciones.

—¿Puedo ser sincero contigo? —pregunta Peter.

—Desde luego.

—Tengo la impresión de que te engañas a ti mismo. Lo único que oigo es la cháchara de un adicto.

Otra vez la risa grave y musical.

—Eso es lo que cree todo el mundo menos el adicto —responde Dizzy—. ¿Puedo contarte algo?

—Claro.

—Siempre que me han ido bien las cosas, siempre que he sido ese chico brillante y despierto ha sido porque he estado tomando drogas. Cuando estuve en Exeter y en Yale. Tengo la cabeza despejada, me concentro y, si me permites decirlo, soy jodidamente listo. En cuanto dejo de tomarlas me entran ganas de ir a buscar trufas con una pandilla de colgados a Oregón.

—¿Qué me dices de las drogas que te recetaría un médico?

—Sabes que ya lo he probado.

—Sí, más o menos —responde Peter.

—¿Es que crees que no me gustaría que me recetaran algo que me convirtiese para siempre en el buen Ethan?

¿Cómo puede ser tan persuasivo estando equivocado? ¿Qué debería decir ahora Peter?

—¿Y de verdad crees haberlo intentado?

Comentario erróneo. Lo nota por el modo en que algo se apaga en el rostro de Dizzy.

—Es posible que me esté engañando a mí mismo —responde

Dizzy. Su voz ahora es más normal, más vulgar. Se ha puesto un poco serio—. Pero creo sinceramente, tengo la sensación de saber que estoy preparado para ser un adulto. Quiero tener un trabajo, un apartamento, una novia. Solo necesito conseguirlo de un modo que sea factible para mí. Si Becka, Julie y Rose empiezan a entrometerse y me ingresan en una clínica, estoy seguro de que volveré a largarme. A propósito, esas clínicas son horribles. Es posible que las de los ricos sean mejores, pero las que nosotros podemos permitirnos… Seguro que tú también querrías huir.

—Así que crees…

—Creo que, en cierto sentido, estoy más preparado que nunca para tener una vida real, lo único que necesito es que la gente me deje en paz.

¿Está mintiendo? ¿Se engaña a sí mismo? ¿Será posible que tenga razón y todos los demás se equivoquen?

Se apean en Greenwich, donde les espera Gus, el chófer, un joven de ojos ansiosos de unos treinta años, un tipo de pueblo (supone Peter) de alguno de esos villorrios de Connecticut que suministran gente como Gus a los aristócratas locales. El mundo está lleno de Guses, chicos y chicas guapos que han heredado buenos genes de unos padres, abuelos y bisabuelos a quienes las cosas no les han ido ni bien ni mal a lo largo de generaciones, que han engendrado esos chicos honrados y les han dado lo justo para sobrevivir en el mundo, pero no más: ni una belleza espectacular, ni una inteligencia deslumbrante, ni una ambición sin límites.

¿No es la función del arte aclamar a esa gente y ennoblecerla? Piensa en Olympia. Una chica de la calle convertida en una diosa.

Gus está de pie al lado del BMW azul marino de los Potter, rubicundo, con orejas de soplillo, sonriente, es imposible que no te caiga bien. ¿No dijo Carole que estaba prometido con una «encantadora chica de por aquí»? Es cierto que lo de «por aquí» suena un poco condescendiente. Pero al mismo tiempo hay que admitir que los Potter pagan a sus empleados mejor de lo habitual, que les dan vacaciones y no les piden que trabajen más de la cuenta sin una compensación. Los Potter son de la escuela de «nuestros empleados son parte de nuestra familia», lo que resulta un poco grotesco, aunque ¿cómo va uno a tener empleados y no comportarse de manera un poco grotesca?

—Bienvenido, señor Harris —dice Gus adelantándose con la mano tendida.

—Gracias, Gus. Este es Ethan.

Gus le estrecha la mano a Peter, luego a Dizzy y repite: «Bienvenido, bienvenido», después da media vuelta para ir a abrirles la puerta trasera del BMW. El chófer Gus, a punto de casarse con una encantadora chica de por aquí. Gus el chófer está en todas partes y sin embargo no aparece en ningún sitio, ni en los retratos, ni en las fotografías, ni siquiera en los relatos de gente como Barthelme y Carver que tratan de tipos con trabajos y perspectivas similares a los de Gus aunque aparentemente mucho más dominados por el pesar y la angustia que él. Si a veces Gus llora sin motivo, si se queda de pie en los pasillos del supermercado embargado por la desesperación, nadie lo diría a juzgar por su actitud, y Peter sospecha que no es uno de esos, lo que no significa que carezca de alma o profundidad, sino solo que habría que recurrir a la cirugía para llegar debajo del tipo feliz, el buen tipo a quien le gusta su trabajo, su coche y su piso y las aficiones con que llena los fines de semana, que está empezando a engordar y a despedirse sin grandes lamentaciones de la belleza de la juventud (cuando empezó a trabajar para los Potter hace cinco años parecía un joven granjero) porque lo ha pasado bien y qué se le va a hacer, y además a los treinta años, que tampoco son tantos, está a punto de casarse con una preciosa chica de por aquí.

Gus los lleva por las verdes y prósperas calles de Greenwich. ¡Ah, Greenwich, Connecticut, cuán razonable eres! Esas calles llenas de árboles que ofrecen sus adornos victorianos son auténticos clásicos norteamericanos, conservados como piezas de museo, y más allá, lejos de la vista, las enormes moles de piedra y madera, discretamente ocultas por puertas y setos, invisibles en su mayor parte a excepción de un hastial aquí y una chimenea allá. Aquí el dinero no es aparente, nada que ver con los Hamptons o las Hills, y aunque, por supuesto, no sea más que una pose, a Peter le parece mucho más agradable y no le produce tanto una sensación de enorme y horrible privilegio como de realidad mejorada. En Greenwich simplemente uno se cuela en una dimensión paralela en la que a la gente la van mejor las cosas y a nadie le parece raro. ¿Ganar una fortuna? ¿Qué tiene de difícil?

El coche asciende una colina en la que se alza la casa de los Potter. Los Potter son ricos, incluso para los estándares de Greenwich, pero no son ultraricos, no son ricos de avión privado, ni de cinco mansiones, y por eso su casa es discreta, pero no está totalmente oculta: desde la calle se puede ver más de la mitad de la fachada norte.

No es la mansión de Gatsby, sino la de Daisy Buchanan: donde está la luz verde al otro lado de la bahía. Peter no recuerda si Fitzgerald describió la casa de Daisy, pero está claro que no es la mole llena de torreones y cubierta de hiedra de Gatsby. Tanto si procede de la imaginación de Fitzgerald como de la de Peter, la casa que Tom le compró a Daisy debía de parecerse al menos un poco a la de los Potter, una casa que Nathaniel Hawthorne habría entendido. Es grande, por supuesto, pero no un castillo de cartón piedra ni un monumento de mármol (piensa en todas esas monstruosidades solemnes y sepulcrales de Newport); una casa enorme y laberíntica, con hastiales de piedra, rodeada de verandas por tres o cuatro lados; dotada, de algún modo, de cierta autenticidad que parece adquirida a lo largo de los siglos cuando en realidad se construyó en los años veinte. Erigida plácidamente (con todas esas ventanas con parteluz bajo los maternales aleros) sobre ese mar interior en miniatura de césped perfectamente cuidado, recuerda más que nada a un sanatorio, como ese sitio al que envían a Bette Davis en…, ¿era *La extraña pasajera* o *Amarga victoria…*?, en cualquier caso es como un retiro mítico para millonarios con problemas nerviosos, un santuario de esos que sin duda ya no existen y probablemente tampoco existieran cuando se rodó la película de Bette Davis. ¿De verdad había sitios como la clínica de los Alpes en *La montaña mágica*? (Tal vez por eso Peter está pensando en sanatorios.)

Y, desde luego, no es un sitio donde enviarían a Dizzy a rehabilitación. Lo mandarían a un hospital con el suelo de baldosas marrones y sillas sucias y desvencijadas. A Peter le parece estar viéndolo. ¿Quién podría querer ir a un sitio así?

Gus aparca y, Dios sea loado, ahí está la furgoneta de Tyler. Al ir hacia la entrada en compañía de Dizzy (Gus les ha abierto la puerta del coche y ha desaparecido para ir a sus misteriosos dominios), Peter echa un vistazo por la ventana trasera de la furgoneta. Sí, ¡oh!, sí, dentro hay un cajón, por favor, que contenga el Krim rechazado y que Tyler y Branch estén instalando el Groff.

Svenka abre la puerta. Es una mujer de rostro ancho y gesto de sorpresa que debe de rondar los treinta años y tiene la piel tensa (no estirada quirúrgicamente), recuerdo de una maldición que pronunciaron junto a su cuna (la niña crecerá demasiado para su piel). Si esta fuese la casa de campo inglesa del siglo XIX a la que aspira a parecerse, Svenka sería el ama de llaves, pero como estamos en Estados Unidos y en el siglo XXI la llaman la... ¿qué...? conserje o algo parecido, en cualquier caso administra la casa, supervisa a los empleados (tres fuera de temporada, siete en verano), sabe cómo hacer que entreguen un ramo de flores decente en Darfur y en veinte minutos puede conseguir un helicóptero para ir a la ciudad. Tiene un máster en administración de empresas, y gana mucho dinero con su trabajo. Una vez le contó a Peter que era demasiado casera para su empleo de consultora («siempre en hoteles y aeropuertos, menuda vida»), insiste en que este trabajo no le parece peor que el otro, pero como los Potter consideran a sus empleados «parte de la familia» y aprueban que se casen con «chicas encantadoras de por aquí», a Svenka no le importa (o se ve obligada a fingir que no le importa) abrir la puerta si está cerca cuando llega alguien. En otras casas parecidas, las Svenkas, e Ivanes y Grishas (suelen ser europeos del Este bien educados) no se dignarían abrir la puerta. Eso lo haría la doncella.

—Holaaa, Peter —dice sonriendo con un gesto que al principio Peter consideró insinuante y luego comprendió que era de complicidad, pues Svenka sabe que, aunque Gus vaya a recogerlo a la estación y lo inviten a cenar, Peter no deja de ser un criado igual que ella.

—Hola, Svenka. Este es Ethan.

—Holaaa, Ethan. Pasad.

El vestíbulo de la mansión de los Potter, igual que el resto de la casa, es una perfecta imitación de sí mismo. Lo primero que salta a la vista es un armarito chino lacado de negro. Peter no entiende de antigüedades chinas, pero no hace falta haber estudiado mucho para ver que es antiguo, debe de ser de alguna reverenciada dinastía y costar como mínimo doscientos cuarenta de los grandes. Sobre él descansan dos gruesos candelabros franceses, de latón o de bronce, de principios del siglo XX, con una pátina marrón negruzca, y un sencillo jarrón de cerámica Roseville de color crema que siempre está lleno de flores del jardín de Carole, ahora mismo unas grandes y desaliñadas gardenias blancas. Así se anuncia la casa: con una decoración ecléctica pero agresiva, próspera, pero sin adornos ni oropeles, con una belleza que probablemente te encantará si no sabes nada de muebles y arte y te deslumbrará y humillará si sabes de qué va la cosa.

Mientras Svenka les acompaña al salón, Peter mira de soslayo a Dizzy para ver cómo se lo está tomando, pero su expresión no revela gran cosa y Peter piensa que es posible que se sienta cómodo, lo más probable es que haya transcurrido bastante tiempo desde la última vez que alguien tan exquisito y bien hecho como todos esos objetos cruzara el umbral de esa casa.

No obstante, quisiera saber: ¿le habrá impresionado ese silencioso esplendor o le habrá inspirado rechazo? Por supuesto, diría mucho a favor del carácter de Dizzy que le inspirara rechazo (quiero decir, que todo es precioso, ahora están pasando junto al Ryman del vestíbulo, una de las mejores piezas de los Potter, de una perfección que corta el hipo, justo a la izquierda del armarito chino, pero aun así, esa belleza, esa belleza tan fatigosa...), aunque Peter espera que esté impresionado, al menos un poco: Dizzy, este es mi mundo, me relaciono normalmente con gente que tiene todo este dinero y poder, y si te interesa mínimamente también te interesaré yo; mientras que si piensas que todo es un poco ridículo..., ¿no tendría que serlo yo también? Al fin y al cabo, no son más que negocios. Aún puedo hacer cabriolas a la luz de la luna. Todavía puedo bailar al son de la música.

Y luego: el salón de los Potter.

Es una habitación enorme, y al entrar debería sonar una fanfarria de trompetas, tal vez de Bach, o de alguien tan perfecto e imperecedero como él. Toda la casa es perfecta, y precisamente por eso resulta un poco escalofriante, la única excepción es este salón, que es tan majestuoso que trasciende sus propias pretensiones, con sus vidrieras que dan a un césped bordeado de rosales (las vistas de Long Island están en otra parte) es como si la propia naturaleza (bueno, la parte mejor de la naturaleza) formase una serie de habitaciones no muy diferentes de esa en la que están ahora: cuartos exteriores con verdes alfombras, nubes en el cielo pintadas por Miguel Ángel y susurrantes paredes de color verde más oscuro. Y luego, por supuesto, al otro lado de los cristales, la respuesta la dan dos sofás Jean-Michel Frank tapizados de terciopelo de color peltre y colocados uno a cada lado de una mesa de Diego

Giacometti que en realidad debería estar en un museo, unas largas y enormes lámparas y un espejo antiguo enmarcado en madera (nada de dorados, aquí los dorados están prohibidos) apoyado, no colgado, sobre la austera repisa de piedra caliza de la chimenea; y en una de las paredes sin ventanas la obra maestra, el Agnes Martin, presidiendo la habitación como el dios que es, satisfecho, al parecer, con todas esas ofrendas de sofás y mesas creadas por genios, por esas pilas de libros y ese grupo de santos de madera de ojos vidriosos y esos jarrones japoneses llenos de rosas (amarillas para el salón) y esos estantes llenos de colecciones diversas (vasijas *art déco*, figuras dogón talladas, huchas antiguas de hierro forjado) y ese enorme cuenco de ébano lleno de caquis. En esa estancia se tiene siempre la impresión, incluso a la luz del día, de que en algún sitio hay unas velas encendidas. Huele a lavanda (auténtica, hay unas ramitas)

—Veo que mi gente ha venido ya —dice Peter.

—Sí, están montando la urna.

Peter nota su desaprobación en el modo en que frunce la barbilla. ¿Es que no le gusta la urna de Groff o el arte en general? O, claro, no olvides, Peter, que fuiste tú quien trató de venderle (al parecer sin éxito) una bola de pelo y alquitrán a su jefe a cambio de una pequeña fortuna. Svenka, ¿cómo culparte?

—Avisaré a Carole de que has llegado —dice, y se retira.

—Bonita habitación —apunta Dizzy, después de que se vaya. No está siendo irónico, ¿verdad? No. Peter lleva demasiado tiempo viviendo entre gente irónica.

—Los Potter saben hacer las cosas bien.

—¿Qué hacen exactamente?

—Bueno, en realidad su principal ocupación que yo sepa es ser los Potter. El dinero viene de lavadoras y secadoras, pero Carole y su marido no tienen nada que ver con eso. Se limitan a cobrar los cheques.

Carole entra (¡oh, Dios, que no le haya oído!) con cierto aire de disculpa apresurada. Peter ha llegado a aprender que esa es una de sus costumbres. Nunca está disponible en el acto, aunque el visitante llegue exactamente a la hora indicada. Svenka u otro miembro de la familia lo reciben y le hacen esperar brevemente en ese salón tan impresionante hasta que aparece Carole. (¿Cuánto tiempo de su vida pasa Peter esperando a que alguien haga su entrada?) En el caso de Carole, se debe a varias razones. Para empezar es una simple razón teatral: y ahora... ¡la señora de la casa! Pero además hay que dar la impresión de que Carole está ocupada y de que le cuesta encontrar tiempo incluso para sus invitados.

—Hola, Peter, perdona, estaba fuera viendo a tus hombres montar la urna.

Carole es una mujer pálida, pecosa y pestañeante que da la impresión de tener algo pequeño y maravilloso en la boca, un guijarro redondo del Himalaya o una perla, que le impide hablar con claridad y al mismo tiempo indica que ha sacrificado su dicción por ese objeto minúsculo y precioso que reside en la parte de atrás de su lengua. Le gustan las blusas blancas y con volantes (ahora mismo lleva una) que recuerdan vagamente a Barbara Stanwyck, lo que no coincide exactamente con el gusto sartorial que esperaría uno de alguien que tiene esas obras de arte y esos sofás.

Peter le estrecha la mano.

—Me alegro de que la hayan traído. ¿Qué te parece?

—Me gusta. Creo que puede llegar a gustarme mucho.

Bingo.

—Carole, este es mi cuñado, Ethan. Está pensando en dedicarse al negocio familiar, Dios le ayude.

—Encantada de conocerte, Ethan. Gracias por venir.

Carole daría las gracias con la misma sinceridad majestuosamente fingida a cualquiera que hubiera ido a visitarla, aunque fuese el mismísimo sha de Irán. Es lo que procede en esos casos.

—Espero que no le importe que me haya apuntado —responde Dizzy.

—Peter quería que conocieras a uno de los últimos norteamericanos vivos que sigue comprando obras de arte de vez en cuando —dice Carole—. Es lo que tengo la sensación de ser.

Da media vuelta para que la vean. No se puede negar que sabe ser encantadora. Lo que lleva en los pies, una especie de minibotas de goma verde, deben de ser botas de jardinería.

—¡Tachán! —exclama Dizzy, y Carole y él sueltan una risa breve a la que Peter se une demasiado tarde. Al parecer Dizzy sigue sin dejarse intimidar por nadie. Carole puede ser la reina en sus dominios, pero él es un príncipe en su propio país, que, aunque hoy esté un poco empobrecido, tiene una historia rica, noble y distinguida.

—¿Os apetece algo de beber? —dice Carole—. ¿Café, té, agua con gas?

—¿Por qué no lo dejamos para después? Estoy deseando ver qué tal queda el Groff en el jardín.

—Un hombre consagrado a su trabajo. —¿Le ha guiñado un ojo a Dizzy con complicidad?—. Vayamos, pues.

Les lleva de vuelta a la puerta principal, a través del camino de adoquines hasta el extremo más alejado de la casa donde está el jardín inglés, de camino solo habla con Dizzy y no con Peter. ¿Está siendo amable, o está deslumbrada? Probablemente ambas cosas.

—Seguro que Peter ya te lo habrá dicho —le cuenta a Dizzy—. Me faltó valor para quedarme con la última pieza que le compré. Espero que pueda ofrecérsela a alguien más valiente que yo.

—No es cuestión de valentía —dice Peter—. El Krim no era para ti y ya está.

—El Krim —le explica ella a Dizzy— le causó un ataque de epilepsia al schnauzer miniatura de unos amigos nuestros. No quiero tener fama de alterar a los perros del vecindario.

—Veo que los chicos ya la han embalado —dice Peter.

—Esos chicos son muy buenos profesionales. Te has buscado una buena cuadrilla.

Carole, esos chicos destruyen obras de arte. Después de hoy, no volverás a verlos.

—Tengo un buen equipo. Es la clave de todo.

—Groff hace poco que está contigo, ¿no?

—Sí. La verdad es que todavía no lo llevo yo oficialmente. Estamos en período de prueba.

Nunca mientas a esta gente. Lo que más odian del mundo es que sus empleados les engañen.

Vuelven una esquina y ahí lo tienen. El jardín inglés, al contrario que el cuidado y recortado jardín francés que hay al salir del salón, es falsamente agreste, como tradicionalmente les gustan los jardines a los ingleses. El efecto buscado es que alguien descubrió esa modesta extensión de lavanda y lilas y se limitó a añadir el sendero de grava que lleva al estanque rodeado de piedras. Al otro extremo del estanque, Tyler y Branch están empujando la urna para centrarla sobre el pedestal de acero.

Sí. Ahí queda de maravilla.

Ha sido muy buena idea programar el traslado para esas horas de la tarde. El bronce no podría parecer más bruñido, verde y dorado de lo que está ahora. Y su forma —con ese equilibrio entre lo clásico y los cómics— encaja perfectamente en este jardín meticulosamente «descuidado», con sus hierbas exóticas que llegan a la altura de la rodilla y sus céspedes floridos. La urna parece un Narciso al borde del estanque, reflejado en la verde y pálida superficie del agua de un modo que enfatiza su extraña pero poderosa simetría, el peculiar romanticismo de sus exageradas asas en forma de orejas.

—Hermoso —dice Peter—. ¿No te parece?

—Sí —responde Carole.

—¿La has visto de cerca?

—¡Oh, sí! Hizo que me sonrojara y no creo haberme sonrojado desde, ¡oh!, mediados de los ochenta.

—Espero que el schnauzer no sepa leer —dice Peter.

Eso les hace reír. Bueno, es hora de admitir que está un poco celoso de Dizzy. ¿Cómo no estarlo?

—Será divertido traducirles algunos fragmentos escogidos a los Chen.

Te quiero, Carole, por ser..., bueno, así. ¿Cuántos residentes de Greenwich son gente tan dispuesta?

Tyler y Branch llevan barba y ropa bohemia (gracias, Tyler,

por no haberte puesto la camiseta de «Cómete a los ricos»), y probablemente a Carole le encante, pues no tiene ni idea de lo mucho que les molesta tener que instalar lo que ellos consideran una mierda de un millón de dólares. Y (por supuesto) después del incidente del otro día se esforzarán en portarse bien. Peter se acerca a ellos a grandes zancadas como si fuesen amigos íntimos.

—Queda muy bien, chicos —dice. En ese momento están empujando la urna un centímetro a la derecha para que la base quede centrada sobre el pedestal cuadrado de acero.

Es decorativa, sí, eso es. Borra eso de tu cabeza.

Tyler se limita a soltar un gruñido. Sin duda sabe que está a punto de cambiar de empleo, y sin duda cree que le irá mejor así (¿acaso no es posible que dos noches antes llegase a casa de su novia y dijese algo como «Tengo que buscarme otro curro, la próxima vez tengo miedo de rajar al capullo de Peter Harris y no solo esa mierda de cuadros»?). Branch, en cambio, es todo cordialidad y sonrisas, no hay motivos para sospechar que esté más contento que Tyler (Branch hace construcciones a lo Krim con astillas de madera y pedacitos de espejo, y no parece saber ni importarle lo más mínimo que lo bello vuelve a estar de moda), pero no quiere perder su empleo.

Carole y Dizzy se plantan junto a Peter. Carole les dice a Tyler y a Branch:

—¿No os apetecería tomar un café y algo de comer cuando terminéis?

—No podemos —responde Tyler—. Tenemos que marcharnos enseguida.

—Gracias de todos modos —añade Branch con una sonrisa.

Lo más probable es que él también esté cabreado con Tyler. Gracias por ser maleducado con una señora rica que compra obras de arte, gilipollas.

—Bueno —dice Peter—. Si crees que te gusta, convive con ella un tiempo, enséñasela a los Chen y algunos schnauzer y ya hablaremos.

Ninguna presión, ni siquiera un poco.

—De acuerdo —responde Carole—, pero estoy casi segura. Ya me conoces, no soy indecisa. Tuve dudas respecto al Krim desde el principio.

—Por favor, dime que no te presioné para que te lo quedaras.

—Peter, jamás he dejado que nadie, ni hombre ni mujer, me presionara.

Le ofrece una sonrisa sorprendentemente encantadora aunque dura e irónica. Por un momento le parece verla cuando era joven, una chica rica cuyos padres ricos (el dinero viene de los abuelos) han logrado uno de los muchos sueños americanos: han criado una chica que sabe montar a caballo, jugar al tenis y coquetear con los hombres indicados. En solo tres generaciones (los abuelos eran los Grig, de Croacia) han creado una chica guapa, fiable y capaz que irradia vivacidad atlética. Carole debía de ser guapa, lozana, vivaz e inteligente. Como suele decirse, debió de tener donde elegir. Bill Potter, que hoy tiene sesenta y dos años, le ofreció un cuerpo de atleta y lo que la gente de buena posición de la zona llamaría un buen nombre (de repente una Grig se convierte en una Potter) y suficiente estolidez aristocrática para dejarle claro que Carole tendría que coger las riendas.

—Ojalá todos mis clientes fuesen como tú —dice Peter, aunque probablemente no sea un comentario muy acertado («cliente» no es una palabra en la que convenga insistir), pero, joder, lo dice en serio, le gusta Carole Potter, la respeta; pasa demasiado tiempo con clientes que lo único que tienen es dinero y ambición.

Dizzy está deambulando por el jardín. Carole lo mira contemplativa y dice:

—Un chico encantador.

—Es el jovencísimo hermano de mi mujer. Uno de esos chicos con demasiado potencial, no sé si me entiendes.

—Te entiendo perfectamente.

Cualquier otro detalle sería redundante. Peter conoce la historia de los Potter: la hija guapa e imparable que está haciendo el doctorado en Harvard, y el hijo mayor, el hijo, al que parece haber descarriado su buena suerte y cuya única ocupación a los treinta y ocho años es colocarse y hacer surf, ahora vive en Australia.

Una sombra recorre el rostro de Carole. ¿Quién podría descifrar la profundidad y naturaleza de sus pesares? Debe de estar harta de Bill (quien debe de tener alguna Myrtle Wilson en alguna parte), probablemente esté contenta con la hija (aunque, tratándose de madres e hijas, ¿quién sabe?) y cada vez más preocupada por su hijo, al ver que sus años de vagabundeo se han convertido en una vida de vagabundeos. Es envidiable, una fuerza de la naturaleza, tiene todo esto y está en el comité de una docena de organizaciones benéficas, y Peter sabe que esas blusas con volantes va a comprarlas a París una vez al año, pero ¿será esto lo que deseaba cuando era una chica guapa y lista a la que invitaban a todas partes? El marido gris y poco complicado, que a los veinticinco era un dios (sacado de uno de esos anuncios de Abercrombie and Fitch, Peter ha visto fotografías), pero que, como analista de valores entrado en años de la rama local de Smith Barney, parece mucho menos divino; los días ocupados pero solitarios en el campo, cuidando del jardín y criando pollos exóticos.

¿Qué bien puede hacerle, después de la cena con los Chen, tener una urna de bronce inscrita con obscenidades pensadas, al menos en parte (¿se habrá dado cuenta?), para insultarla?

Pues claro que se ha dado cuenta. Ahí radica parte de su atractivo, ¿no?

Y Bill se quedará perplejo y molesto. Probablemente también eso sea parte de su atractivo.

Peter y Carole se quedan un momento en silencio viendo deambular a Dizzy por el sendero de grava. Pinta esto, capullo: dos figuras de mediana edad de pie con una obra de arte a sus espaldas y con la atención fija en un joven que pasea entre la hierba y el césped.

—¿Por qué no le enseñas un poco la casa? No me importaría quedarme un rato a solas con la urna —dice Carole.

Peter cree notar algo extraño en esa oferta de Carole. ¿Acaso sospecha que le gustaría estar a solas con Dizzy? ¿Pensará que en realidad no es su cuñado, sino un novio que tiene a escondidas?

Él y Carole intercambian breves miradas. Es difícil saber lo que sospecha, pero parece evidente que está acostumbrada a ese tipo de arreglos discretos. Si Bill tiene una amante en alguna parte, es posible que Carole también tenga alguno. Peter desea que sea así.

—De acuerdo —dice, y por un momento tiene la sensación

de que su vida está poblada de mujeres de mediana edad, inteligentes, rigurosas, pero generosas, mucho más fraternales que maternales, y todas, incluso la pobre Bette que se está muriendo, y, sí, también Rebecca, quieren algo para él que no puede conseguir por sí solo.

¿Será Dizzy? ¿Será posible que incluso Rebecca quiera, en el fondo de su corazón, librarse sin culpa de Peter, que la abandone de un modo tan inesperado, tan, como suele decirse, poco «apropiado» que nadie pueda culparla de nada?

—Comulga con tu arte —dice—. Vuelvo enseguida.

Se despide en un fingido tono amistoso y da las gracias a Tyler y Branch, que han terminado lo que han ido a hacer y se disponen a devolver el Krim a la galería. Baja por el sendero hasta donde está Dizzy.

—Ya estás otra vez en un jardín —dice Peter.

—Este no exige tanto —responde Dizzy.

—No se lo digas a Carole.

—Parece dispuesta a comprar esa cosa.

—¿Esa cosa? ¿Tanto te disgusta?

—Apuesto a que me disgusta tanto como a ti.

—A mí no me disgusta.

—Y a mí tampoco.

Algo pasa entre los dos. Peter repara en que Dizzy ha comprendido que los dos se han esforzado y han fracasado: Dizzy no ha logrado emocionarse con las piedras sagradas y Peter no ha encontrado al artista capaz de redimir y aniquilar. Ambos han estado a punto de conseguirlo, lo han intentado —Dios sabe que es así—, pero ahí están, en el jardín de una señora rica, sin saber muy bien cómo han llegado allí ni qué deberían hacer, como no sea seguir como hasta ahora, una opción que en ese momento les resulta intolerable.

Probablemente podría hablar con Dizzy de sus dudas. Seguro que le gustaría hablarlo.

—La cuestión del arte es muy espinosa —dice Peter.

—¿Ah, sí?

—Bueno. Digamos que no tiene uno entre sus manos un Rafael todos los días. Piensa en… no sé… esos saleros de Cellini. Su valor va mucho más allá de su capacidad de contener sal.

—Pero Cellini también hizo el Ganímedes.

Muy bien, Dizzy, así que te las sabes todas y no quieres seguirle el juego a tu viejo tío Peter, ¿eh?

—Vayamos a la playa —sugiere Peter, porque alguien tiene que proponer algo.

Bajan juntos por la pendiente de hierba que conduce a la bahía cubierta de velas y reflejos del sol, con sus dos islas verdes flotando sobre el brillo azul broncíneo. La casa de Carole da a una especie de embarcadero, donde se ha depositado al pie del césped, una modesta playa en forma de U, de arena húmeda mezclada con guijarros y algas.

De camino a la playa, Peter le dice a Dizzy:

—Nunca vendo obras de arte que me disgusten. Es solo que… los genios, los auténticos genios, escasean.

—Lo sé.

—Puede que en realidad no sea eso lo que quieres.

—¿Qué?

—Encontrar trabajo en el mundo del arte.

—Sí. Es justo lo que quiero hacer.

Llegan hasta la playa. Dizzy se quita las zapatillas (unas Adidas viejas), Peter se deja los mocasines (de Prada) puestos. Avanzan hacia el agua.

—¿Puedo decirte algo?

—Claro.

—Me siento avergonzado.

—¿Por qué?

Dizzy se ríe.

—¿Tú qué crees?

De repente hay algo duro y canalla en su voz. Podría ser la de un chapero, prematuramente cínica.

Llegan al borde del agua, donde la marea está subiendo muy despacio en pliegues silenciosos que avanzan, retroceden y vuelven a avanzar. Dizzy se arremanga los vaqueros y se mete en el agua hasta que le llega por los tobillos. Peter le habla en voz un poco alta, desde varios metros a su espalda.

—Tengo para mí que la vergüenza no sirve de nada.

—No quiero seguir sin hacer nada. Pero es como si me faltase cierta facultad que los demás sí tienen. Algo que les indica que deben hacer esto o lo otro. Ir a la facultad de medicina, alistarse en el Cuerpo de Paz o dar clases de inglés como segundo idioma. A mí todo me parece posible, pero no me veo haciendo nada de eso.

¿Está lloroso o es el sol en sus ojos?

¿Qué debería decirle exactamente?

—Ya encontrarás algo —es lo único que se le ocurre—. Aunque no sea vender arte. O trabajar en un museo. O lo que sea.

Está claro que es un parco consuelo para Dizzy. Se da la vuelta y mira hacia la bahía.

—Sabes lo que soy —dice.

—¿Qué?

—Una persona normal.

—Vamos, hombre.

—Lo sé. ¿Quién no lo es? ¿Qué horriblemente presuntuoso es querer ser otra cosa. Pero tengo que decírtelo. Hace tiempo que todos me tratan como si fuese algo especial y me he esforzado mucho por serlo, pero no lo soy, no tengo nada de especial. Soy listo, pero no brillante, no soy ni tan espiritual ni tan meditativo. Creo que puedo convivir con eso, pero no estoy seguro de que quienes me rodean puedan hacerlo.

Y Peter comprende que Dizzy va a morir. Lo intuye en lo más profundo de su ser. Es como la convicción que tiene sobre Bette Rice. Es como si pudiese olfatear la mortalidad, aunque su olor es mucho más fácil de detectar en una mujer mayor con cáncer de mama que en un joven que disfruta de buena salud. ¿Supo también que Matthew iba a morir? Sí, probablemente, aunque era demasiado joven para darse cuenta. ¿No sería el auténtico mensaje de aquel día, hace decenios, cuando Matthew y Joanna se metieron en el lago Michigan y miraron a Peter como encarnaciones de la belleza? ¿Por qué en ese momento? Porque eran amantes condenados, porque estaban al borde de algo, Joanna de camino a una comunidad cerrada y Matthew a la cama de un hospital en Saint Vincent's. ¿Cómo pudo el salido y desesperado de Peter comprender a los doce años que estaba teniendo su primera visión de la mortalidad y que era lo más emocionante y fabuloso que había visto en toda su vida? ¿Acaso no ha estado buscando otro momento parecido desde entonces?

Dizzy morirá de una sobredosis. Eso es en esencia lo que le ha dicho no solo a Peter, sino al agua y al cielo. Está disponible para las fuerzas de la mortalidad. No puede y no encontrará nada que lo ligue lo suficiente a la vida.

Peter ha esperado en la orilla y ha estado junto a tiburones con gente herida de muerte. Esta vez se quita los zapatos y los calcetines, se arremanga los pantalones, se mete en el agua para llegar a donde se encuentra Dizzy, que está llorando en voz baja y mirando hacia el horizonte.

Peter se detiene en silencio al lado de Dizzy, que se vuelve y le dedica una sonrisa llorosa.

Y de pronto parece que se están besando.

# En sueños

El beso no ha durado mucho. Ha sido apasionado, bastante apasionado, pero no exacta ni enteramente sexual. ¿Será posible que dos hombres se besen como camaradas? Eso es lo que le ha parecido a Peter. No ha habido lengua ni toqueteos. Solo se han besado, no ha sido breve, pero... El aliento de Dizzy era fresco y un poco dulzón, y Peter no se ha perdido tanto en él como para olvidar la preocupación de tener el aliento áspero de un tipo de mediana edad.

Han separado sus labios a la vez —ninguno se apartó el primero— y ambos se han sonreído, sencillamente han sonreído.

Peter no se siente mal, ni siquiera se siente como si hubiese cometido alguna transgresión, aunque sería difícil convencer a cualquiera que estuviese viéndolos (una mirada rápida..., no había nadie) de que no había sido lascivo. Está atontado, exultante y nada avergonzado.

Después del beso le ha pasado los dedos por la cabeza a Dizzy, como si fuese una broma inocente. Luego han vuelto chapoteando a la playa.

Es Dizzy quien habla mientras vuelven descalzos al césped.

Por una vez, Peter habría preferido el silencio.

—Bueno —pregunta Dizzy—. ¿Soy el primero?

—¡Hum, sí! Apuesto a que yo no lo soy para ti, ¿a que no?

—He besado a otros tres tipos. Así que eres el cuarto.

Dizzy se detiene. Peter sigue avanzando unos pasos, se da cuenta y retrocede. Dizzy lo mira con esos ojos profundos y húmedos.

—Me gustas desde que era pequeño —dice.

No digas eso.

—No es verdad —responde Peter.

—La primera vez que viniste a casa. Me senté en tu regazo y me leíste Babar. ¿Acaso pensaste que era del todo inocente?

—Pues claro. Por el amor de Dios, tenías cuatro años.

—Y una sensación cálida y profunda que no acababa de entender.

—O sea, que eres gay.

Dizzy suelta un suspiro.

—Creo que soy gay para ti —dice.

—Vamos, hombre.

—Es muy fuerte, ¿verdad?

—Un poco, sí.

—Solo quiero decírtelo. Luego podemos, no sé…, no volver a hablarlo nunca, si no quieres. —Peter espera. Habla de lo que quieras, aunque tenga que fingir reticencias—. Cuando estaba con esos otros hombres, pensaba en ti —continúa Dizzy.

—Será algo de la figura paterna —dice Peter, aunque le duela.

—¿Quieres decir que entonces no significa nada?

—Significa que es, no sé…, lo que es.

—Si no quieres no volveré a besarte nunca.

¿Qué es lo que quiero? Dios, ojalá lo supiera.

—No podemos. Probablemente sea el único hombre del mundo con quien no puedes montártelo. Bueno, yo y tu padre.

¿Será por eso por lo que a Dizzy le resulta tan irresistible? ¿Es su deseo algo personal?

Dizzy asiente. Imposible decir si está de acuerdo o dándole la razón.

¿Qué clase de hombre se enamoraría del marido de su hermana?

Un hombre desesperado.

¿Qué clase de hombre le habría permitido llegar tan lejos? ¿Qué clase de hombre le habría besado tanto tiempo como Peter?

Un hombre desesperado.

Dizzy y él van hasta la casa en silencio.

Carole les saluda en el jardín con un entusiasmo tan ávido y nervioso que, por un momento, Peter piensa que debe de haberles estado observando. No lo estaba. Es su manera de saludar a todo el mundo, siempre con mucho entusiasmo.

—Creo que me lo quedo —dice.

—Estupendo —responde Peter. Luego añade—: Sabes que de momento es un préstamo, ¿verdad? Para la visita de los Chen. Groff querrá venir a ver dónde lo has puesto.

Carole le escucha asintiendo. No es una neófita: sabe que, con ciertos artistas, el coleccionista tiene que pasar un examen.

—Espero aprobar —dice.

—Puedo garantizarte que lo harás.

Ella se vuelve hacia la urna.

Es tan hermosa y tan desagradable —observa.

Dizzy ha vuelto a irse a deambular por el jardín, como un niño que no se cree obligado a asistir a las conversaciones de los adultos. Coge una ramita de lavanda y se la lleva a la nariz.

Carole insiste en que Gus los lleve de vuelta a la ciudad y Peter acepta agradecido después de una breve negativa. Peter el Cobarde se alegra de no tener que volver en tren con Dizzy. ¿De qué hablarían?

La presencia de Gus les obligará a guardar un silencio que sería muy incómodo en el tren. Gracias, Carole y Gus.

Así que Dizzy y él se sientan en el asiento trasero del BMW y viajan por la tranquilizadora uniformidad de la I-95, rodeados de otras personas en otros coches, la mayoría de las cuales con toda probabilidad no han besado nunca a sus cuñados.

¿Les envidia Peter o les compadece?

Ambas cosas en realidad.

Siente una furia tan rápida como el pánico, una furia por su hija de tobillos anchos, por su mujer siempre tan fraternal y distante, por Uta, por el coñazo de Carole Potter y por todo y por todos, incluido el peinado de punta de Gus y sus diminutas orejas de irlandés; por todo y por todos excepto por el chico extraviado que tiene a su lado. La única persona con quien, de verdad, debería estar enfadado, el chico que le invitó a darle un beso imposible (porque le invitó, ¿no?) y le animó con halagos inverosímiles (eso hizo, ¿verdad?). Quién sabe hasta qué punto le habrá engañado, se habrá dejado engañar o (que Dios te ayude, Peter Harris) habrá sido sincero. Porque, sí, él quiere que lo sea, y hasta es posible que lo haya sido, que Dizzy haya estado fantaseando con él desde que le leyó Babar cuando tenía cuatro años. Peter no se considera una persona con la que nadie pueda fantasear. Sí, es seductor y no tiene mala pinta, pero siempre ha sido el tipo que contemplaba el balcón desde el jardín de abajo. Es el siervo de la belleza, no la belleza, eso es cosa de Dizzy, como antes lo fue de Rebecca.

Como antes lo fue de Rebecca.

Su rabia se aplaca tan deprisa como apareció, y en su lugar se instala una oleada de pesar, mientras mira de reojo (sin que él se dé cuenta, o eso espera) el solemne perfil de Dizzy, su nariz ganchuda y aristocrática, el mechón de cabello negro que tiembla sobre su pálida frente.

Eso es lo que busca Peter en el arte. ¿No? Esa congoja del alma, esa sensación de estar en presencia de algo sublime y evanescente, algo (o alguien) que brilla a través de la fragilidad de la carne, sí, como la diosa-puta de Manet, una belleza desprovista de sentimentalismo, porque Dizzy es (¿o no?) un dios-puto a su modo y sería mucho menos incitante si fuese la entidad benigna, brillante y espiritual que dice querer ser.

La belleza —la belleza que ansía Peter— es entonces esta: una combinación casual de gracia, perdición y esperanza. Seguro que Dizzy debe de tener esperanza si estuviese verdaderamente desesperado no brillaría de este modo, y por supuesto es joven. Los viejos tienden a olvidar que nadie se desespera de forma más exquisita que los jóvenes. Helo ahí, Ethan, más conocido por el Desliz, descarado, disipado, adicto, incapaz de desear lo que más le conviene. Ahora sería el momento de vaciarlo en bronce, de intentar capturar esos nervios a flor de piel, la insoportable etapa final de la juventud, cuando empieza a comprender que su estado, igual que el de todo el mundo, es grave, pero antes de que empiece a dar los pasos necesarios para vivir medio en paz en el mundo real.

Entretanto, necesita no morir.


Gus les deja justo enfrente del *loft*. Gracias y adioses. Gus se marcha. Peter y Dizzy se quedan juntos en la acera.

—Bueno —dice Peter.

Dizzy sonríe, ahora parece un sátiro. ¿Qué ha sido de la otra versión de ojos llorosos?

—Haz como si no hubiera pasado nada —dice.

—¿Qué ha pasado?

—Dímelo tú.

Puto niñato.

—No podemos liarnos.

—Lo sé. Eres el marido de mi hermana.

¿Y cuándo exactamente te has convertido en la imagen de la rectitud, Dizzy?

—Me gustas —dice Peter. Torpe, torpe.

—Tú a mí también. Es evidente.

—¿Te importaría decirme qué quieres? Haz un esfuerzo.

—Quiero haberte besado en una playa. No te pongas tan dramático.

¿Dramático? ¿Quién es el que se pone siempre dramático?

—No creo que pueda fingir que no ha pasado nada —dice Peter.

—Bueno, pero tampoco tienes que casarte conmigo.

La juventud. Cruel, cínica, desesperada. Siempre sale victoriosa, ¿verdad? Reverenciamos a Manet, pero no es a él a quien vemos desnudo en un cuadro. Él es el barbudo que hay detrás del caballete rindiendo homenaje.

—Bueno, entremos.

—Después de ti.

¿Cómo ha podido ocurrir? ¿Cómo es posible que Peter esté a la puerta de su casa deseando con todas sus fuerzas que Dizzy vuelva a declararle su amor, al menos una vez, para poder reñirle. ¿Acaso fue demasiado brusco en el jardín de los Potter? ¿Pasó por alto una oportunidad crucial?

Una oportunidad ¿para qué exactamente?

Estúpidos humanos. Aporreando un barreño para hacer bailar a los osos cuando quisiéramos conmover a las estrellas.

Entran. Ninguno de los dos dice nada.

Rebecca ya está en casa, en la cocina, preparando la cena. Peter tiene la convicción de que lo sabe, de que ha vuelto a casa pronto para reprochárselo. Lo cual, claro, no puede ser más ridículo. Sale a la puerta, limpiándose la mano en los vaqueros, besa a Dizzy en la mejilla y a Peter en los labios.

—Estoy preparando un poco de pasta —dice. Luego añade, dirigiéndose a su hermano—: Recuerda que no soy mamá. Tengo cualidades domésticas.

—Ni siquiera mamá era exactamente mamá —responde Dizzy.

—Servíos una copa de vino —dice Rebecca volviendo a la cocina—. Estará en unos veinte minutos.

Es una mujer vital e inteligente cuyo marido y hermano se han besado en una playa. Peter no lo ha olvidado. Pero al verla hay algo que…

—Yo me ocupo del vino —exclama Dizzy. Normal, normal, normal.

—¿Qué tal os ha ido en Greenwich? —pregunta Rebecca.

No te imaginas cómo nos ha ido en Greenwich.

—Perfecto —dice Peter. ¿Perfecto? ¿Qué pasa? ¿Es que se ha convertido de pronto en Dean Martin?, luego añade—: Seguro que la compra. Ahora solo tengo que llevar a Groff para que dé su aprobación.

—Genial.

Dizzy le alcanza una copa de vino a Peter. Al dársela, cuando sus manos se rozan, ¿le mira de reojo? No. Lo terrible es que no lo hace.

Rebecca coge su copa vacía de la encimera.

—Por el arte que vende —dice. Y por un momento Peter cree que está siendo irónica.

Levanta su copa.

—Por que podamos pagar el plazo de la matrícula del siguiente semestre —dice.

—Si es que vuelve a la facultad —corrige Rebecca.

—Pues claro que volverá. Confía en mí. No hay como servir copas a los borrachos para que la facultad vuelva a parecer un buen sitio.

Normal, normal, normal.


Rebecca ha planeado una velada en casa. No solo ha preparado la cena, sino que ha alquilado una copia de *Ocho y medio*. Es un gesto muy sencillo, pero Peter comprende que está en plena campaña para convencer a Dizzy de los placeres cotidianos de la vida.

Sabe también que se siente culpable porque, con lo de la venta de la revista, cree haberlo tenido un poco olvidado los últimos dos días.

Los tres llevan a cabo lo que Peter no puede sino considerar una perfecta imitación de la normalidad. En la cena charlan de las cosas que se venden (el arte, las revistas). Dizzy improvisa (un nuevo talento inesperado) una imitación de Carole Potter; imita sus movimientos de cabeza neumáticos, la avidez líquida de los ojos, incluso el leve sonido *mmm* que hace cuando escucha, o finge estar escuchando. Para Peter es una revelación: Dizzy no está tan ensimismado como podría pensarse. Parece (¿una ilusión romántica?) indicar cierta capacidad suya para decir la verdad, así que cuando dice, por ejemplo, que ha querido a Peter toda su vida, es posible que hable en serio. Presuntuoso Peter, siempre has sido el perseguidor, qué extraño y maravilloso sería que, por una vez en la vida, fueses el perseguido. Luego Rebecca especula sobre el gran acontecimiento artístico que podrían crear en Billings, Montana, a lo que Dizzy y Peter, convertidos de pronto en un par de amigotes, responden con sugerencias burlonas: alimentar a los osos con poetas en el estadio de rugby o encargar estatuas de hielo no son ocurrencias demasiado graciosas, pero tampoco se trata de eso, son los chicos contra las chicas, y Rebecca se lo toma a risa, sabiendo como sabe, que puede arreglar cuentas con Peter cuando estén en la cama.

Ven *Ocho y medio*, que sigue siendo tan buena como siempre, y terminan una tercera botella de vino. Mientras dura la película parecen una familia sacada de un anuncio televisivo, tres personas en un sofá, que observan extasiados cómo la joya viviente de la pantalla de la televisión les saca de sus vidas y les hace vivir otras. Marcello Mastroianni se aleja en una moto con Claudia Cardinale abrazada a su espalda, Marcello Mastroianni dirige una línea de conga a los pies de un cohete espacial con todas las personas a quienes ha conocido en su vida.

Cuando acaba la película, Rebecca va a la cocina a buscar el postre. Peter y Dizzy se quedan juntos en el sofá. Dizzy le pasa con camaradería el brazo a Peter por encima del hombro.

—¡Eh! —dice.

—Me encanta esta película —observa Peter.

—¿Me quieres?

—Chist.

—Pues responde con la cabeza.

Peter asiente.

—Eres un colega muy guapo —susurra Dizzy.

¿Un *colega* muy guapo? ¿Qué palabra es esa para que la use un chico como Dizzy?

Respuesta: es una palabra joven, propia de jóvenes, y, por un momento, Peter imagina cómo podrían ser: cómplices y burlones, siempre peleándose (por lo general) en broma: un par de brutos resabiados sacados de una antigua Grecia nada verosímil. A Dizzy le trae sin cuidado, no le avergüenza declararle su amor en el sofá de su hermana. ¿Podrían ser felices juntos? No es descartable.

—No soy un colega —dice Peter en voz baja.

—Bueno, pues solo guapo.

Aunque le avergüence, a Peter le encanta que le digan que es guapo. En ese momento aparece Rebecca con los postres. Café y helado de chocolate.

Terminan el helado, conversan un rato y se van a la cama. Bueno, eso Peter y Rebecca. Dizzy afirma que va a ir a su habitación y a quedarse levantado un rato más leyendo *La montaña mágica*, con un leve y desganado buenas noches se va con su grueso volumen, como si fuese el viejo Thomas Mann en persona, el santo patrón de los amores imposibles.

Una vez en la cama, Peter y Rebecca yacen castamente de espaldas uno junto al otro. Se hablan en voz baja.

—¿Crees que lo ha pasado bien hoy? —dice Rebecca.

Ni te lo imaginas.

—Es difícil saberlo —responde Peter.

—Eres muy bueno.

—¿Por qué?

—Por aguantarle.

¡Oh!, Dios, no me des las gracias.

—Es un buen chico.

—La verdad es que no estoy tan segura. Tiene buen corazón. Estoy ligada a él.

Sí. Dímelo a mí.

Es probable que ahora sea el momento —muy posiblemente la última ocasión— de decirle que ha vuelto a consumir drogas. En cierto modo eso zanjaría el asunto, ¿no? Podría hacer que enviasen a Dizzy a rehabilitación solo con decirlo. Sabe cómo sería la cosa. Dizzy está agotando la paciencia de todos y Rebecca es muy capaz de tomar esa decisión. Con solo decirlo, Peter podría cometer ahora mismo una especie de asesinato benigno. Él tomaría partido por los adultos y se libraría de Dizzy, a quien solo le quedarían dos opciones: someterse a los cuidados de sus hermanas (Julie cogería el primer tren desde Washington, aunque es difícil saber si Rose volaría o no desde California) o escapar y vivir o morir por su cuenta. Esta vez está claro que ya no hay margen suficiente para soluciones intermedias. Las hermanas están hartas.

—Ambos lo estamos —añade Peter.

Y así comprende que quiere y desea escoger la opción más inmoral e irresponsable: dejar que el chico coquetee con su propia destrucción. Quiere optar por esa crueldad. O (una versión más amable y compasiva) no desea reafirmar su lealtad al reino de lo sensato, de la gente buena y responsable, que va a las fiestas apropiadas y necesarias, que vende obras de artes hechas de estacas y trozos de alfombra. Quiere pasar, aunque solo sea un tiempo, en ese otro mundo más oscuro: el Londres de Blake, el París de Courbet, lugares donde la buena conducta estaba reservada a la gente honrada y normal que no producía obras geniales. Dios sabe que Peter no es ningún genio, y Dizzy tampoco, pero tal vez los dos puedan salirse un poco del mapa, tal vez sea eso lo que esperaba y como la vida está, como suele decirse, llena de sorpresas, la ocasión haya llegado, no en la forma de un joven artista genial, sino en la de una versión masculina de la mujer de Peter, de su mujer cuando era sin duda la chica más solicitada de Richmond, una chica capaz de dejar al capullo que había humillado a su hermana e irse con él. Es maravillosa, pero ya no es esa chica. Prácticamente al alcance de la mano, tiene la juventud irresponsable, asustada y suicida: Matthew tirándose a la mitad de los hombres de Nueva York, la Rebecca que ya no existe. El terrible fuego purificador. Peter ha pasado demasiado tiempo lamentándose por personas que han desaparecido, por la sensación de peligrosa inspiración que la vida se negaba a concederle. De modo que sí, lo hará, sí. Dizzy y él no volverán (eso es imposible) a juntar sus labios, pero verá adónde le lleva esta terrible fascinación, esta oportunidad (si es que puede llamarse así) de dar un vuelco a su vida.

—Solo quería que supieras que te lo agradezco —dice Rebecca—. Cuando te casaste conmigo no te comprometiste a hacer esto.

—Claro que sí. Es tu familia.

Y la verdad es que Peter se casó con su familia. Formaba parte del atractivo, no solo era Rebecca, sino también su encantadora historia sacada de Scott Fitzgerald, sus familiares excéntricos y peculiares.

—Buenas noches —le dice ella.

Se dispone a dormir. No se puede negar su belleza ni la fuerza de su ser. Peter siente un aguijonazo de envidia. Sin duda, tiene sus inquietudes, pero es totalmente dueña de sí misma, se preocupa por los problemas reales e ignora los teóricos, es como si se abriera paso por el mundo. Fíjate si no en su frente pálida y aristocrática y en la firmeza de su ceño. Mira el modesto paréntesis de esas arrugas que enmarcan su boca, la mera idea de inyectarse colágeno le daría risa. Envejecerá con valor, trabajará en un mundo difícil y amará a sus allegados con una ferocidad directa y sin vacilaciones.

Parece que no habrá represalias por la pequeña traición de la cena, las bromas juveniles sobre el arte en Montana. Se huele (¿se habrá dado cuenta?) una traición de magnitud mucho mayor.

—Buenas noches —responde Peter.

Sueña que ha meado en algún sitio de la galería (¡oh!, el desvergonzado inconsciente) y está tratando de limpiarlo antes de que nadie lo vea, pero, claro, no encuentra la meada; solo sabe que está en alguna parte. Se despierta y vuelve a sumirse en un duermevela en el que una mujer desconocida que supone que es Bette Rice le dice: «Hace años que se fueron» y, cuando despierta, no le parece tanto un sueño como un pensamiento descabellado y sin fundamento. Solo son las dos y cuarto, ni siquiera la hora del insomnio. No obstante, se levanta a por su copa y su pastilla. En el salón… Qué locura haberse preguntado, siquiera por un instante, si Dizzy estaría esperándole desnudo y si es gay o no que Peter quiera volver a verlo así, como lo habría esculpido Rodin, la elasticidad musculosa de ese cuerpo joven, la tracería azulada de las venas debajo de la piel sonrosada, la leve bizquera y los pies pequeños. No, Dizzy está en la cama. Al otro lado de la puerta… ¿Qué? No se oye nada, ¿habrá podido conciliar el sueño? Y una mierda. ¿Debería entrar? Pues claro que no. Se sirve el vodka, coge la pastilla del armario de las medicinas, va a la ventana y, al llegar, ¿será posible?, ve, al otro lado de la calle, al tipo del cuarto piso, aquel al que no había visto nunca, asomado a la puta ventana; esta debe de ser su hora. Se le ve perfectamente porque tiene encendida la luz del salón. Es un hombre mayor, de unos setenta y cinco años, con una nube de pelo blanco flotando en torno a su cráneo sonrosado. Lleva una camiseta azul y lo que parecen ser (queda oculto por debajo de la cintura) unos pantalones de pijama. No es una figura muy heroica con la prominente barriga casi apretada contra el cristal de la ventana mientras bebe de una enorme taza de cerámica. ¿Hay, podría ser que hubiese, un plan, algún condenado propósito? ¿Por qué precisamente esa noche se ha visto las caras, por así decirlo, con su colega de insomnio? No, lo que pasa es que Peter se ha despertado y ha ido a la ventana antes de lo habitual y ha interferido con el patrón del insomnio del otro tipo. No sabría decir si el otro le está viendo, seguro que sí, pero no lo demuestra. Peter no esperaría un saludo (y menos en Nueva York y entre dos hombres semidesnudos), pero sí un movimiento de cabeza, un cambio de posición que indicara cierto reconocimiento. Nada, es como si Peter no estuviera allí y se le ocurre (¿será la pastilla, que empieza a hacer efecto?) que tal vez sea invisible, que quizá sea su espíritu, muerto mientras dormía, el que se ha levantado para verse a los setenta y tantos, todavía de pie en la ventana en mitad de la noche. Tal vez los muertos no sepan que lo están. Es, claro, solo una fantasía, puede que las pastillas le hagan soñar despierto además de adormecerlo… Pero lo cierto es que ahí tiene, después de tantos años, al otro, el *doppelgänger*, despierto en su propio mundo. Tal vez él también tenga una mujer que duerme a pierna suelta, y Peter no puede sino preguntarse: ¿has llegado a la vejez y sigues asomado a la ventana contemplando la luz anaranjada y vacía de Mercer Street? ¿No deberías estar…, no sé, en París? ¿En una cabaña en la costa del Pacífico Norte? ¿Te impediría eso asomarte anhelante (¿anhelará algo?, y, en tal caso, ¿qué?) a la noche?

Peter se aparta de la ventana. Si se suponía que tenía que ser una especie de epifanía, no lo ha sido.

Y luego, tal vez porque no ha tenido una epifanía a pesar de haber visto finalmente a ese hombre de pinta tan triste (no es lo bastante pulcro para ser él de mayor) va a la habitación de Dizzy y la abre con mucho cuidado.

¿Es una locura?

No tanto. Si Rebecca se despierta, hay un centenar de razones por las que podría estar en el cuarto de Dizzy. *Le oí gemir, pensé que estaba enfermo, aunque era solo una pesadilla, todo el mundo a la cama.*

La puerta se abre en silencio, es demasiado fina para chirriar. Dentro: el aliento soñoliento de Dizzy y su olor, este último una mezcla ahora familiar de algún champú de hierbas y un toque de cedro con un fondo de sudor masculino, en parte acre y en parte cloro. Sí, está profundamente dormido, soñando Dios sabe qué. Debajo de las mantas se distingue su forma oscura.

Peter ya ha estado ahí, cuando ese era el cuarto de Bea. Iba a verla cuando lloraba de noche (tenía once años cuando se mudaron, esa habitación no conserva recuerdos de ella cuando era un bebé), y se le ocurre si no será cosa de niños descarriados. Es posible que Dizzy no sea Rebecca reencarnada, sino Bea; Dizzy el niño que Peter podría haber educado mejor, el chico elegante y sensible. ¿Podría haberlo rescatado Peter de esa narcotizada falta de objetivos producto (tal vez, quién sabe) de su incorporación tardía a la familia Taylor y de que tuviese que educarse mientras sus padres pasaban de las excentricidades de juventud a una demencia moderada? Porque Bea, afrontémoslo, fue una niña difícil, testaruda y muy poco curiosa, a quien no interesaba mucho la escuela, ni ninguna otra cosa. ¿Será Peter no el amor platónico de Dizzy, sino el padre que nunca tuvo?

¿En qué fracasó exactamente con Bea? ¿Por qué insiste tanto

en defender su caso ante un tribunal celestial? ¿Tan reprochable es que quiera que su hija comparta la culpa con él?

Los hijos nunca lo reconocen. No comparten ninguna culpa. Los padres son los criminales perplejos, que miran atónitos mientras les ponen los cepos y empeoran la situación con cada palabra que dicen.

Cierra la puerta y vuelve a la cama.

Más sueños. Solo recuerda fragmentos cuando despierta por segunda vez: está deambulando por Chelsea y no recuerda dónde se encuentra la galería; lo busca, no la policía, sino alguien mucho más peligroso. En esta ocasión se despierta a la hora: a las cuatro y un minuto. Rebecca se agita y murmulla a su lado. ¿Se despertará también? No. ¿Intuirá que algo pasa? ¿Cómo no iba a notarlo?

Un dilema: lo único peor que la posibilidad de que sospeche algo es que no sospeche nada, que no repare lo más mínimo en su nerviosismo y su tristeza. ¿Se habrá acostumbrado tanto a ellos que ya no lo nota? ¿Se habrá convertido para Rebecca en parte de su naturaleza?

Una fantasía ilimitada: él y Dizzy en una casa en alguna parte, tal vez Grecia (¡ay, humilde y limitada imaginación), leyendo juntos, nada de sexo, eso lo resuelven con otros, serían amantes platónicos, un padre y un hijo postizos, sin el rencor de los amantes ni la furia de la familia.

De acuerdo, sigue con esa fantasía un minuto. ¿Adónde conduce? ¿No acaba Dizzy enamorándose, tarde o temprano, de alguna chica (o algún chico) y dejándote? Ya puedes apostarle a que sí. No hay otro resultado creíble.

Pregunta: ¿Tan malo sería que te abandonaran en esa casita de la colina con la vista del huerto y el agua, vieja pero no tanto, con una vida insípida y desocupada, sin otra cosa que hacer que avanzar hacia lo desconocido?

Respuesta: No. Serías alguien a quien le habría sucedido algo desmesurado, extraño y escandaloso. No te quedaría otro remedio que sorprenderte.

Un hecho aislado: a los insectos no les atrae la llama de las velas, les atrae la luz al otro lado de la llama, pasan por ella y se consumen en un chisporroteo por su ansiedad de llegar a esa luz del otro lado.

Se levanta y va al baño a por otra pastilla. El *loft* sigue habitado por el sueño de dos personas a las que quiere y por el inquieto fantasma todavía con vida de Peter, quien podría haber muerto sin saberlo y estar iniciando su vida como una sombra errante.

De vuelta a la cama.

Más o menos diez minutos de terca vigilia y luego el sueño invencible de la pastilla número dos.

A la mañana siguiente Dizzy no está. Encuentran solo la cama hecha, la mochila y la ropa han desaparecido.

—El muy cabrón —dice Rebecca.

Se ha levantado antes que Peter, en quien ha hecho efecto la dosis doble. Cuando se levanta, la encuentra sentada desconsolada en la cama de Dizzy, como si esperara un autobús que fuese a llevarla a algún sitio donde no le apeteciera mucho ir.

—¿Se ha ido? —pregunta desde el umbral.

—Eso parece.

Debe de haberse escabullido de noche, cuando ambos dormían.

Sí, la culpa la tienen las píldoras. Si Peter no hubiese estado drogado, habría oído marcharse a Dizzy.

¿Y qué habría hecho si lo hubiese oído?

Él y Rebecca buscan con desánimo una nota, convencidos de que no ha dejado ninguna.

Rebecca se queda impotente en mitad del salón con las manos en las caderas.

—El muy cabrón —repite.

—Ya no es ningún niño. —A Peter no se le ocurre nada mejor que decir.

—Es un puto niño cuyo cuerpo ha crecido por alguna razón.

—¿Vas a dejarle ir?

—¿Acaso tengo otra opción?

—No. Me temo que no. ¿Le has llamado?

—Sí. ¿Crees que ha cogido el teléfono?

He ahí la solución. Dizzy ha escurrido el bulto. Mejor para todos. Gracias, Diz.

Y, por supuesto, a Peter le parte el corazón.

Por supuesto, nada desea más que Dizzy vuelva.

La tristeza y la inquietud le recorren con el chisporroteo de una descarga eléctrica.

—¿Pasó algo ayer? —pregunta Rebecca.

Chisporroteo. Una vertiginosa oleada de sangre acude a su cabeza.

—Nada en particular —responde.

Rebecca se sienta muy tiesa en el sofá. Parece una paciente en una sala de espera. No vale la pena negarlo: es como volver a perder a Bea. Es como volver a casa después de llevarla a Tufts y notar ese vacío entumecido y mezclado (ninguno de los dos habría podido admitirlo) con cierto alivio. Se acabaron los enfados y las acusaciones. Una nueva preocupación, más aguda, porque está lejos, y al mismo tiempo más atenuada, distante. Ahora vive por su cuenta.

—Puede que tengas razón y sea hora de dejar de intentarlo —dice.

Peter apenas puede oírla por el fluir de la sangre en los oídos. ¿Cómo es posible que no lo sepa? Por un momento se enfada tanto con ella que casi siente ganas de matarla. Por conocerle tan poco. Por no comprender que ha sido objeto de una fijación; que un chico guapo lleva dos decenios fantaseando con él. (Peter ha decidido que el amor de Dizzy es sincero, y que todo lo que le dijo en el jardín de Carole Potter es cierto). Peter el Escéptico se ha volatilizado con el propio Dizzy.

Va a sentarse junto a su mujer, le pasa un brazo sobre los hombros, le extraña que no se huela el engaño, que no oiga cómo le zumban los oídos.

—No puedes salvarle si él no quiere. Lo sabes, ¿no? —dice.

—Sí. Pero de todos modos... nunca se había ido sin más. Siempre me había dicho dónde estaba.

¡Ah, claro! Lo que más le duele es la idea de que tiene una relación especial con él. Que la prefiere a Julie y Rose.

Qué tontas somos las personas.

Se quedan un rato en silencio. Luego, como no pueden hacer nada, se visten y se van a trabajar.

Las obras de Victoria Hwang están casi instaladas, gracias, Uta. Peter se planta entre ellas con su café matutino de Starbucks (Uta está en su despacho ocupada con sus diez mil cosas). Es más de lo mismo…, no es momento para que Vic cambie de dirección. Una de las instalaciones (habrá cinco) ya está montada: un monitor (ahora apagado) que cuando se encienda será un vídeo de diez segundos de un apuesto negro de mediana edad que va apresurado a alguna parte, bien vestido, con el pelo muy corto, con un traje gris marengo presentable pero no muy caro debajo del omnipresente abrigo masculino y una gabardina beis, en la que claramente podría haber invertido un poco más, lleva un maletín sorprendentemente rozado, ¿no se da cuenta de que eso le delata, de que no se puede ir a una reunión con el maletín así de sucio y rozado, pensará que así parece más fresco y desenfadado (no lo parece) o es que no tiene dinero para comprar uno nuevo? El hombre cruza una calle en Filadelfia entre otros peatones con pinta de hombre de negocios, esquiva atléticamente una bolsa de plástico llevada por el viento y ya está. Esa es la película.

Vic ha colocado, sobre unos estantes bien iluminados, los objetos de propaganda llegados de una dimensión paralela en la que ese hombre es una superestrella. Las figuritas a escala (se las hacen en China), las camisetas, los llaveros, las tarteras. Y, nuevo de esta temporada, un disfraz de Halloween para los niños.

Es bueno. Irónico, pero humano, aprovecha la idea del estrellato arbitrario que, en un sentido warholiano, puede recaer literalmente en cualquiera. Es hábil. No cabe duda de que tiene elementos de ironía y condescendencia, pero en el fondo (se nota sobre todo si se conoce a Vic Hwang) es un homenaje. Todo el mundo es una estrella. En el planeta de su casa. Las verdaderas estrellas, la gente de quien de verdad se hacen figuritas a escala y tarteras, son periféricas: sabemos mucho de Brad Pitt y Angelina Jolie, pero eso empalidece ante un ágil salto para esquivar una bolsa de plástico cuando vamos de camino al trabajo en Filadelfia.

No obstante, no aporta nada a Peter. Ahora no. Hoy no. No, necesita algo más… Más que esa idea tan bien ejecutada. Más que el tiburón metido en un tanque para inspirar miedo, más que el tipo de la calle pensado para decir algo profundo sobre la fama. Más que esto.

Probablemente, lo mejor sea entrar en su despacho y enviar unos correos electrónicos. Hacer unas llamadas.

¿Dónde estás, Dizzy?

Dieciocho correos electrónicos nuevos, todos de gente que creen que su asunto es muy urgente. Lo único necesario: llamar a Groff para contarle lo de ayer.

—Hola, soy Groff, ya sabes lo que hay que hacer.

Es uno de esos que nunca responden al teléfono.

—Hola, Rupert, soy Peter Harris. A Carole Potter le encanta la pieza, creo que está vendida. Llámame y quedamos para ir a verla.

Y luego, sí, dejarle un recado a Victoria.

—Hola, Vic, soy Peter Harris. Las obras han quedado impresionantes. Vendrás a mediodía a instalar las demás, ¿no? Estoy deseando verte. Enhorabuena. Es una exposición preciosa.

No puede responder a los correos electrónicos. Ni llamar a nadie más.

Apoyado contra la pared de su despacho está el Vincent estropeado. La cuchillada se ha agrandado un poco y detrás asoma una tela embarrada. Peter se acerca a la pintura y con cuidado, como si le doliera, coge la tira de papel de estraza rota y la rasga un poco más (está roto, no tiene arreglo, ahora está en manos de la compañía de seguros). El papel encerado se rasga con dificultad. El ruido que hace al rasgarse es húmedo y vagamente carnal.

Lo que descubre es una pintura vulgar. Colores a lo Philip Guston, técnica de rascado y manchado robada directamente de Gerhard Richter. Mal hecha y nada original.

Peter entra en el despacho de Uta. Está mirando el ordenador con el ceño fruncido con una taza de café solo en la mano derecha.

—¿Qué te parece lo de Hwang por ahora?

—Me gusta. ¿Puedo contarte lo que acabo de hacer?

—Soy toda oídos.

—Quité el papel del Vincent que jodieron aquellos.

Ella lo mira con aire sombrío.

—No deberías haberlo hecho.

—Ya estaba estropeado. No tenía arreglo.

—Será difícil explicárselo a los del seguro, ya sabes cómo son. ¿Se puede saber por qué lo has hecho?

—Sentía curiosidad.

—¿Y qué has encontrado, don Curioso?

—Una mierda de pintura de aficionado.

—Estás de broma.

—No.

—Será cabrón.

¿Son Uta y Rebecca en el fondo la misma persona? ¿Estará doblemente casado?

—Eso lo cambia todo, ¿no crees?

—Supongo.

—¿Lo supones?

—Son conceptuales. Si crees que debajo hay algo maravilloso, pero no lo ves…

—Como el gato de Schrödinger.

—Yo no habría podido decirlo mejor.

—No creo que podamos seguir representándolo.

—No podemos seguir representándolo —dice Uta—, porque sus obras no se venden.

En el teléfono de Peter suena el interludio de Brahms. Número desconocido.

—Voy a responder —dice, y sale al estrecho pasillo.

¿Podría ser? ¿Será posible?

—Hola.

—¡Eh!

Lo es.

—¿Dónde estás?

—Con un amigo.

—¿Qué significa eso?

—Pues que estoy con un amigo. Se llama Billy, vive en Williamsburg, no estoy consumiendo drogas en el sótano de un tugurio.

Y dime, Dizzy, ¿qué te hace pensar que nos importa una mierda si lo estás o no?

En lugar de eso, Peter dice:

—¿O sea que estás bien?

—No sé si decirlo así. Me encuentro bien, ya me entiendes. ¿Y tú?

Vaya, gracias por preguntar.

—He tenido épocas mejores.

—Quiero verte.

—¿Y?

—Deberíamos hablar.

—Sí, supongo que sí. ¿Sabes lo preocupada que está Rebecca?

Al otro extremo de la línea se produce un silencio breve y entrecortado.

—Pues claro —responde Dizzy—. ¿Crees que mi intención era hacer que se sintiera mal?

—Una nota habría hecho que se sintiera mucho mejor.

—¿Y qué querías que dijera en una nota?

Vete a la mierda, niñato mimado.

—Tienes razón —dice Peter—, deberíamos hablar. ¿Quieres venir a la galería?

—¿Por qué no nos vemos en otro sitio?

—¿Dónde habías pensado?

—Hay un Starbucks en la Novena Avenida.

De acuerdo. Starbucks. Al fin y al cabo no pueden verse en un prado cubierto de niebla. Ni tampoco en ningún castillo. Así que ¿por qué no en Starbucks?

—Muy bien. ¿Cuándo?

—Digamos en cuarenta y cinco minutos.

—Nos vemos allí.

—Perfecto.

Cuelga el teléfono.

—¿Era Victoria? —grita desde su despacho Uta.

—No. No era nadie.

Peter vuelve al despacho donde aún sigue el Vincent, rodeado de un halo de papel roto.

Sería muy novelesco que Peter se quedara contemplando aquella absoluta mediocridad, pero no puede concentrarse. Si es una metáfora, es muy torpe. En realidad es solo un engaño hecho por un artista de segunda. Ni más ni menos.

Peter tiene otras cosas en qué pensar.

¿Qué estará tramando Dizzy? ¿Qué escena se representará dentro de cuarenta y dos minutos en el puñetero Starbucks de la puta Novena Avenida? ¿Habrá ensayado una cantinela contándole que no soporta el engaño? ¿Le pedirá que huya con él, que se desprenda del lastre para ir a… esa casa en Grecia, o un apartamento en Berlín? ¿Qué dirá Peter en ese caso?

Sí. Que Dios le ayude, lo más probable es que acepte. Sin hacerse ilusiones sobre cómo terminará todo. Está dispuesto, a poco que le animen, a destruir su vida, y nadie, ni uno solo de sus conocidos, le comprenderá.

Peter responde sus correos electrónicos. Normal, normal. Trata de no prestar atención al paso del tiempo, pero, claro, ve pasar cada puñetero minuto en el reloj de la parte superior derecha de la pantalla del ordenador. Y entonces, cuando quedan veintiséis minutos, llega Victoria. Oye a Uta que le abre la puerta y sale a la galería a saludarla.

Sonrisas. Todo sonrisas.

Victoria es una excéntrica fervorosa, una china alta con un

corte de pelo muy moderno que acostumbra a llevar pendientes del tamaño de un platillo de café y enormes bufandas de flecos.

—¡Hola, genio! —dice Peter—. Han quedado increíbles.

Victoria y él intercambian uno de esos abrazos rápidos y nervudos que ella le permite. Los labios no rozan la carne.

—¿Crees que me estoy volviendo previsible? —pregunta.

Uta, una auténtica profesional, responde:

—Todavía tienes cosas que decir. Esto son variaciones. Ya te darás cuenta cuando llegue el momento de cambiar de dirección.

—Me lo dirías, ¿verdad? —le dice Victoria a Peter. Odia a las mujeres.

—Te lo diríamos —responde Peter—. Estás en buen camino, te aseguro que será un exitazo. Confía en mí.

Victoria esboza una sonrisa escéptica y levemente optimista. Es una de las artistas de Peter que menos se engaña a sí misma. Recuerda a una niña pequeña, seria, nerviosa y esperanzada, que vistiera a sus muñecas, las dispusiera formando un cuadro y se las mostrase a los adultos con una mezcla de orgullo y vergüenza, temerosa, en cada ocasión, de no conseguir los generosos (¿y un poco condescendientes?) elogios con que ha aprendido a contar. Ojalá a Peter le gustase su obra un poco más, o no le cayese tan simpática.

—¿Lista para trabajar?

—¡Ajá!

—¿Te apetece un poco de té? —Siempre bebe té.

—Sí, gracias.

Peter va a buscarlo y recibe una rápida mirada agradecida de

Uta. ¿Por qué iba a tener que servirle una bebida a una mujer que la ignora?

Peter entra en el almacén donde guardan el té y el café, enciende el hervidor eléctrico de agua. Ahí están las cajas donde guardan, cuidadosamente envueltas en plástico, varias piezas de los artistas de la galería por si hay algún cliente interesado. Peter y Uta son muy organizados.

Eso tampoco es una metáfora, ¿verdad? Los artistas producen obras de arte y algunas quedan a la espera en una habitación hasta que alguien manifiesta su interés. No tiene nada de malo. Ni tiene por qué ser triste.

No obstante, Peter tiene que marcharse.

Se las arregla —no está tan desquiciado— para esperar a que hierva el agua y prepararle una taza de té verde a Victoria.

En la galería, Vic y Uta están en plena discusión sobre la segunda instalación que irá en el rincón norte. Peter le lleva a Victoria su té. Ella lo acepta con ambas manos, como si fuese una ofrenda.

—Gracias.

—De nada.

—Tengo que salir un rato —dice Peter—. Enseguida vuelvo.

Esquiva la mirada interrogante de Uta: Peter nunca sale «un rato» para hacer algo que Uta desconoce. No hay misterios entre ellos.

—Pues ahora nos vemos —responde Uta.

Pobre imbécil, entra en el baño y arréglate el pelo antes de salir. Asegúrate de no tener nada entre los dientes.

Y vete. ¿Y si no vuelve? ¿Puede imaginar a Uta diciéndole a la gente «Ni siquiera me dijo adónde iba»? Sí.

Se obliga a llegar siete minutos tarde porque no soporta la idea de que le vean esperando, aunque por supuesto Dizzy podría retrasarse aún más y en el fondo Peter se pregunta si no habrá perdido irremisiblemente a Dizzy por llegar siete minutos tarde, si no se habrá marchado ya, y nota un peculiar espasmo de pánico descabellado junto a la dolorosa voluptuosidad de preocuparse tanto al aproximarse a las familiares puertas del Starbucks. ¿Cuántos años habrá esperado en algún remoto rincón de su cerebro que una reunión no llegase a celebrarse, que lo dejaran en libertad, que le devolviesen la hora concedida a un negocio o un amigo (bueno, en realidad, y a menos que cuente a Uta, no tiene verdaderos amigos, ¿qué habrá ocurrido? cuando era joven tenía un montón).

Empuja una de las puertas dobles de cristal, la encuentra cerrada (¿por qué en Nueva York dejarán siempre una de las dos puertas cerradas?), sobrevive a ese pequeño contratiempo embarazoso y entra por la otra. A media mañana el Starbucks no está muy lleno, unas cuantas mujeres en parejas, dos tipos jóvenes con ordenadores portátiles, no hay mejor oferta en toda la ciudad, cuatro cuarenta por un café y puedes pasarte allí el día.

En una mesa del fondo, junto a la ventana, está Dizzy.

—¡Hola! —dice Dizzy. Porque, claro, ¿qué otra cosa iba a decir?

—Me alegra verte —responde Peter—. ¿Habrá notado su sarcasmo?

Dizzy ha pedido un café (un *capuccino* grande, imposible no fijarse).

—¿Te apetece un café?

Sí. En realidad no le apetece, pero sería raro sentarse con Dizzy sin una bebida. Se pone a la cola (tiene a dos personas delante, una chica negra y gorda y un tipo repeinado que viste un jersey lleno de bolitas, dos de entre la multitud de personas que, por un azar, no han sido descritos en las camisetas y tarteras de Victoria, pero podrían haberlo sido). Peter sobrelleva lo mejor que puede el terrible rato que pasa haciendo cola para pedir el café.

Luego vuelve a la mesa con Dizzy, debatiéndose contra la idea absurda de que, por algún motivo, no debería haber pedido un Venti desnatado con leche.

Dizzy sigue sin inmutarse. En todo caso, su belleza pálida y principesca se acentúa por lo vulgar del lugar. He ahí la complejidad romana de su nariz, los grandes ojos castaños directamente sacados de Disney. He ahí el mechón de cabello negro que divide su frente.

En el suelo, al lado de la mesa, está la mochila que llevó consigo a Nueva York.

Peter avanza despacio. Al menos tendrá esa dignidad.

—Le has dado un susto de muerte a Rebecca —dice.

—Lo sé. Lo siento. La llamaré hoy.

—¿Empezamos por los motivos por los que te marchaste?

—¿Y tú por qué crees?

—He preguntado yo primero —responde Peter.

—No podía quedarme y seguir como si no hubiera pasado nada.

—Espera un momento. ¿No eras tú quien decía que, en realidad, no había pasado nada?

—Tenía que protegerme. Por Dios, Peter, estábamos a punto de entrar y cenar con mi hermana. Tampoco podía echarme en tus brazos, ¿no crees?

Peter nota una sensación terrible y embriagadora en la garganta. Una bilis ponzoñosa. De modo que está ocurriendo. Ese chico, esa versión de la joven Rebecca, esa Bea graciosa y anhelante, esa obra de arte viviente, le está declarando su amor.

—No —responde Peter. ¿Le ha temblado la voz? Es probable.

Se produce un momento de silencio. Por un momento, un instante, Peter se acobarda. No puede hacer eso. Rebecca y Bea no se lo merecen y ¿cómo iba a superarlo Rebecca? (Bea, con toda probabilidad, se embarcaría en una larga vida de odio hacia su padre, que le supondría cierto consuelo, además ya tiene mucha práctica). Siente un hormigueo en la cabeza. Está a punto de cometer un acto indecible. Jamás volverá a tenerse por una buena persona.

—¿Se lo has contado? —pregunta Dizzy.

*¿Qué?*

—Pues claro que no.

—Y no se lo dirás, ¿verdad?

—Bueno. Eso tendríamos que hablarlo, ¿no te parece?

—Por favor, no se lo digas.

Y luego, al parecer, Peter dice esto:

—Dizzy, siento algo por ti. Pienso en ti. Sueño contigo. —Mentira, sueñas con meadas y con que te persiguen—. No sé si estoy enamorado de ti, pero siento algo y no creo que pueda seguir con mi vida.

Dizzy le escucha con una notable impasibilidad. Solo sus ojos revelan algo. Adquieren ese brillo húmedo. Ahora, por primera vez, sus ojos ligeramente bizcos le dan aire estúpido.

—Yo me refería a las drogas.

¡Oh!

Una terrible sospecha se cierne aunque no llega a abatirse sobre él. A Peter le cosquillea la piel. Se acalora y por un momento tiene la sensación de que va a volver a vomitar.

Se oye decir:

—Lo que te preocupa es que le cuente que has vuelto a consumir.

Dizzy tiene el buen gusto de no responder.

O sea que es chantaje. Ha caído en una trampa. Ni más ni menos. Tú, Peter, no digas nada de las drogas y yo, Dizzy, no diré nada del beso.

Ahora Peter parece estar diciendo:

—¿De modo que todo era fingido? Lo de…

No llores, gilipollas. No te pongas a lloriquear en un Starbucks delante de ese crío desalmado.

—¡Oh, no! —responde Dizzy—. Siempre me has gustado, no te habría mentido. Pero, hombre… Eres el marido de mi hermana.

Pues claro que lo soy. ¿En qué estaría pensando?

Pensaba que una fuerza superior a él iba a barrerlo de esta vida y a llevarlo a otra.

—Lo siento mucho —dice Peter. ¿Qué quiere decir con eso? ¿Por quién lo siente?

—No lo sientas.

—Vale, pues no lo siento. ¿Qué vas a hacer ahora?

—Creo que iré a California. Tengo unos amigos en el Área de la Bahía.

Crees que vas a ir a California. Tienes unos amigos en el Área de la Bahía. En el Área de la Bahía, ni siquiera en San Francisco.

—¿Y qué vas a hacer allí? —La voz de Peter llega desde lejos. Como si estuviese separada de su cuerpo.

—Uno de mis amigos se dedica a los gráficos de ordenador, necesita un socio. A mí se me dan bien los ordenadores.

Se te dan bien los ordenadores. Vas a dedicarte a los gráficos de ordenador con un amigo en el Área de la Bahía. No quieres amar brevemente y después abandonar a un tipo mayor que tú en una casa en la montaña en Grecia. La posibilidad ni siquiera se te ha pasado por la cabeza.

Solo quieres que no te eche a tus hermanas encima con lo de las drogas. Necesitabas algo de lo que acusarme, por si acaso.

—Parece muy sensato —dice la voz que llega de detrás del hombro izquierdo de Peter.

—Prométeme que no se lo dirás a Rebecca.

—Si tú me prometes despedirte de ella antes de irte.

—Pues claro. Le diré que me marché porque me avergonzaba no querer ser marchante de arte. Lo entenderá.

Sí. Lo entenderá.

—Como tú veas —responde Peter.

—Has sido muy amable conmigo.

Amable. Tal vez. O quizá haya sido tan idiota que te he traicionado, como acostumbran a hacer los enamorados. ¿Cuándo exactamente recibiremos la llamada sobre la sobredosis en el Área de la Bahía?

—No es nada —dice Peter—. Después de todo eres de la familia.

Y luego, la verdad, es que no les queda otra cosa que hacer que marcharse.

Se despiden en la banalidad azotada por el viento de la Novena Avenida y la calle Diecisiete. Una bolsa de plástico pasa volando por encima de sus cabezas.

—¿Entonces te veo esta noche en casa? —pregunta Peter.

Dizzy se ajusta una cinta de la mochila.

—Si no te importa, creo que pasaré por el despacho de Rebecca y me despediré de ella allí.

—¿No te quedas ni siquiera una noche más?

Después de ajustar la cinta, Dizzy le echa a Peter la que será su última mirada de ojos húmedos.

—No puedo pasar otra noche como la de ayer —le dice—. ¿Tú sí?

Gracias, Dizzy, gracias por admitir que ha pasado algo. Algo que te inspira una emoción tan identificable como la vergüenza.

—Supongo que no. ¿No crees que…? —Dizzy espera—. ¿No crees que a Rebecca le parecerá raro que te vayas de forma tan precipitada?

—Está acostumbrada. Sabe cómo soy.

¿Ah, sí? ¿Sabe que, además de tus muchas cualidades, eres vulgar y un poquito insensible?

Probablemente no. ¿Acaso no es para Rebecca una obra de arte, como lo es (o lo era) para Peter? ¿No debería seguir siéndolo?

—De acuerdo entonces —dice Peter.

—Te llamaré desde California, ¿vale?

—¿Cómo vas a ir?

—En autobús. No tengo mucho dinero.

No vas a ir en autobús, Dizzy. Rebecca no lo permitirá. Intentará impedir que te vayas, pero, cuando comprenda que no puede impedir que hagas lo que quieras (y menos, claro, lo que ignora que haces), cogerá el teléfono y te comprará un billete de avión. Tú y yo lo sabemos.

—Que tengas buen viaje.

¿Esas son tus palabras de despedida?

—Gracias.

Se dan la mano. Dizzy se marcha.

Pues ya está. Peter había pensado que podía dejarse llevar, arruinar las vidas ajenas (por no hablar de la suya) y conservar pese a todo cierta inocencia porque la pasión siempre se impone a todo, por engañosa o funesta que sea. La historia favorece a los amantes trágicos, a los Gatsbys y las Anna K., les absuelve, aunque los destruya. Pero Peter, una figura insignificante en una esquina cualquiera de Manhattan, tendrá que perdonarse a sí mismo, tendrá que destruirse a sí mismo porque no parece que nadie vaya a hacerlo. No hay estrellas de pan de oro pintadas en lapislázuli sobre su cabeza, solo el cielo gris de una desapacible tarde de abril. Nadie lo fundirá en bronce. Al igual que todas esas multitudes a quien nadie recuerda, está esperando educadamente un tren que muy probablemente no llegue nunca.

¿Y qué otra cosa puede hacer sino volver al trabajo?

Al menos le queda eso…, la idea de que no haya ocurrido nada. Siente un amargo alivio. Ha recuperado su vida (que nadie le había arrebatado); tiene muy buenas perspectivas económicas por delante (Groff probablemente querrá que lo represente y quién sabe lo que puede ocurrir teniendo a bordo un artista de su talla); tiene la ligeramente engañosa esperanza de que Rebecca y él volverán a ser felices. Al menos bastante felices.

Lo malo es…

Lo malo es que, aunque imagine el mejor final posible, en el que su galería pasa a ser de primera fila y él y Rebecca vuelven a llevarse bien, él seguirá allí.

Está refrescando, justo como predijo esa mañana el canal del tiempo: una bajada de las temperaturas impropia de la época. Peter, no obstante, no está tan afectado como para dejarse aturdir por un poco de frío en abril. Ni como para no reparar en la agitación de las calles que recorre: la gente apresurada que pasa agachando la cabeza, las cinco chicas impasibles y tambaleantes que charlan sin parar (Él no, le dije, tu bolso, Rita, Dymphna e Inez); la mujer sorprendentemente bien vestida que busca latas vacías en un cubo de la basura; los que se ríen, los que miran escaparates y los que hablan por el teléfono móvil. Es el mundo en que vives, aunque un niñato se haya burlado de ti.

Cuando vuelve a la galería, la segunda instalación de Vic está casi montada. Uta y los chicos (tal vez no llegue a tener ocasión de despedirlos, siempre hay cosas urgentes por hacer…) están organizando los estantes con las figuritas de propaganda mientras Vic los observa con su habitual expresión de sorpresa infantil: ¡Mira cómo ha quedado!

—Ya estás aquí —dice Uta. Aunque quiere decir: «¿Dónde coño has estado?».

—He vuelto —responde—. Queda muy bien.

—Íbamos a parar un rato para ir a comer —explica Uta—. Creo que podemos tenerlo listo hacia las nueve o las diez.

—Bien. Muy bien.

Entra en su despacho. Ahí está el Vincent roto, que no significa nada en particular. Se sienta a su escritorio, pensando que debería hacer algo. Tiene muchas cosas que hacer.

Un momento después, aparece Uta.

—¿Qué pasa, Peter?

—Nada.

—Vamos.

Díselo. Cuéntaselo a alguien.

—Parece que me he enamorado del hermano pequeño de mi mujer —dice.

Uta tiene la experiencia de toda una vida en el arte de no demostrar sorpresa.

—¿Ese crío? —pregunta.

—¿A que es patético? —responde él—. Estúpido, triste y patético.

Ella inclina la cabeza, le mira como si lo hubiera oscurecido una nube.

—¿Me estás diciendo que eres gay?

Por un breve y arrebatador instante vuelve al jardín de Carole Potter cuando le dijo a Dizzy: «O sea, que eres gay». Sí... y no. Ojalá fuese tan simple.

—No lo sé. ¿Cómo iba a querer a otro tipo sin ser gay?

—Es fácil —responde Uta. Descarga el peso en una cadera, se ajusta las gafas. Hora de clase—. ¿Quieres contármelo?

—Pues claro.

De acuerdo, hazlo.

—No pasó nada. Solo un beso.

—Un beso es algo.

Amén, hermana.

—Para serte sincero, creo que me he enamorado de…, no sé si podré decirlo sin que me dé la risa. De la belleza en sí misma. Es decir, tal como se manifestaba en ese chico.

—Siempre has estado enamorado de la belleza en sí misma. En eso eres un poco raro.

—Sí. Es verdad que soy un poco raro.

—Y ¿sabes, Peter…? —Su acento, el adorable, marcado e imborrable acento de Uta, parece haberse vuelto más fuerte con la gravedad del momento—. Habría sido más fácil que te hubieses enamorado de una jovencita. Pobre desgraciado, siempre escoges el camino más difícil.

¡Oh, Uta, cuánto te quiero!

—¿Crees que me falta algo?

—¿Tú no?

—Quiero a Rebecca.

—No se trata de eso.

—¿Y de qué se trata?

Hace una pausa y se reajusta las gafas.

—¿Quién fue el que dijo que lo peor que puedes imaginar es lo que está pasando? Es una frase de psiquiatra. Pero no por eso deja de ser cierta.

—¿Estás preparada para que siga contándote? —pregunta Peter.

—Siempre lo estoy.

—Solo estaba jugando conmigo.

—Pues claro. No es más que un crío.

—Aún hay más.

—Te escucho.

—Me ha chantajeado.

—Suena muy decimonónico —responde ella.

—Descubrí que ha vuelto a consumir drogas y me sedujo para que no se lo contara a Rebecca.

—Guau. ¡Vaya par de huevos!

¿Hay un leve tono de admiración en su voz?

Lo haya o no, Peter comprende que se ha convertido en un personaje cómico. ¿Cómo pudo imaginar, siquiera por un instante, que ocurriría de otro modo? Es el bufón que hace piruetas y de quien se burlan los demás. Un blanco fácil, todo vanidad y pomada.

Aporreando un barreño para hacer bailar a los osos cuando quisiéramos conmover a las estrellas.

—Soy un idiota —dice.

—Sí —responde ella.

Uta da la vuelta hasta el otro lado del escritorio, le pasa un brazo por encima del hombro. No es más que un brazo levemente apoyado, pero tratándose de Uta ya es mucho. Lo suyo no son los abrazos.

—Aunque no eres el primero en comportarse como un idiota porque está enamorado.

Gracias, Uta. Gracias, amiga. Pero con eso no basta… Por lo visto, no tengo arreglo, ¿qué consuelo voy a encontrar en ser otro triste ciudadano más bailando al son de la música?

Sería mejor si pudiese gritar y llorar contigo. Pero no puedo, no podría ni aunque quisiera, ni aunque pensara que podrías soportar el espectáculo. Estoy seco por dentro. Tengo una bola de pelo y alquitrán en el estómago.

—No —dice—. Tienes razón.

Claro, ¿qué va a decir si no?

El resto del día va pasando poco a poco. A las nueve y cuarto, la exposición está instalada. Tyler, Branch y Carl se han ido a casa. Peter se planta en mitad de la galería con Uta y Victoria.

—Está muy bien —dice Uta—. Es una buena exposición.

Dispuestos en torno a ellos en las paredes y el suelo de la galería hay cinco de los superhéroes de Victoria: el negro de la gabardina; una mujer de mediana edad hurgando en su bolso en busca de monedas para meter en el taxímetro; una mujer joven y elegante de rostro aguileño que sale de una panadería con una bolsita blanca en la mano (su bocadillo del almuerzo, sin duda); un chico asiático desaliñado de unos doce años que se desliza en un monopatín; y una chica hispana que empuja un cochecito doble en el que lloran a voz en grito sus gemelos. Los vídeos se reproducen simultáneamente mientras los compases iniciales de la novena de Beethoven resuenan una y otra vez en tres discretos altavoces negros. Los valiosos artículos de propaganda están dispuestos sobre los estantes: las camisetas, las figuritas articuladas, las tarteras y los disfraces de Halloween.

—Queda bien, ¿verdad? —pregunta Victoria.

—Queda fenomenal —responde Peter, aunque eso es lo que le diría a cualquier otro artista.

Hora de cerrar, apagar las luces y volver a casa. Los comisarios irán mañana con algunos de los mejores clientes de la galería. El artículo en *Artforum* se publica a principios de la semana que viene. Bendita seas, Victoria, por ascender así en el mundo del arte. Si consigo llegar a un acuerdo con Groff, tal vez no me abandones.

Procura parecer interesado. Esfuérzate en fingir que te importa.

¿Qué hace uno cuando deja de ser el protagonista de su propia historia?

Cierra al llegar la noche y vuelve a casa con su mujer, ¿no?

Se toma un martini, encarga la cena. Lee o ve la televisión.

Eres el diminuto Ícaro de Bruegel ahogándose, sin que nadie se dé cuenta, en un rincón de una enorme tela en la que los hombres labran los campos y apacientan las ovejas.

—¿Por qué no cenamos en algún sitio? —propone Uta.

¡Uf! Imposible. Hoy no. No puedes sentarte en un restaurante y seguir la conversación, ni siquiera con la dulce y discreta Victoria Hwang.

—¿Por qué no vais vosotras? —después añade, dirigiéndose a Victoria—: últimamente no me he encontrado muy bien, y mañana tengo que estar muy brillante entre tus apasionados seguidores.

Es imposible que no se sienta halagada.

Uta le mira con aire de profesora. ¿Le dejará salir de clase?

—Podemos tomar algo rápido —dice.

—Yo sí que tengo que irme rápido —bromea Peter. Ja, ja ja—. No, de verdad, ya saldremos a cenar y a emborracharnos el día de la inauguración. Ahora necesito ir a casa y acostarme.

—Si tú lo dices —responde Uta.

—Marchaos si queréis —dice Peter—. Yo me quedaré unos minutos más. Quiero estar un rato a solas con la exposición.

Cualquiera se sentiría halagado.

Uta y Victoria se ponen los abrigos y se despiden de Peter en la puerta.

—Gracias por todo, Peter. Eres genial —dice Victoria.

Gracias a ti, Victoria, por ser una persona amable y honrada. Es curioso cuánto importan las pequeñas virtudes.

—Llámame si me necesitas, ¿de acuerdo? —dice Uta.

—Pues claro.

Le estrecha la mano. Igual que hizo él con Bette cuando estaban delante del tiburón.

Gracias, Uta. Y buenas noches.

Helo ahí, a solas con cinco ciudadanos normales que pasan breves interludios de su vida normal mientras la Orquesta Sinfónica de Londres interpreta, una, otra y otra vez, los primeros compases de la novena sinfonía. Beethoven suena sin tregua.

¿Cómo se habrán salvado y frustrado esas personas? ¿Qué les ocurrirá, qué les estará pasando ahora? Probablemente nada importante. Recados, unas horas de trabajo pesadas, al colegio a por el niño, la televisión por la noche. O algo parecido. ¿Quién sabe? Por supuesto, cada uno de ellos lleva una joya en su interior, no solo las heridas y las esperanzas, sino una interioridad, lo que Beethoven habría llamado el alma, ese rescoldo de nuestro ser, el simple hecho de estar vivos, enmarañados de sueños y recuerdos que no son solo sueños y recuerdos, ni momentos anecdóticos (cruzar una calle o salir de una panadería); es esa infinitud menor, el universo privado en el que siempre has estado y siempre estarás mientras te deslizas en un monopatín o buscas monedas en el fondo del bolso o vuelves a casa con los niños refunfuñones. ¿Qué fue lo que dijo Shakespeare? Que nuestras vidas están envueltas en sueños.

Peter querría echarse a dormir. Dormir, dormir y dormir.

O llorar. Llorar le haría bien, podría hacerle bien, le limpiaría, pero está seco por dentro, lo que siente se parece más a una indigestión que a la desesperanza.

Es un pobre hombrecillo ridículo.

Se queda un rato viendo la exposición, que se venderá bien o no. Que habrá que desmontar y reemplazar por otra… De Groff, si tiene suerte, de Lahkti si no tiene tanta. No es que Lahkti sea un premio de consolación, a Peter le encantan (o al menos le gustan) esas pinturas tan intrincadas y diminutas de Calcuta y la verdad es que, aunque Lahkti no cause sensación (los cuadros pequeños sencillamente no se venden tan bien como los grandes), sería un alivio no tener que desplazarlo para colar a Groff. Así podría seguir sintiéndose una persona decente y vivir como un galerista de segunda fila, respetado, pero no temido. Si consigue a Groff pasará (tal vez) a la primera división, si no lo consigue (y, la verdad, ¿cómo culparlo de querer ir a una galería mayor?) se instalará, muy probablemente para siempre (lleva sin altibajos casi un decenio) en una carrera de decidida semiderrota, convertido en un campeón de los infravalorados y los quiero y no puedo.

Los cinco ciudadanos normales de Victoria pasan ante sus ojos una, otra y otra vez. Beethoven campea triunfal. Lo más probable es que ahora mismo Dizzy esté volando a través del continente, sobre las avenidas iluminadas de la Norteamérica nocturna.

Le gustaría echarse a dormir allí mismo, sobre el suelo de la galería, mientras cinco desconocidos escogidos al azar viven una, otra y otra vez esos breves interludios de lo que es ahora su pasado olvidado.

Hora de desenchufarlos, apagar las luces y la música y volver a casa.

Sin embargo, se queda. Puede que no sea arte con mayúsculas, pero es bueno y eso le consuela, le acompaña, y nunca se sentirá tan inmaculado como esta noche, antes de que empiecen a llegar los compradores.

Coge una de las figuritas articuladas, el negro del maletín rozado. La figura es de mala calidad a propósito: tiene los ojos ligeramente mal pintados, la piel de un mortecino color chocolate y el traje gris brillante y metálico está hecho de un material sintético. La idolatría tiende a implicar la degradación. Incluso en el caso de esas vírgenes policromadas de ojos vidriosos o esos budas dorados. La carne viva y auténtica desafía cualquier esfuerzo de reproducción.

¿Qué artista tendría una mínima posibilidad de reproducir ahora a Peter? Tendría que ser Francis Bacon, ¿no? Uno de esos desnudos masculinos de mediana edad, carnales y sonrosados en un torturado reposo. Y él que se había imaginado vaciado en bronce. Así de vanidoso había sido.

Aporreando un barreño para hacer bailar a los osos cuando quisiéramos conmover a las estrellas.

No obstante, ya es algo —siempre es más que nada— tener un barreño para bailar a su son. A menos que seas un oso.

Cuando llega a casa, encuentra a Rebecca en la cama. Son poco más de las nueve y media.

Está acurrucada, mirando a la pared, envuelta en una colcha. Peter piensa por un instante en una mujer india, arrebujada ante el fuego.

Lo sabe. Dizzy se lo ha contado todo. Peter pierde el equilibrio un momento, como si el suelo se hubiese inclinado a sus pies. ¿Lo negará? Sería lo más fácil. Dizzy es un inveterado mentiroso. Podría proclamar su inocencia de manera creíble. Pero si miente, habrá mentido; Dizzy, a pesar de todas sus transgresiones, habrá sido acusado falsamente. Peter combate el impulso de darse la vuelta y marcharse, de salir del apartamento y huir... ¿adónde exactamente? ¿Qué salida le queda?

Entra en la habitación. Ahí están las lámparas que compraron en el mercadillo de París hace años. Ahí, encima de la cama, están los tres dibujos de Terry Winters.

—Hola —se las arregla para decir—. ¿Te encuentras mal?

—Solo estoy cansada. Dizzy se ha ido.

—Sí.

¿Es demasiado transparente fingir así? ¿No olerá Rebecca el engaño que emana de él?

Sigue dándole la espalda.

—Se ha ido a San Francisco —dice—. Por lo visto alguien le ha ofrecido un trabajo.

Peter hace un esfuerzo por sonar y actuar como siempre, aunque le cuesta recordar cómo suena y cómo es habitualmente.

—¿Qué clase de trabajo?

—Gráficos de ordenador. No me preguntes qué es exactamente. Ni si es un verdadero trabajo.

—¿Por qué crees que le ha dado por hacer eso de repente? —pregunta Peter, y nota cómo un escalofrío le sube por la espina dorsal. Mátame, Rebecca. Échame la bronca. Los dos sabemos por qué se ha ido de pronto a San Francisco. Aquí me tienes, un auténtico mierda. Chíllame. Échame de casa. Puede que sea un alivio para ambos.

—Creía que esta vez cambiaría —dice Rebecca—. Te juro que lo creí.

—Tal vez sea hora de aceptar la posibilidad de que nunca lo haga —responde él tímidamente.

—Tal vez.

Hay tal pesar en su voz que Peter se sienta al borde del colchón. Con extrema delicadeza le pone la mano en el hombro.

¿Sería más viril confesarlo? Pues claro. Al menos podría conservar esa dignidad.

—Dizzy provoca a la gente y la gente responde.

Una introducción muy tibia. Pero algo es algo. Continúa.

—Más de lo que le conviene —dice ella.

¿Preparado? Ya.

—¿Qué te ha contado esta tarde?

No sabe si le mentirá o no. No ve tan lejos en su propio futuro. Solo puede esperar, impotente, a ver qué es lo que hará.

—Me ha dicho una cosa —responde.

¡Oh! Ya está. Adiós a mi vida. Adiós a las lámparas y los dibujos.

—Creo que sé de qué se trata. ¿No?

Así que la verdad. Va a decir la verdad. Al menos le quedará ese consuelo.

—Me ha dicho que me quiere —continúa ella—, pero necesita apartarse de mí por un tiempo. Por lo visto al mimarlo tanto no le dejo madurar.

¿De verdad? Un momento. ¿En serio? ¿Eso es todo?

—Bueno, puede que tenga razón —responde Peter. ¿Será posible que no haya notado el temblor en su voz?

—El caso es que... —Peter duda. Siente más que oye un suave susurro en la ventana, un levísimo golpeteo. Nieve. Un tenue velo arrastrado por el viento, justo como predijo el hombre del tiempo—. Me adora y bla, bla, bla —suelta Rebecca—, pero necesita estar solo.

¡Oh!

O sea, que tal vez Dizzy no haya tenido que chantajear a Peter. Es posible que sepa que no le creerían. O quizá —aún peor— disfrute humillando a todo el mundo y siguiendo después su camino. Puede que haya estado jugando con ambos para ver qué podía sacarles.

Rebecca se vuelve para mirar a Peter. Su tez está pálida y cubierta de un brillo opaco y sudoroso.

—Me he dado cuenta de una cosa.

—¿Sí?

—He estado viviendo una especie de fantasía de mierda.

O sea que lo sabe. Ha estado viviendo con la ilusión de tener un marido honrado, un hombre con sus defectos pero que bajo ningún concepto haría lo que ha hecho Peter.

—¿Ah, sí?

—Creía que si conseguía hacer feliz a Dizzy ocurriría algo mágico.

—¿Algo mágico?

—Que yo también sería feliz.

Se le hace un nudo en el estómago.

Pensaba que lo era.

—Ahora estás disgustada —le dice.

Ella toma aliento. No llora.

—Sí —dice—. Lo estoy. ¿Y sabes qué? —Peter sigue en silencio—. Cuando Dizzy me dijo que se iba a San Francisco por un trabajo inexistente y me pidió un billete de avión, no me enfadé. Bueno, sí me enfadé, pero también sentí algo más.

—¿Qué? —Peter nunca se ha sentido tan estúpido.

—Sentí envidia. No quise ser yo. No quise ser una persona madura y equilibrada que podía extenderle un cheque. Quise ser joven y estar jodida y no sé…, ser libre.

No, Rebecca, eso no es lo que quieres. Quieres continuidad. Soy yo quien quiere ser libre y estaría dispuesto a hacer cosas indescriptibles.

—Libre —repite. Su voz suena hueca y extraña.

Rebecca, no puedes tener esa fantasía. Esa fantasía es mía.

Se hace un silencio. Oye la nieve golpeando contra la ventana. Peter siente que va a desmayarse y perder el conocimiento.

Se oye decir:

—¿Quieres sentirte libre de mí?

—Sí —responde—. Creo que sí.

¿Qué? ¿*Qué*? No. Tú eres quien es feliz, quien está satisfecha con nuestra agitada (aunque un poco estéril) vida, a quien yo iba a abandonar y a quien no quería hacer daño.

—Cariño... —dice él. Solo eso.

—Tú tampoco eres feliz, ¿no?

No responde. No, no, claro que no es feliz, pero la infelicidad es su reino; ella es firme y fuerte, a ella se la puede herir, pero no es desgraciada por derecho propio. Ella es quien le retiene, aunque sea con la mejor de las intenciones.

—¿Me estás diciendo que quieres separarte? —pregunta.

—Lo siento. Hace mucho tiempo que lo pienso.

¿Cuánto? ¿Cuánto tiempo llevas fingiendo estar satisfecha?

—No sé qué decir.

Ella se vuelve y le mira fijamente. Sus ojos parecen opacos.

—Es como si hubiese hecho un trato conmigo misma por el que si lograba hacer feliz a Dizzy yo también lo sería.

—¿No te parece un poco...?

Ella suelta una risa hueca.

—¿Absurdo? Sí.

—¿Y de verdad me dejarías porque Dizzy se ha ido a San Francisco?

—No te dejaría —dice ella—. Lo dejaríamos. Nos diríamos adiós.

¿Será posible que ese monolito que Peter consideraba su matrimonio sea, haya sido siempre, tan frágil? ¿Será posible que todos sus secretos, sus indirectas, sus camelos y coqueteos hayan sido innecesarios? ¿Era suficiente con que uno de ellos dijera basta y... ya está?

Tiene la cara pegajosa. Se esfuerza por respirar.

—Rebecca —dice—. Explícamelo. Me estás diciendo que has decidido que nos separemos porque el irresponsable de tu hermano se ha ido a San Francisco a trabajar en gráficos de ordenador.

—No va a a trabajar en gráficos de ordenador —responde ella—. Simplemente va a seguir con las drogas en otro sitio.

—Como quieras.

Ella se mira las yemas de los dedos. Y luego, de pronto, se mete con violencia el índice en la boca y lo muerde.

—Soy una completa estúpida —dice.

—Para. No digas eso.

El rostro de Rebecca ha adquirido un aspecto feral y asustado.

—Siempre creí estar construyendo un lugar donde Dizzy podría refugiarse. Desde que era un crío supe que nuestra familia no podría con él, me refiero a que desde fuera parecen muy novelescos pero son incapaces de hacer nada. Y ahora parece que no era eso lo que quería. Quería ser Dizzy. Quería ser yo la problemática. Que me cuidaran.

Peter siente deseos de abofetearla.

—¿Acaso yo no lo hago?

—No quería ser cruel. Lo siento.

Peter solo acierta a decir:

—No, continúa.

—Aquí me siento como una extraña. A veces llego a casa y pienso ¿quién vive aquí? Te quiero. Te quería.

—Me querías...

¿Y qué hay de nuestras cenas, qué hay de nuestros domingos?

—No, todavía te quiero, pero estoy... muy confusa. Es como si estuviese apartándome de todo.

Vuelve a morderse el dedo.

—No hagas eso —dice Peter.

—Soy una mierda de madre. Para todos. No pude ayudar a Bea y no he podido ayudar a Dizzy. No soy más que una niña que ha aprendido a fingir que es adulta.

Peter se esfuerza en no perder los estribos. ¿Qué podría decirle? ¿Qué querría decirle? Que todos sus esfuerzos por crear un santuario para su hermanito descarriado los ha echado a perder el estúpido de su marido, que espantó a Dizzy no con su amor, sino con su secreto? ¿Debería decirle que lo más probable es que todos esos años haya estado equivocada, que por muy triste que resulte el príncipe de la casa es solo un chapero barato a quien no le importó mancillar con sus manejos el templo que ella le había construido?

¿No es así siempre? Construimos palacios para que los jóvenes los derriben, saqueen las bodegas y se meen desde los balcones cubiertos de tapices.

Fíjate en Bea. ¿Acaso no pensaron que le encantaría vivir en SoHo, que querría crecer vistiendo falditas ajustadas de Chanel y tocar en un grupo? ¿Pensaron por un momento que su deseo de hacerla feliz sería como un monstruo que arañara su ventana?

¿Le damos alguna vez a alguien lo que desea?

¿Cómo pudo olvidar que Rebecca tiene su propia vida y que no siempre gira en torno a él?

—No eres una mierda —dice—. Solo eres humana.

—¿No preferirías ser libre? —pregunta ella.

—No. No lo sé. Te quiero.

—A tu manera.

A tu manera. Siente cómo lo invade una oleada de tristeza. Le ha fallado a todo el mundo. No ha visto ni oído.

—No deberíamos separarnos —dice—. Ahora no.

—¿Crees que deberíamos seguir?

Se contiene para no decir: «Sí, eso es exactamente lo que deberíamos hacer: seguir adelante».

¿Acaso no la habría dejado si Dizzy hubiese querido?

Lo que quiere es soltar todo lo que lleva dentro e irse a la cama. Despertar y seguir con su antigua vida por imposible que sea. Es lo único que quiere.

—Supongo que podríamos intentarlo —dice ella por fin.

Él asiente con la cabeza.

¿Es eso? ¿Es que la compasión mutua es lo único que importa para amar, perdonar y resistir?

No es tan sencillo. La capacidad de querer a alguien, de imaginar cómo es ser esa otra persona, es solo una parte del juego, que resulta crucial para los santos (suponiendo que existan tales criaturas), pero no deja de ser un aspecto más de la vida, una vida ambigua, jodida y triste.

No obstante, algo es algo.

Rebecca ya no es Galatea ni Olimpia. El tiempo nos roba sin tregua, y cuando le pedimos que tenga compasión nos roba aún más. Mira su rostro cansado. Es su cara futura, hueca y pálida que llega día a día, un rostro que (como el de Peter) ni siquiera podrá despertar el ardor del pobre Mike Forth o del calculador y narcisista Dizzy. Tiene un mechón de pelo oscuro pegado a la frente pálida.

En ese momento parecen solo una pareja anónima en algún

almacén, acurrucados y agradecidos como mínimo de estar en una habitación caldeada.

Pequeños copos grises caen dando vueltas, giran y se amontonan contra la ventana.

Peter mira cómo cae la nieve. Pobrecillo. Has derribado tu casa no en un acto de pasión, sino de descuido. Tú que te creías peligroso. Eres culpable no de transgresiones épicas, sino de crímenes insignificantes. Has fracasado del modo más bajo y humano posible: no has tenido en cuenta las vidas ajenas.

Ahí fuera, detrás del cristal, Bette Rice se ríe mientras saborea una copa de vino con su marido. Dizzy está volando y viendo una comedia romántica en una pantalla en miniatura con *La montaña mágica* abierta sobre su regazo. Bea está sacando hielo de la nevera que hay detrás de la barra, pensando que está harta y que tal vez debería viajar, tal vez debería... ir a alguna parte. A algún otro sitio. Uta está de pie ante la ventana de su dormitorio, fumando un cigarrillo y pensando en lienzos en blanco.

La nieve está cayendo sobre la urna en el jardín de Carole Potter, sobre los lechos de hierbas aromáticas, sobre las bocas rodeadas de pétalos de las flores de orégano. Una capa de nieve blanca cae sobre el jardín vacío mientras torbellinos de nieve giran en la plateada oscuridad.

No hay nadie para verlo. El mundo está haciendo lo que siempre hace, exhibiéndose ante sí mismo. No le interesan esas figuritas que van y vienen, los espectros que lo cuidan con devoción, que rastrillan los senderos de grava y de vez en cuando erigen rocallas, el niño-hombre de bronce, la copa esculpida que se llena de nieve.

Es la última nevada del año. Después, los días y las noches se irán volviendo más cálidos, los pequeños capullos de los tejos de los Potter se abrirán y florecerán.

Peter y Rebecca están en su dormitorio en esa noche tan fría.

Algo se alza en el interior de Peter, más como una planta que arrancara una mano invisible que como una levitación del alma. Nota las raíces que se sueltan como pelillos de su carne. Lo están sacando de sí mismo, quitando el caparazón de ese hombrecillo triste y anhelante, la figurita articulada con los ojos mal pintados, y el traje de poliéster. Pero, aunque haya sido una figura ridícula, también ha sido (gracias a Dios) un acólito, un adorador del amor, y sus piruetas eran solo para apaciguar a una deidad, por muy estúpidas y poco adecuadas que fuesen sus ofrendas. Ve caer la nieve y la habitación desde fuera, una modesta habitación, asediada por las inclemencias del tiempo, pero segura por el momento, un hogar para él y su mujer, hasta que otros ocupen su lugar. Si muriera o simplemente se fuese, ¿seguiría Rebecca notando su presencia? Sí. Han ido muy lejos juntos. Lo han intentado y han fracasado, lo han vuelto a intentar y han vuelto a fracasar, y, bien mirado, no les queda otro remedio que seguir intentándolo.

La observa.

Está radiante en su desdicha, sobria y espléndida, presente en todos sus detalles, en la frente pálida y despejada y en esa prominencia de las cejas digna de la diosa Atenea, en el tono gris de los ojos, la línea firme de la boca decidida y el bulto prominente de su barbilla casi masculina. Está ahí, ahí mismo, así es ella. No es ninguna copia fallida de su imagen juvenil. Es ella, exactamente así, extasiada y sometida al estrago del tiempo, incomparable, singular.

—¿Tú qué opinas? —dice.

Así es su voz, muy grave para tratarse de una mujer, un poco áspera, no del todo nítida, como si arrastrasen un palo por la arena. Todavía conserva, si se escucha bien, un rastro del antiguo acento de Richmond, suavizado por los años pasados fuera y que hace que una palabra como «opinas» suene musical.

He ahí el arte de Peter. He ahí su vida (aunque su mujer pueda dejarle, aunque haya fracasado en tantos aspectos). He ahí una mujer que no deja de cambiar, a la que es imposible vaciar en bronce porque ya no es la misma que cuando entró por la puerta, ni la que será dentro de diez minutos.

Tal vez no sea demasiado tarde. Quizá Peter no haya desperdiciado todas sus oportunidades.

Besa a Rebecca levemente en los labios agrietados.

—Sí —dice—. Creo que podríamos intentarlo. Sí.

Y empieza a contarle todo lo sucedido.

# Agradecimientos

Yo apenas sería poco más que un producto de mi propia imaginación sin mi agente, Gail Hochman, mi editor, Jonathan Galassi, y el amor de mi vida, Ken Corbett.

Si las descripciones del mundillo del arte contenidas aquí son mínimamente exactas se debe a Jack Shainman y Joe Sheftel.

De no ser por la generosa ayuda de Constance Gibb, no sabría nada de Greenwich, Connecticut.

Tampoco sabría nada de casi nada sin la ayuda de Meg Giles.

También estoy en deuda con Amy Bloom, Frances Coady, Hugh Dancy, Claire Danes, Stacey D'Erasmo, Elliott Holt, David Hopson, Marie Howe, Daniel Kaizer, James Lecesne, Adam Moss, Christopher Potter, Seth Pybas, Sal Randolph y Tom Grattan.

# Índice

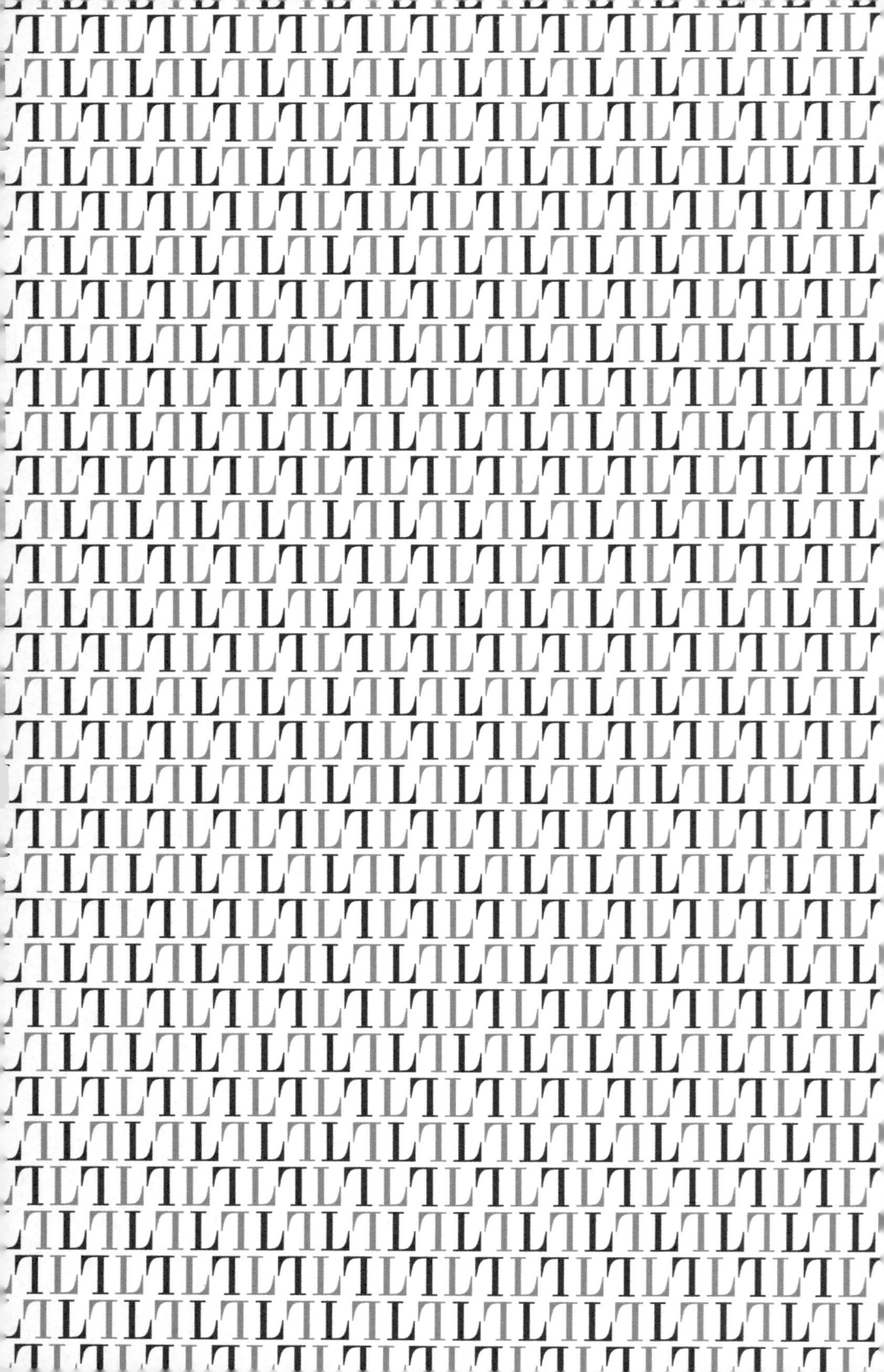